Volker Griese

Karl May

Chronik seines Lebens

Husum

Umschlagbild: Karl May 1907 (Aufnahme Erwin Raupp). Bildvorlage „Karl-May-Sammlung Heinz Neumann" im Deutschen Literaturarchiv Marbach am Neckar

Die Deutsche Bibliothek – CIP-Einheitsaufnahme

Ein Titeldatensatz für diese Publikation ist bei
Der Deutschen Bibliothek erhältlich

Satz: Fotosatz Husum GmbH
Druck und Verarbeitung: Husum Druck- und Verlagsgesellschaft
Postfach 1480, D-25804 Husum – www.verlagsgruppe.de

ISBN 3-89876-015-4

Glücksspiele werden verboten –
das längste ausgenommen,
das Leben.

Jean Paul

Laß auch die Seelen, nicht nur die Gestalten,
Aus meiner Welt an dir vorübergleiten,
So wird vor dir die Bühne sich entfalten,
Auf der die Menschen zur Vollendung schreiten

Karl May

Vorab

Kein Schriftsteller des 19. Jhs. hat so nachhaltigen Erfolg gehabt, keiner ist so kontrovers verehrt und verdammt worden. In dieser Situation strebt die Karl-May-Chronik Objektivität an. Sie ist für den Leser als handliches Hilfsmittel zur ersten Information und als Nachschlagewerk gedacht. Wichtige Daten zum Leben und zur Textentstehung in Form einer Kurzbiographie werden verfügbar, indem sie alle bekannt gewordenen biographischen Fakten aufzeigt, sie durch eine reiche Auswahl an Selbstzeugnissen – vor allem aus Briefen und Werken – ergänzt. Somit besteht ein Einblick in die Werkstatt eines Schriftstellers, der zu einem der ersten Repräsentanten deutscher Geisteskultur gehört.

Die einzelnen Teile der Chronik sind an Umfang und Gewichtung ungleich. Am Anfang war der Wirkungskreis Karl Mays noch recht begrenzt und somit die Quellen spärlich. Das änderte sich ab 1891. Die bisher in Fortsetzungen erschienenen Erzählungen wurden durch den Verleger Friedrich Ernst Fehsenfeld aus den Zerstückelungen der Zeitschriftenabdrucke zu einer Buchausgabe geformt, deren gediegenes Erscheinungsbild nicht wenig zum Erfolg der Reiseerzählungen beitrug. Mit der nunmehr gesicherten finanziellen Situation ging die steigende Popularität Karl Mays einher, dessen Ansehen zudem durch die bewußte Gleichsetzung von Autor und Romanheld noch um ein weiteres gesteigert wurde.

Doch der steigende Bekanntheitsgrad forderte seinen Tribut: *Ich hatte »Old Surehand III« und 2000 Seiten »Im Reiche des silbernen Löwen« zu schreiben – eine Riesenaufgabe! Vorige Woche habe ich nicht eine Nacht schlafen können sondern nur zu weilen am Tage ein Stündchen halb schlummern dürfen. Noch heut weiß ich nicht, wo mir der Kopf steht. Dabei diese Briefe! ... Und die Besuche! Herrschaften wie Graf und Gräfin von Schwerin, Feldmarschall-Lieutenant Baron v. Scholley u.s.w. kann man doch nicht abweisen.* (an Emil Seyler, 22.12.1896) Neben dem täglichen Arbeitspensum als Schriftsteller galt es dann auch in zunehmendem Maße die Fan-Post zu beantworten. Und blieb ein Brief allzu lange unbeantwortet, so half immer die Ausrede, daß man gerade von einer längeren Reise zurückgekehrt sei.

Zahlreichen Einladungen von Verehrern und Brieffreunden wurden dem beliebten Schriftsteller zugesandt und bildeten somit eine dankbare Gelegenheit, den zahlreichen und rapide zunehmenden Besuchen im Hause der Villa ›Shatterhand‹ zu entgehen. Aber es war nicht nur die vorgebliche Freundschaft oder pure Artigkeit, die ihm jene Besuchs-Versprechen abnötigten, es steckte noch etwas dahinter. Die Reisen ab 1897 waren gleich von vornherein nicht zur Erholung geplant. Vielmehr mußten sie als Hofhalten eines ungekrönten Königs angesehen werden. Wie vorzeiten die deutschen Kaiser von Pfalz zu Pfalz zogen, so zog das Ehepaar und vornehmlich Karl May selbst umher und nahm die Huldigungen entgegen.

Zeitgleich mit dem zunehmenden Ruhm zogen aber auch die ersten dunklen Wolken am Horizont herauf. In Bayern wurde Front gegen die weitere Verbreitung von Mays Schriften gemacht, und erste Schulbibliotheken nahmen seine Romane wegen angeblicher Jugendgefährdung aus ihrem Verleihprogramm. Erste negative Urteile über das Werk Karl Mays erschienen in Deutschland und Übersee, und die Jahre zurückliegende Arbeit für den anrüchigen Kolportageverleger Heinrich Gotthold Münchmeyer drang langsam ins Bewußtsein der Öffentlichkeit.

Die um die Jahrhundertwende unternommene Orientreise markierte den Wendepunkt im Leben des Schriftstellers. Zum einen begannen Kritiker und Neider einen regelrechten Feldzug gegen seine Werke und nicht zuletzt gegen seine Person zu führen – da sah Karl May sich plötzlich in einen Wust von Prozessen verstrickt – und nicht zuletzt wandte er sich in seinem literarischen Schaffen Höherem und Neuem zu. Reiseerzählungen in symbolischem Gewande entstanden.

Das letzte Lebensjahrzehnt war gekennzeichnet durch zunehmende Prozeßtermine, die immer mehr das literarische Schaffen überlagerten und den alternden Körper und Geist überforderten. Krankheiten und Kuraufenthalte bestimmten zunehmend den Terminkalender.

Volker Griese — Wankendorf, April 2001

Als Quellen wurden benutzt:

Augustin, Siegfried: Karl May in München. In: Karl-May-Jahrbuch. Bamberg u. Braunschweig 1978.

Bartsch, Ekkehard u. Wollschläger, Hans: Karl Mays Orientreise. In: In Fernen Zonen. Karl Mays Weltreisen. Bamberg u. Radebeul 1999.

Der Seminarist und Lehrer Karl May. Eine Dokumentation der Aktenbestände. Hrsg. Klaus Ludwig u. Bernhard Kosciuszko. Hamburg 1999.

Griese, Volker: Stationen eines Lebens. Eine Chronologie seiner Reisen. Sonderheft der Karl-May-Gesellschaft Nr. 104. Hamburg o.O. [1995].

Harder, Ralf: Der Untergang des Dampfers Schiller. Neue Erkenntnisse über Karl Mays Redakteurszeit bei Münchmeyer. http://www.karl-may-stiftung.de/redakteur.html

Hatzig, Hansotto: Karl May und Sascha Schneider. Dokumente einer Freundschaft. Bamberg 1967.

Heermann, Christian: Der Mann der Old Shatterhand war. Eine Karl-May-Biographie. Berlin 1988.

Hoffmann, Klaus: Karl May. Leben und Werk. Ausstellung in der Villa »Shatterhand«. Radebeul 1988.

Jahrbuch der Karl-May-Gesellschaft. Hrsg. Claus Roxin, Heinz Stolte, Hans Wollschläger, Helmut Schmiedt. Hamburg 1970–1981, Husum 1982–2000.

Karl May auf sächsischen Pfaden. Hrsg. Christian Heermann. Bamberg u. Radebeul 1999.

Karl May Haus Information. Hrsg. Karl-May-Haus Hohenstein-Ernstthal. Hohenstein-Ernstthal 1989, Nrn. 1–13 (erscheint in unregelmäßiger Folge).

Karl-May-Jahrbuch. Hrsg. Rudolf Beissel u. Fritz Barthel; Euchar Albrecht Schmid u. Max Finke; Euchar Albrecht Schmid u. Ludwig Gurlitt; Euchar Albrecht Schmid u. Konrad Guenther. Breslau 1918 u. 1919, Radebeul 1920–1933.

Karl-May-Jahrbuch. Hrsg. Siegfried Augustin u. Thomas Ostwald; Roland Schmid u. Thomas Ostwald. Bamberg u. Braunschweig 1978 u. 1979.

Klußmeier, Gerhard u. Plaul, Hainer: Karl May. Biographie in Dokumenten und Bildern. Hildesheim u. New York ^{2}1992.

Lebius, Rudolf: Die Zeugen Karl May und Klara May. Ein Beitrag zur Kriminalgeschichte unserer Zeit. Berlin 1910.

Lowsky, Martin: »Und ich reite mit«, sagte Hanneh – Karl Mays Reise nach Kirchheim unter Teck. Schriftenreihe des Stadtarchivs Kirchheim u. Teck 1992, Bd. 15.

Maschke, Fritz: Karl May und Emma Pollmer. Die Geschichte einer Ehe. Bamberg 1972.

May, Karl: Briefe. Historisch-kritische Ausgabe. Hrsg. Hermann Wiedenroth. Abteilung VIII. 1–5. Bargfeld 2001ff.

May, Karl: Das Buch der Liebe. 2 Bde. Hrsg. Gernot Kunze. Hamburg 1988.

May, Karl: Ein wohlgemeintes Wort. Frühe Texte aus den Jahren 1872–1886. Hrsg. Peter Richter u. Jürgen Wehnert. Lütjenburg 1994.

May, Karl: Gesammelte Reiseerzählungen 33 Bde. Reprint der Freiburger Erstausgaben. Hrsg. und mit Materialien und Nachworten versehen von Roland Schmid. Bamberg 1982–1984.

May, Karl: Mein Leben und Streben. Hrsg. mit umfänglichen Anmerkungen von Hainer Plaul. Hildesheim u. New York 1982.

Mitteilungen der Karl-May-Gesellschaft. Hrsg. Karl-May-Gesellschaft. Hamburg 1969ff., Nrn. 1–126 (erscheint quartalsweise).

Plaul, Hainer: Illustrierte Karl-May-Bibliographie. München, London, New York u. Paris 1989.

Schmid, Roland [Hrsg.]: Karl Mays Augsburger Vortrag. Bamberg 1989.

Steinmetz, Hans-Dieter u. Sudhoff, Dieter: Leben im Schatten des Lichts. Marie Hannes & Karl May. Bamberg 1997.

Sudhoff, Dieter: Karl May in Amerika. In: In Fernen Zonen. Karl Mays Weltreisen. Bamberg u. Radebeul 1999.

Wohlgschaft, Hermann: Große Karl May Biographie. Paderborn 1994.

Wollschläger, Hans: Karl May. Grundriß eines gebrochenen Lebens. Zürich ^{4}1984.

1842

25. Februar: Ernstthal. Karl May wird abends um 22.00 Uhr in der Niedergasse 111 geboren; die Lebensreise beginnt. Die Eltern sind Christiane Wilhelmine geb. Weise (*11.4.1817) und der Webergeselle Heinrich August May (*18.9.1810).
26. Februar: Ernstthal. Taufe in der Kirche St. Trinitatis zu Ernstthal. Wenig später erkrankt der Knabe wohl an einer Augeninfektion. Die Eltern erzählen ihrem Sohn später, er sei erblindet gewesen.

1844

28. Mai: Ernstthal. Karl Mays Schwester Christiane Wilhelmine May wird geboren (†30.4.1932).

1845

15. April: Ernstthal. Die Eltern Karl Mays verkaufen das Haus in der Niedergasse an den Webermeister Wilhelm August Friedrich Stiezel, um damit die Ausbildung der Mutter Christiane Wilhelmine zur Hebamme zu finanzieren, und ziehen zum Markt 183.
Später erfolgt ein Umzug zum Markt 185.
15. August: Dresden. Christiane Wilhelmine May besucht das Hebammen-Institut in Dresden. Die Ausbildung dauert sechs Monate.
Während der Abwesenheit der Mutter erkranken Karl May und seine Geschwister an den Pocken. Bei einer Schwester muß der Mund aufgeschnitten werden.

1846

13. Februar: Dresden. Karl Mays Mutter Christiane Wilhelmine besteht die Hebammenprüfung mit der höchsten Note.
27. Februar: Ernstthal. Karl Mays Mutter wird zur Hebamme in Ernstthal bestellt.
Ärzten am Institut in Dresden gelingt es, zwischen Februar und März das Augenleiden Karl Mays zu heilen.

1847

2. Juni: Ernstthal. Karl Mays Schwester Ernestine Pauline wird geboren.

1848

Ostern: Ernstthal. Besuch der Volksschule, wo May durch besondere Begabung auffällt. Der Vater versorgt ihn mit wahllos zusammengetragenem Lesestoff. Alles muß er abschreiben und auswendig lernen. Nebenbei erhält er noch Sprachunterricht. Um das zu finanzieren, muß er nach der Schule als Kegelaufsetzer in der Hohensteiner Gastwirtschaft Engelhardt arbeiten. Der Gastwirtschaft angegliedert ist eine Leihbibliothek, die die gängigsten Trivialromane enthält und von Karl May in der Folgezeit stark frequentiert wird.
September/Oktober: Karl Mays Mutter beschwert sich wegen der geringen Einkünfte beim Justizamt Hinterglauchau und fordert für Hebammen ein Mindesteinkommen festzulegen. Die Beschwerde wird zurückgewiesen.

1849

19. Januar: Karl Mays Mutter beschwert sich erneut wegen der geringen Einkünfte beim Justizamt Hinterglauchau und fordert für Hebammen ein Mindesteinkommen festzulegen. Die Beschwerde wird zurückgewiesen.
9. Juni: Ernstthal. Karl Mays Schwester Karoline Wilhelmine wird geboren (†1.12.1945).

1851

7. April: Ernstthal. Karl Mays Bruder Heinrich Wilhelm wird geboren.
20. September: Ernstthal. Heinrich Wilhelm stirbt.

1852

16. August: Ernstthal. Karl Mays Schwester Anna Henriette wird geboren.
4. September: Ernstthal. Anna Henriette stirbt.

1854

5. Mai: Ernstthal. Karl Mays Bruder Karl Hermann wird geboren.
15. August: Ernstthal. Karl Hermann stirbt.

1855

3. Juli: Ernstthal. Karl Mays Bruder Karl Heinrich wird geboren.
30. Oktober: Ernstthal. Karl Heinrich stirbt.
18. November: Der sächsische Puppenspieler Heinrich Listner besucht Ernstthal. Aufgeführt wird im Webermeisterhaus der ›Faust‹. Karl May besucht die Aufführung. *Seit jenem Abende ist mir das Theater bis auf den heutigen Tag als eine Stätte erschienen, durch deren Tor nichts dringen soll, was unsauber, häßlich oder unheilig ist.* (May in *Mein Leben und Streben*, 57)

1855/56

Jahreswende: Das Schuljahr geht zu Ende und die Eltern beraten sich, was aus ihrem Sohn werden soll. Der Wunsch Mays, das Gymnasium und danach die Universität zu besuchen, kann aus finanziellem Grund nicht realisiert werden. Eine Ausbildung zum Volksschullehrer wird erwogen. Doch auch dies bedeutet eine erhebliche Belastung der Eltern. Damit sie es mit der Finanzierung nicht so schwer haben, will Karl May bei edlen Räubern in Spanien – so wie er es in zahlreichen Räuberromanen gelesen hat – Hilfe herbeiholen. Sein nächtlicher Ausflug über Lichtenstein nach Spanien endet in Zwickau bei Verwandten, von wo ihn der Vater abholt.

1856

Undatiert: Ernstthal. Mays Vater wird Webermeister.
16. März: Ernstthal. Karl May wird unter dem Spruch konfirmiert: »Halte an dem Vorbild der heilsamen Worte, die du von mir gehört hast, im Glauben und in der Liebe in Christus Jesus.« (2. Tim. 1,13).
Ostern: Ende der Schulzeit. Rektor Julius Eduard Fickelscherer entläßt May mit den Hauptzensuren »in Kenntnissen und Fertigkeiten II«, »in Sitten I«.
13. August: Eingangsfrist für den Aufnahmeantrag am Lehrerseminar Waldenburg.
17. September: Ernstthal. May erhält vom Seminardirektor Friedrich Wilhelm Schütze die Ladung zum Aufnahme-Examen für den 25.
25. September: Nach einem über zweistündigen nächtlichen Fußmarsch von Ernstthal aus beginnt für May ab 6.30 Uhr im Seminar die Aufnahmeprüfung.
29. September: Aufnahme als Proseminarist in Waldenburg. Nicht zuletzt wird die Ausbildung durch eine kleine Unterstützung des Grafen Heinrich von Schönburg-Hinterglauchau ermöglicht.
3. November: Um das Schulgeld für seinen Sohn aufbringen zu können, stellt Heinrich August May an das Ernstthaler Armenkomitee einen Antrag auf Unterstützung für seine Mutter.
14. November: Ernsttahl. Das Armenkomitee lehnt den Antrag auf Unterstützung der Familie May ab.
22. November: Emma Pollmer, Mays spätere erste Ehefrau wird im Nachbarort Hohenstein geboren. Der Vater ist unbekannt.
4. Dezember: Die Mutter Emma Pollmers stirbt an den Folgen der Geburt.

1857

September: Um ins Seminar aufgenommen zu werden, meldet sich Karl May zur Prüfung an und besteht das Examen.
21. November: Ernstthal. Karl Mays Schwester Maria Lina wird geboren.
13. Dezember: Ernstthal. Maria Lina stirbt.

1858

Undatiert: Anna Preßler, Karl Mays erste große Liebe, beendet die Beziehung und heiratet Carl Hermann Zacharias. May will nach eigenen Angaben eine erste Wild-West-Erzählung an die Redaktion der ›Gartenlaube‹ gesandt haben. Der Redakteur schickte sie ihm wieder zurück.
23. Oktober: Der Seminardirektor Friedrich Wilhelm Schütze bittet den Grafen Otto Victor von Schönburg-Waldenburg um weitere Unterstützung für den »hintergräflich-Schönburgschen Unterthan« Karl May.

1859

Ostern od. Michaelis: Waldenburg. May verstößt gegen eine Seminarvorschrift. Er entfernt sich heimlich aus dem gemeinsam mit den Lehrern angesetzten Abendmahlsgottesdienst.
Anfang Dezember: Waldenburg. Während seines Dienstes als Lichtwochner, der die Leuchter zu reinigen hatte, entwendet May sechs ganze Kerzen und deponiert sie in seinem in der Abstellkammer sich befindenden Koffer. Sie sollten wohl für den heimischen Weihnachtsbaum der armen Eltern verwendet werden. Zwei Mitseminaristen entdecken die Talglichter. Als die Seminarleitung wegen eines Gelddiebstahls ermittelt, berichten beide Mitschüler dem Seminardirektor von ihrem Fund. Eine Lehrerkonferenz wird einberufen.
21. u. 22. Dezember: Waldenburg. Die außerordentliche Lehrerkonferenz bescheinigt May »arge Lügenhaftigkeit und rüdes Wesen« und beschließt das Kultusministerium von dem Vorgang in Kenntnis zu setzen.

1860

1. Halbjahr: Möglicherweise lernt Karl May Heinrich Münchmeyer kennen. Münchmeyer arbeitet zu dieser Zeit als Kolporteur in Ernstthal und Umgebung.
28. Januar: Waldenburg. Karl May wird wegen »sittlicher Unwürdigkeit für seinen Beruf« vom Lehrerseminar verwiesen.
4. März: Ernstthal. Karl Mays Schwester Emma Maria wird geboren.

6. März: Ernstthal. Vom heimischen Pastor Carl Hermann Schmidt unterstützt, richtet May ein Gnadengesuch an das sächsische Kultusministerium. *Diese Strafe muß ich als ganz gerecht und dem Vergehen gemäß anerkennen, wage aber doch, dem Hohen Ministerio die unterthänigste Versicherung zu geben, daß auf meine früheren Fehler eine aufrichtige Reue gefolgt ist und späterhin in Betreff der Lichte keineswegs der Wille zu einer Veruntreuung vorlag, sondern daß es nachlässige Säumigkeit von mir war, sie nicht rechtzeitig an den gehörigen Platz zu legen.* (an das Kultusministerium). Wenig später schließt sich Pastor Schmidt dem Gesuch an. Selbst der Waldenburger Seminardirektor Schütze, der Mays Entfernung aus dem Seminar zuvor betrieben hatte, betätigt sich jetzt als Fürsprecher.

7. April: Ernstthal. *Da ich auf dem Seminar zu Waldenburg Schüler der zweiten Claße war, so würde mir es lieb sein, wenn ich nicht zurückzubleiben genöthigt sein würde. Meine Unvorsichtigkeit, über welche Ihnen Herr Director Schütz eine baldige Mittheilung machen wird, vergeßen zu machen, sollte mein eifrigstes Streben sein, wenn ich so glücklich wäre, in genannte Anstalt eintreten zu dürfen.* (an Seminardirektor Johann Gottfried Wild)

4. Mai: Ernstthal. Wegen Überfüllung des Seminars kann Gottfried Wild der Bewerbung keine große Hoffnung in Aussicht stellen. Er empfiehlt, sich an die Kgl. Kreisdirektion zu wenden, was May unternimmt. *Es würde mein eifrigstes Streben sein, durch anhaltenden Fleiß stets die Zufriedenheit meiner Lehrer zu erwerben.* (an die Hohe Königliche Kreisdirektion zu Zwickau)

24. Mai: May erhält von Gottfried Wild die Zulassung zum Besuch des Lehrerseminars in Plauen.

2. Juni: Plauen. Morgens um 8.00 Uhr findet sich Karl May im Seminar zur Aufnahmeprüfung ein. Er besteht, »obschon die Antworten auf die aus der Religion vorgelegten Fragen manches zu wünschen übrig blieb«. (Aufnahmeprotokoll)
Da im Seminargebäude selbst keine Logismöglichkeit besteht, muß eine Privatunterkunft gefunden werden.

5. August: Ernstthal. Die Schwester Emma Maria stirbt.

22. September: Plauen. Die Lehrerkonferenz tagt. »May läßt sich Mancherlei gegen die Ordnung des Seminars zu Schulden kommen, scheint auch eine außerordentliche Neigung zur Lüge zu haben.« (Protokoll der Seminarkonferenz)

1861

9. September: Plauen. Die dreitägige »Schulamts-Candidatenprüfung« beginnt mit dem vom Kirchen- und Schulrat Dr. Döhner vorgegebenen Thema: »Was spricht für und gegen die Schulpflichtigkeit der Kinder von ihrem 7. Lebensjahre an«. Nachmittags müssen die Kandidaten Entwürfe zu den für die an den beiden nächsten Tagen folgenden praktischen Prüfungen erforderlichen Katechesen und Probevorträge abfassen und einige Rechenaufgaben lösen.
10. September: Plauen. Für das musikalische Examen ist der Choral »Himmel, Erde, Luft und Meer« zur Hälfte nach gegebenem beziffertem Baß, zur anderen Hälfte nach zu suchendem beziffertem Baß auszusetzen und ein Präludium zu komponieren. Es schließen sich die Prüfungen im Klavier- und Orgelspiel und in der Harmonielehre an.
12. September: Plauen. Ab 8.00 Uhr erfolgt nach der Eröffnung durch Kirchen- und Schulrat Dr. Döhner das wissenschaftliche Examen in Religion, Schulkunde, Pädagogik sowie Fragen zur Allgemeinbildung. Nachmittags ab 14.00 Uhr finden die Probekatechisationen statt. May katechisierte über Joh. 4,24. Weiter geht es mit einem freien Vortrag, den May über das Eigenschaftswort halten muß. Danach folgt ein mit den anwesenden Schülern zu singender Choral. Mit der Gesamtnote »Gut« besteht Karl May die Lehrerprüfung.
13. September: May erhält sein Zeugnis.
Ende September – Anfang Oktober: Ernstthal. Aufenthalt bei den Eltern.
5. Oktober: Glauchau. May stellt sich in der Superintendentur bei Konsistorialrat Carl Wilhelm Otto vor und bewirbt sich als Hilfslehrer der Armenschule. Er erhält die Anstellung sofort. May nimmt eine Wohnung beim Kaufmann Ernst Theodor Meinhold. In den folgenden Tagen beginnt er der Frau Meinholds Klavierunterricht zu erteilen.
7. Oktober: Glauchau. Arbeitsaufnahme in Klasse IV der Armenschule. Lokalschulinspektor Engelmann führt May mit einer kurzen Ansprache um 10.00 Uhr in das Amt eines Hilfslehrers ein.
13. Oktober: Glauchau. Möglicherweise besucht May in weiblicher Begleitung den Gottesdienst in der St. Georgen-Kirche und nimmt am Abendmahl teil.
17. Oktober: Glauchau. Karl May wird von Ernst Theodor

Meinhold wegen einer Liebesaffäre mit dessen Ehefrau Henriette Meinhold angezeigt. Er hatte beide angeblich bei einem Kuß überrascht.
17./18. Oktober: Glauchau. May verläßt das Meinholdsche Haus in der Nacht und hinterläßt einen Zettel: *ein unglückliches Opfer der Verkennung.* Noch am Tag zurückgekehrt, erfährt er von seiner Entlassung und reist aus Glauchau ab.
19. Oktober: Der junge Lehrer wird auf Grund der Anzeige Meinholds offiziell aus dem Schuldienst entlassen.
26. Oktober: May wird beim Superintendenten Robert Kohl vorstellig, da er erfahren hatte, daß in Altchemnitz ein Lehrer für zwei Fabrikschulen gesucht wird. Der Bewerbung wird stattgegeben.
6. November: Altchemnitz. Anstellung als Fabrikschullehrer bei der Baumwollspinnerei von Julius Friedrich Claus (zwei Klassen) und der Kammgarnspinnerei von C. F. Solbrig u. Söhne (eine Klasse). May muß sich ein Zimmer mit Julius Hermann Scheunpflug teilen, dem Buchhalter der Fa. Solbrig. Der Lokalschulinspektor revidiert routinemäßig die Fabrikschule und hält auch Rücksprache mit dem neuen Lehrer und seiner vorigen Tätigkeit. May gibt an, mit Meinhold wegen dessen Trunksucht in Streit geraten zu sein. Um seinen Ruf nicht zu schaden, sei er von Glauchau weggegangen.
16. November: May wird wegen unwahrer Angaben gegenüber dem Lokalschulinspektor zu seinem Weggang aus Glauchau vor die Superintendentur zitiert und davon in Kenntnis gesetzt, daß er zunächst nur provisorisch und unter Kontrolle sein Lehramt versehen kann. Bei der geringsten Veranlassung zur Unzufriedenheit werde er wieder entlassen.
10. Dezember: Altchemnitz. Bei einer Revidierung der Fabrikschule Solbrig durch Lokalschulinspektor Pfützner sind weder Lehrer noch Schüler anwesend. Pfützner erstattet sofort Bericht an die Superintendentur.
In Absprache mit May nimmt Pfützner die Revidierung der Fabrikschule Claus ab 16.00 Uhr vor. Er bescheinigt dem Lehrer »kein übles Lehrgeschick«.
25. Dezember: Hohenstein. Karl May wird im Hotel Drei Schwanen verhaftet. Laut Beschuldigung seines Zimmergenossens in Altchemnitz soll er ihm eine Taschenuhr, eine Tabakspfeife und eine Zigarrenspitze widerrechtlich entwendet haben. May räumt den Besitz ein, verweist aber hinsicht-

lich der Uhr darauf, daß er sie mit Genehmigung des Besitzers schon öfters ausgeliehen habe.
26. Dezember: Ernstthal. Mays Vater wendet sich an die Behörde in Chemnitz. Sein Sohn nahm die Gegenstände nur, um sie nach Benutzung »stillschweigend wieder an den Ort ihrer Bestimmung hinzubringen.«

1862

Undatiert: Chemnitz. Wegen widerrechtlicher Benutzung fremder Sachen wird May zu sechs Wochen Haft verurteilt. Möglicherweise treffen sich May und der Kolporteur Heinrich Münchmeyer erneut in Ernstthal.
8. September – 20. Oktober: Chemnitz. Verbüßung der sechswöchigen Haftstrafe im Gerichtsgefängnis.
1. November: Wegen der anstehenden Musterung meldet sich May beim Stadtrat von Ernstthal.
6. Dezember: Glauchau. Musterung für den Militärdienst um 8.00 Uhr im Gasthof Hahn. May wird für untauglich befunden.

1863

25. Januar: Ernstthal. Musikalisch-deklamatorischer Abend in der Schießhausrestauration. »Terzett v. Mai«. Karl May versucht in der Folgezeit mit Einnahmen von Privatstunden und öffentlichen Auftritten in solchen Veranstaltungen sein Leben zu fristen. Er ist Mitglied des Ernstthaler Sängerkreises ›Lyra‹, für den er einige Kompositionen verfaßt. Seinen Lebensunterhalt versucht er auch *teils durch Schriftstellerei* (Vernehmungsprotokoll, 17.3.1870) aufzubessern.
12. Februar: Das Ernstthaler Lehrerkollegium zeigt Karl May wegen »unbefugten Ertheilen v. Privatunterricht« bei der Schulinspektion an.
8. März: Hohenstein. Musikalisch-deklamatorischer Abend im Rathaus. »Piéçe aus Pretiosa, vorg. v. May.«
20. März: Der Ernstthaler Pfarrer Carl Hermann Schmidt bestätigt eine Anfrage der Schulinspektion, daß Karl May Privatunterricht erteilt hat, und unterstützt die Anzeige der Lehrer vom 12.3.1863 »dem mehrgenannten May d. Ertheilung v. Privatunterricht geneigtest zu untersagen.«

25. März: Hohenstein. Musikalisch-deklamatorischer Abend im Gasthof Drei Schwanen. »Das eigene Herz v. May. Dekl.«
26. April: Ernstthal. Teilnahme am heiligen Abendmahl in der Heimatkirche St. Trinitatis.
20. Juni: May wird aus der Liste der Lehrer im Kultusministerium gestrichen. Eine weitere Lehrtätigkeit ist damit endgültig verwehrt.
5. Juli: Ernstthal. Teilnahme am heiligen Abendmahl in der Heimatkirche St. Trinitatis.

1864

9. Juli: Penig. Als *Dr. med. Heilig* aus Rochlitz nimmt May in einem Gasthaus ein Zimmer und läßt sich fünf Kleidungsstücke bei einem Schneider anmessen.
16. Juli: Penig. May nimmt die bestellten Kleidungsstücke in Empfang, begibt sich in ein anliegendes Zimmer und entschwindet ungesehen unter Mitnahme der Sachen, ohne zu bezahlen.
16. Dezember: Chemnitz. Gasthof Zum goldenen Anker. Als *Seminarlehrer Lohse* läßt May sich diverse Pelzwaren in den Gasthof bringen, begibt sich damit in ein Nebenzimmer, um sie angeblich seinem Dienstherrn zu zeigen, und entschwindet. May wendet sich zu Fuß Richtung Dresden. In Freiberg veräußert er zwei Pelzpelerinen.

1865

Februar (?): Naußlitz.
28. Februar: Gohlis bei Leipzig. May wohnt beim Stahlstecher Schule in der Möckernschen Straße 28b bis zu seiner Festnahme einen Monat später.
20. März: Leipzig. May mietet sich bei Johanne Rosine Hennig als *Hermes Kupferstecher* am Thomaskirchhof 12 ein.
May verläßt nach kurzer Zeit das Haus und begibt sich zu dem Kürschnermeister Erler und ordert Pelzwerk für 72 Taler.
Um 16.45 Uhr erscheint May wieder in seiner Wohnung bei Hennig; wenig später wird das Pelzwerk geliefert. May begibt sich in eine andere Stube, angeblich um seinen Wirtsleuten

die Effekten zu zeigen. Er entschwindet jedoch, ohne zu bezahlen. Die Pfandleiher werden benachrichtigt.
Leipzig. May beauftragt Frau Beyer als Zwischenträgerin, den entwendeten Biberpelz zur Pfandleihe zu bringen. Er erhält zunächst 10 Taler. Den restlichen Betrag will er sich am nächsten Tag abholen.
21. März: Leipzig. Als Frau Beyer den Pelz im Leihhaus versetzen will, wird sie festgehalten und die Polizei wird benachrichtigt.
26. März: Leipzig. Der Packträger Carl Heinrich Müller erscheint bei Frau Beyer und verlangt im Auftrage Mays das restliche Geld. Die Polizei wird benachrichtigt und folgt dem Packträger ins Rosenthal, einem parkähnlichen Gelände zwischen Leipzig und Gohlis. Nach einem Handgemenge wird May verhaftet.
8. Juni: Karl May wird durch das Bezirksgericht Leipzig zu vier Jahren und einem Monat Arbeitshaus verurteilt.
14. Juni: Zwickau. Einlieferung in das Arbeitshaus Schloß Osterstein. Zunächst wird May der Schreibstube zugeteilt, versagt jedoch. Danach verfertigt er Geld- und Zigarrentaschen. Er wird Mitglied des Kirchenchores und Posaunenbläser.
19. September: Tod der »Märchengroßmutter« Johanne Christiane Kretschmar.

1866

Undatiert: Nach eigenen Aussagen schreibt Karl May die ersten erzgebirgischen Dorfgeschichten in der Strafanstalt.

1867

Undatiert: Zwickau. May ist Mitbegründer eines Posaunenquartetts in der Strafanstalt.
Er wird aufgrund guter Führung in die 1. Disziplinarklasse versetzt.
Jahresende/Anfang 1868: Zwickau. Wegen einer Haftpsychose kommt Karl May in Isolierhaft.
Er erhält die höchste Vertrauensstellung in der Anstalt: er wird »besonderer Schreiber« des Gefängnisinspektors Alexan-

der Krell. Eigene literarische Entwürfe entstehen, wovon das *Repertorium C. May* kündet.

1868

18. April: Zwickau. Karl May reicht ein Gnadengesuch auf Straferlaß ein.
2. November: Zwickau. May wird vorzeitig wegen guter Führung aus der Haft entlassen.

1869

27. März: Wiederau. May wird erstmals im Ort gesehen.
29. März: Wiederau. Als *Polizeilieutenant von Wolframsdorf* aus Leipzig begibt sich May zum Krämer Reimann, um nach Falschgeld zu fahnden. Angeblich fündig geworden, führt er Reimann in einen Gasthof in Clausnitz; von dort entschwindet May mit Reimanns Geld.
Frühjahr: Falken. May hält sich mehrfach bei seinem Schwager, dem Schneidermeister Johann Ferdinand Hoppe auf. Hoppe fertigt für May einige Kleidungsstücke. Offenbar beobachtet und um nicht in Verdacht der Fluchthilfe zu gelangen, zeigt er May wegen eines angeblichen »Kleiderschwindels« an. May hielt sich wohl auch mehrmals in der Nähe in einem verlassenen Haus, genannt »Kochs Hütte«, auf.
10. April: Ponitz. Als »Mitglied der geheimen Polizei« fahndet May nach Falschgeld im Hause des Seilermeisters Krause, 30 Mark werden konfisziert. Auf dem Weg nach Crimmitschau, wohin ihm der Seilermeister aufs Gericht folgen soll, setzt sich May querfeldein ab, wird aber von Krause verfolgt. Unter Zuhilfenahme eines ungeladenen Doppelterzerols gelingt ihm die Flucht. Das konfiszierte Geld hatte er vorher von sich geworfen.
12. April: Ernstthal. Der Obergendarm Prasser meldet, daß sich May in der letzten Zeit bei seinen Eltern aufhielt, sich mit literarischen Arbeiten entschuldigte und mehrfach verreiste.
13. April (?)**:** Ernstthal. Heimlicher Besuch im Elternhaus. May hinterläßt einen Zettel, er wolle *nach Dresden*.
18. April: Schwarzenberg. Karl May fährt zu seiner Freundin, dem Dienstmädchen Auguste Gräßler.

19. April: Schwarzenberg. Besuch des Ottensteins. May trifft angeblich auf die Amerikaner Burton. *Ich traf nämlich zwei nordamerikanische Herren, Vater und Sohn, welche von einer Vergnügungs- und wohl auch halb und halb Geschäftsreise kamen und über Leipzig, Frankfurt, Amsterdam nach Hause wollten. In Prag hatten sie ihren Hofmeister zurückgelassen und machten mir den annehmbaren Vorschlag, an dessen Stelle zu treten, mit nach Pittsburg zu gehen und dort die jüngeren Geschwister zu unterrichten ... Ich reise ab; man wird meine Vergangenheit vergessen und verzeihen, und als ein neuer Mensch mit besserer Zukunft komme ich wieder ...* (an seine Eltern, 20.4.1869)
20. April: Leipzig. May reist ab, kommt aber wohl infolge von Paßschwierigkeiten nur bis Bremen und wendet sich wieder nach Sachsen.
3. – 5. Mai: Jöhstadt. Am Abend des 3. Mai Besuch des Theaters.
16. – 17. Mai: Schwarzenberg. May weilt zum letzten Mal bei seiner Freundin Auguste Gräßler.
27. Mai: Ernstthal. May besucht seinen Paten Weißpflog. Er ist es wohl, der ihm die Eisenhöhle in unmittelbarer Nähe zu Ernstthal als Zufluchtsort vorschlägt. In der Nacht zum 28. Mai bezieht May sein neues Domizil.
31. Mai: Limbach. May betritt die noch nicht geöffnete Gaststätte des Victor Reinhard Wünschmann und entfernt sich wieder, nicht ohne vorher einen Satz Billardkugeln unerkannt an sich zu bringen. Er begibt sich in Richtung Chemnitz.
3. Juni: Bräunsdorf. Dem Gasthofbesitzer Schreier entwendet May in der Nacht ein Pferd samt Trense, Reitpeitsche und Halsriemen aus dem Stall.
4. Juni: May bietet das Pferd, erst vergeblich in Remse, dann erfolgreich in Höckendorf zum Verkauf an.
15. Juni: Mülsen St. Jacob. Als *Expedient des Advocaten Dr. Schaffrath in Dresden* erscheint Karl May bei dem Bäckermeister Wappler und bittet ihn, sich zwecks einer Erbschaft sofort nach Glauchau zu begeben. Kaum ist der Bäckermeister fort, beginnt May bei den Angehörigen wieder mit der Forschung nach Falschgeld und entschwindet mit ca. 28 vorgeblich falschen Talern.
Ende Juni: Hohenstein. Einstieg ins Kegelhaus der Gastwirtschaft Engelhardt. Die Beute sind ein Handtuch und eine Zigarrenpfeife.

2. Juli: Hohenstein. Nachts 3.00 Uhr wird Karl May von Engelhard und Gündel im Kegelhaus schlafend entdeckt und nach kurzem Handgemenge überwältigt. Das geladene Terzerol wird von May nicht benutzt. Er wird der Polizei zugeführt, die ihn nach Mittweida ins Gefängnis bringt.
7. Juli: May wird von Hohenstein nach Chemnitz und weiter nach Wiederau transportiert. Dort findet ein Lokaltermin mit Gegenüberstellung der Personen statt.
10. Juli: Schwarzenberg. Hausdurchsuchung bei Auguste Gräßler. Sie wird über ihre Beziehung zu May verhört.
15. Juli: Mülsen St. Jacob. Lokaltermin mit Gegenüberstellung der Personen.
Zw. 20. u. 25. Juli: Limbach. Lokaltermin.
26. Juli: Kuhschnappel. Auf dem Weg zum Lokaltermin in Bräunsdorf zerbricht May zwischen Egydien und Bräunsdorf die eiserne Fessel und flieht in ein Waldstück. May sucht wohl seinen Paten, den Schmiedemeister Weißpflog, auf, der ihm die Handschellen abnimmt.
6./7. August: Erfolglose Suchaktion in der Nacht durch Polizei und Feuerwehr nach dem Flüchtigen in den Hohensteiner Wäldern.
August od. September: Siegelsdorf b. Halle. Aufenthalt bei der Wirtschafterin Malwine Wadenbach, die er schon vorher kannte und der gegenüber er als »natürlicher Sohn des Prinzen von Waldenburg« auftrat.
September od. Oktober: Vermutlicher Aufenthalt in Ellersleben bei Sömmerda. Treffen mit dem Bauern Emil Wettig.
Mitte November: Plößnitz b. Halle. Erneuter Aufenthalt bei Malwine Wadenbach.
Dezember: May reist durch das Fürstentum Coburg-Gotha und hält sich zeitweise in Coburg auf. Er reist dann weiter nach Böhmen. *Ich bin seit meiner Flucht nicht in Sachsen gewesen. Im Dezember 1869 war ich in Bayern.* (Vernehmungsprotokoll, 15.3.1870)

1870

4. Januar: Niederalgersdorf. Als ausweisloser Fremder wird May von der Polizei schlafend in einer Scheune aufgegriffen und zum Bezirksgericht Bensen gebracht.
5. Januar: Tetschen. Da er sich nichts hat zu Schulden kom-

men lassen, wird er zur Ermittlung der Identität an die Bezirkshauptmannschaft weitergegeben. May gibt sich als Plantagenbesitzer Albin Wadenbach aus Orby, gelegen auf der Atlantikinsel Martinique, aus, der einige Verwandte in Europa besuchen möchte.
28. Januar: Die Dresdner Polizeidirektion wird eingeschaltet und erhält ein Porträtphoto des Festgenommenen.
2. Februar: »Der dort zur Haft gebrachte angebliche Albin Wadenbach aus Orby, welcher identisch mit dem entsprungenen Carl Friedrich May, ehemaliger Schullehrer, und ein sehr gefährlicher Verbrecher ist, soll dort sofort aufgehalten werden ...« (Telegramm der Dresdner Staatsanwaltschaft)
14. März: Tetschen. May wird aus Böhmen abgeholt und um 18.00 Uhr in das Gefängnis zu Mittweida überführt.
15. März: Mittweida. Um 15.00 Uhr beginnt die Vernehmung Karl Mays im Bezirksgericht. *Seit meiner Flucht habe ich kein Verbrechen begangen. Ich bin zwar nie in Arbeit seitdem gewesen, aber durch gutwillige freiwillige Gaben guter Leute habe ich mich erhalten.* (Vernehmungsprotokoll)
17. März: Mittweida. Vernehmung Karl Mays.
13. April: Mittweida. Verurteilung durch das Bezirksgericht als Rückfalltäter zu vier Jahren Zuchthaus.
3. Mai: Strafantritt im Zuchthaus Waldheim. Arbeit als Zigarrendreher.
Jahresmitte bis Mitte 1871: Waldheim. Isolierhaft.
Karl May gewinnt in den folgenden Monaten das Vertrauen des katholischen Anstaltskatecheten Johannes Kochta und wird auf dessen Fürsprache hin Organist während der katholischen Gottesdienste, obwohl er Protestant ist. Eine schriftstellerische Arbeit im Zuchthaus ist nicht möglich.

1871

Jahresende od. Anfang 1872: Waldheim. May wird von der 3. in die 2. Disziplinarklasse versetzt.

1872

Frühjahr: Waldheim. May reicht ein Gnadengesuch ein, das abgelehnt wird.

September: Die ersten nachweisbaren Arbeiten Mays erscheinen im ›Neuen Deutschen Reichsboten‹. Es handelt sich um Gedichte, die ca. 1869 entstanden sind.

1873

Undatiert: Waldheim. Wegen guter Führung wird Karl May im Bläserkorps aufgenommen.

1874

Februar: Waldheim. Wohl aufgrund Kochtas Führsprache darf May in der Gefangenenbibliothek mitarbeiten. Er betreut die Ausleihe.
1. März: Waldheim. Ein verschmutztes Buch wird zurückgegeben und zwei Tage später bei der Rückordnung bemerkt.
4. März: Waldheim. Karl May und der Ausleiher werden durch die Bibliotheksaufsicht befragt. May erklärt, das Buch war schon in dem vorgefundenen Zustand ausgegeben worden; der Ausleiher will sich nicht festlegen, er »glaubt«, das Buch wäre sauber gewesen. Ihm wird Glauben geschenkt. May wird nicht mehr für die Arbeit in der Bibliothek herangezogen.
25. April: Die Kreisdirektion legt für Karl May eine zweijährige Polizeiaufsicht nach der Entlassung fest.
2. Mai: Entlassung aus dem Zuchthaus Waldheim. In seinen Papieren steht: »will nach Amerika auswandern.« Bis zum 4. Mai muß er sich in seinem Heimatort melden.
May zieht zu seinen Eltern nach Ernstthal und fängt an zu schreiben, ohne jedoch viel zu publizieren. Die Eltern unterstützen ihn.
3. od. 4. Mai: Ernstthal. May beantragt beim Bürgermeister einen Auslandspaß.
16. September: Die beiden im Verlag Heinrich Gotthold Münchmeyer erscheinenden Werke ›Die Geheimnisse des Venustempels aller Zeiten und Völker oder die Sinnenlust und ihre Priesterinnen.‹ und ›Die Geschlechtskrankheiten des Menschen und ihre Heilung. Mit besonderer Berücksichtigung der Syphilis, ihre Entstehung und Folgen.‹ werden durch die Staatsanwaltschaft in Preußen verboten.

1875

Anfang März: Ernstthal. Die Gebrüder Heinrich Gotthold und Friedrich Louis Münchmeyer besuchen Karl May und bieten ihm eine Stelle als Redakteur an.
8. März: May reist nach Dresden, um seine neue Arbeit als Redakteur aufzunehmen.
Als eines der ersten literarischen Projekte wird Karl May von Münchmeyer mit der Umarbeitung der in das Augenmerk der Sittenwächter geratenen Werke ›Die Geheimnisse des Venustempels aller Zeiten und Völker oder die Sinnenlust und ihre Priesterinnen.‹ sowie ›Die Geschlechtskrankheiten des Menschen und ihre Heilung.‹ betraut. Vorstudien werden unternommen.
12. März: Wegen ungemeldeter Entfernung wird der unter Polizeiaufsicht stehende junge Redakteur von der Ernstthaler Behörde bei der Dresdner Kriminalpolizei angezeigt.
15. März: Dresden. Karl May wird aus der Stadt ausgewiesen.
16. März: Dresden. May reicht bei der Polizeidirektion ein Gesuch um Aufenthaltsbewilligung ein, *in Rücksicht darauf, daß meine Stellung eine fixierte und sichere ist.*
24. März: Dresden. Karl May wird endgültig ausgewiesen und hat binnen drei Tagen die Stadt zu verlassen. Er kehrt nach Ernstthal zurück.
April – Mai: Die erste bisher nachgewiesene größere Novelle, *Die Rose von Ernstthal*, erscheint bei Hermann Oesers ›Deutsche Novellen-Flora‹ in Neusalza.
Anfang August: Rückkehr nach Dresden. Er wohnt *privatim am Jagdweg bei einer Frau verw. Vogel* (Aussage vor dem Dresdner Landgericht, 6.5.1908). Seine Wirtin war Auguste Ernestine Vogel, Annenstraße 14, 2. Stock.
Die erbetene Aufenthaltsbewilligung wird diesmal von der Polizeibehörde erteilt. Bis zum 2.5.1876 steht May aber weiterhin unter Polizeiaufsicht.
Ende August od. Anfang September: Karl May unternimmt mit Probenummern der von ihm gegründeten und redigierten Zeitschrift ›Schacht und Hütte‹ eine Rundreise zu Reklamezwecken durch Deutschland und besucht führende Montanunternehmen, u.a. in Chemnitz, Essen und Berlin.
Karl May liefert für das neue Erzeugnis *Das Buch der Liebe* die erste und dritte Abteilung, eine religions-philosophische

Abhandlung über die Liebe im Allgemeinen. Er greift dabei zum Teil auf seine parallel in der Zeitschrift ›Schacht und Hütte‹ laufenden *Geographischen Predigten* zurück.
1. September: Dresden. Karl May kauft Möbel bei Hugo Dröker.
Erste Septemberwoche: Die erste Indianererzählung, *Inn-nu-woh, der Indianerhäuptling*, erscheint.
Ende 1875: Umzug in das Hintergebäude des Münchmeyer-Verlages, Jagdweg 14, erster Stock.
Von Dresden aus bin ich oft besuchsweise nach Ernstthal zu meinen Eltern und meiner Schwester Wilhelmine Schöne geb. May gefahren. (Aussage vor dem Dresdner Landgericht, 6.5.1908)
Weihnachten: Dresden. Pauline Münchmeyer schenkt May zur Anerkennung seiner guten Arbeit als Redakteur ein Klavier.

1876

23. Februar: Dresden. Im Verlag Heinrich Gotthold Münchmeyers findet am Vormittag eine Hausdurchsuchung statt. In erster Linie gilt es dem verbotenen Lieferungswerk ›Die Geheimnisse des Venustempels aller Zeiten und Völker oder die Sinnenlust und ihre Priesterinnen.‹ Dabei werden auch Exemplare des *Buch der Liebe* konfisziert, an der Karl May mitgearbeitet hatte.
2. Mai: Die zweijährige Polizeiaufsicht, unter der May nach der Entlassung aus dem Zuchthaus Waldheim stand, endet.
Ende August/Anfang September: Dessau. Zwei Wochen verbringt der junge Literat in der Stadt zu Studienzwecken über den ›Alten Dessauer‹, die ihn u.a. in die Herzogliche Hofkammer führen.
September: Im ›Deutschen Familienblatt‹, Verlag H. G. Münchmeyer, erscheint die Erzählung *Ein Stücklein vom alten Dessauer*.
Oktober: Dresden. Im Zusammenhang mit der Hausdurchsuchung vom 23. Februar wird vor dem Amtsgericht gegen den Verleger Friedrich Louis Münchmeyer u. Genossen wegen Vergehen gegen die Sittlichkeit das Hauptverfahren eröffnet. Zu den ›Genossen‹ zählt auch Karl May. Gegen ihn wird wegen der Abfassung unsittlicher Bücher ermittelt. Er kann

nachweisen, daß er bei dem inkriminierten Werk *Das Buch der Liebe* keine einzige unsittliche Stelle geschrieben hat, und wird freigesprochen.
November: Es beginnt Mays erster Roman, *Der beiden Quitzows letzte Fahrten*, als Zeitungsabdruck zu erscheinen.
Bei einem Aufenthalt im Hause seiner Schwester Christiane Wilhelmine Schöne lernt er Emma Lina Pollmer näher kennen und schätzen.
8. Dezember: Dresden. Revisionsverhandlung »wider Friedrich Louis Münchmeyer u. Genossen wegen Vergehen gegen die Sittlichkeit« (Dresdner Nachrichten, 8.12.1876). Münchmeyer und sein Drucker Wilhelm Gleißner waren in erster Instanz wegen der Verbreitung von Büchern, die gegen die Sittlichkeit verstießen, verurteilt worden. In zweiter Instanz werden beide freigesprochen. Klagegegenstand war u.a. das von Karl May zum Teil mitverfaßte und redigierte *Buch der Liebe*.
Weihnachten: Ernstthal. Karl May weilt bei seiner Schwester Christiane Wilhelmine Schöne.

1877

Anfang: Wegen unüberbrückbarer Differenzen – er soll Minna Ey, die Schwägerin des Verlagsinhabers Müchmeyer, heiraten – kündigt Karl May zum Quartalsende seine Stellung und zieht aus dem Verlagsgebäude in die Pillnitzer Straße 72 zur Untermiete bei Amalie Wilhelmine Groh.
23. Februar: Dresden. *Gestatten Sie mir gütigst, Ihnen beifolgende humoristische Arbeit, deren Sujet ein aus dem wirklichen Leben gegriffenes ist, zur freundlichen Entscheidung, ob dieselbe sich für das von Ihnen redigirte Unternehmen eignet, zu unterbreiten.* (an Kaspar Braun, Redakteur der ›Fliegenden Blätter‹)
Ende März: Dresden. Karl May scheidet als Redakteur des Verlages Heinrich Gotthold Münchmeyer aus.
Pfingsten: Hohenstein. May verlobt sich mit Emma Pollmer.
26. Mai: Emma Pollmer übersiedelt von Hohenstein nach Dresden-Altstadt in Karl Mays alte Wohnung, Mathildenstraße 18. May selbst zieht nach Dresden-Striesen.
1. Juli: Dresden. Der Restaurantbesitzer Louis Vogel leiht Karl May 50 Mark.

12. Juli: Manuskripte gehen an Roseggers ›Heimgarten‹. »Hätten Sie, Herr Professor vielleicht zufällig den Namen Karl May schon gehört oder wüßten, welches Blatt er redigiert? Seiner ganzen Schreibweise nach halte ich ihn für einen vielerfahrenen Mann, der lange Zeit im Orient gelebt haben muß. Ich gedenke die ›Rose von Kahira‹ mit dem Oktoberheft zu beginnen«. (Peter Rosegger an Robert Hamerling)
16. November: Dresden. Aufgrund des nicht zurückgezahlten Geldbetrages vom 1. Juli klagt der Restaurantbesitzer Louis Vogel gegen May.
Dezember: Dresden. Karl May wird Redakteur der Zeitschrift ›Frohe Stunden‹ im Verlag Bruno Radelli.

1878

Januar od. Februar: Umzug innerhalb Dresden-Striesen, nach Straße 4, Nr. 2, Villa Forsthaus, Parterre. Emma Pollmer zieht zu ihrem Freund.
25. April: Niederwürschnitz u. Neuölsnitz. Karl May leistet dem Großvater seiner zukünftigen Frau einen Gefallen und recherchiert, um die näheren Umstände des Todes von Emil Pollmer zu klären. Emmas Onkel war betrunken unter ein Fuhrwerk geraten und im Stall einer Gastwirtschaft gestorben. Nach Zeugenaussagen tritt May als »höherer Regierungsbeamter« auf.
15. Mai: Der Ölsnitzer Gendarm Ernst Oswald erstattet wegen Amtsanmaßung gegen Unbekannt eine Anzeige bei der Staatsanwaltschaft. Wenig später wird der Unbekannte als der vorbestrafte Karl May ermittelt.
Anfang Juli (?)**:** Emma Pollmer zieht wieder zu ihrem Großvater nach Hohenstein und Karl May gibt die Wohnung in Dresden auf. Er wohnt wieder bei seinen Eltern in Ernstthal. Die folgende Zeit fährt er öfters nach Dresden, um seinen Verpflichtungen als Redakteur nachzukommen.
11. Juni: Dresden. May wird vom Untersuchungsrichter beim Bezirksamt Dresden zur Anzeige aus Ölsnitz vernommen.
24. Juni: Das Verfahren wegen »Ausübung eines öffentlichen Amtes« wird vom Bezirksgericht Chemnitz eingeleitet.
Juli od. August (?)**:** Karl May hält sich angeblich in Berlin auf. Auch in der Folgezeit ist er mehrfach auf Reisen, meistens jedoch zwischen Ernstthal und Dresden, aber auch im

Kohlerevier Lugau-Ölsnitz und in Stollberg ist sein Aufenthalt bezeugt.

Ende August: May beendet seine Stellung als Redakteur im Verlag Radelli, um fortan als freier Schriftsteller arbeiten zu können. Er zieht nach Hohenstein, Am Markt 243, zu Emma Pollmer und deren Großvater.

15. Oktober: Stollberg. May wird vor dem Königl. Amtsgericht zu seinem Auftreten in Niederwürschnitz im April vernommen. May verlangt den Zeugen gegenübergestellt zu werden und beteuert seine Unschuld. Um für letzteres Zeugen beibringen zu können, wird ihm eine Frist von 14 Tagen eingeräumt.

25. Oktober: Stollberg. Karl May wird mehreren Zeugen gegenübergestellt, u.a dem Schumacher Kossuth Jaehn.

13. November: Hohenstein. Da es nicht gelang, innerhalb der gesetzten Frist Zeugen für seine Unschuld zu finden, beantragt May eine Verlängerung, die ihm das Gericht bis zum 21. November gewährt.

1879

9. Januar: Karl May wird – obwohl er keine Amtshandlung vorgenommen hatte – vom Amtsgericht Stollberg zu drei Wochen Gefängnis wegen Amtsanmaßung verurteilt. May legt Berufung ein.

März: Die erste Erzählung im ›Deutschen Hausschatz‹, *Three carde monte*, beginnt zu erscheinen.

April: Es kommt zu einem Zerwürfnis mit Emma Pollmer. May zieht wieder zu seinen Eltern nach Ernstthal.

12. Mai: Bestätigung des Stollberger Urteils vom 9. Januar in 2. Instanz.

2. Juli: Ernstthal. May reicht ein Gnadengesuch an den sächsischen König Albert ein, jedoch ohne Erfolg.

August: Der erste Großroman, *Scepter und Hammer*, beginnt als Zeitschriftenabdruck zu erscheinen.

25. August: Stollberg. Bei der Vorladung vor das Gericht, bittet May um Aufschub des Haftantrittes, da er sich für literarische Arbeiten noch Bücher besorgen muß.

1. September: Hohenstein. Haftantritt im Arresthaus des Gerichtsamts Hohenstein-Ernstthal um 19.30 Uhr. May teilt sich bis zum 5. September die Zelle mit einem Häftling.

7. September: Hohenstein. Emma Pollmer besucht ihren Freund im Gefängnis.
16. September: Hohenstein. Von seiner Mutter erhält May 22 Zigarren.
22. September: Hohenstein. Die Haft endet um 19.00 Uhr. Diese vierte Haftstrafe bleibt die letzte im Leben Karl Mays.
November: Es erscheinen die beiden ersten Bucheditionen Mays, zum einen die Bearbeitung von Gabriel Ferrys ›Der Waldläufer‹ sowie die Erzählung *Im fernen Westen.*

1880

19. Februar: Hohenstein. Das Heiratsaufgebot Karl May u. Emma Pollmer wird bestellt. Der Aushang erfolgt vom 20.2. bis 7.3.
Mai: »Abonnent seit 74 in Leunefelde. Das können wir Ihnen wirklich nicht sagen, wie viel Selbsterlebtes und wie viel dichterische Zuthaten an May's Reiseabenteuern sind. Das ist aber wahr, daß der Verfasser alle jene Länder bereist hat, welche den Schauplatz der Abenteuer bilden; und das ist richtig, daß seine farbenreichen Schilderungen von Land und Leuten, Thieren und Pflanzen, Sitten und Gebräuchen etc. genau nach der Natur gezeichnet sind. Also Reisenovellen bietet uns der Verfasser und in diesem Genre ist er wohl Meister. Gegenwärtig reist er in Rußland und beabsichtigt, bald wieder einen Abstecher in's Zululand zu machen. Vielleicht trifft er dort den treuen tapferen Quimbo.« (›Deutscher Hausschatz‹ Nr. 12)
26. Mai: Hohenstein. Emmas Großvater Christian Gotthilf Pollmer stirbt um 9.00 Uhr an den Folgen eines Schlaganfalls.
27. Mai: Ernstthal. Karl Mays älteste Schwester Auguste Wilhelmine verheiratete Hoppe stirbt im 43. Lebensjahr an »Blutzersetzung« und hinterläßt 3 Töchter und 5 Söhne.
17. August: Hohenstein. Standesamtliche Trauung Karl Mays mit Emma Pollmer. Als Trauzeuge fungiert Mays Schwager Julius Ferdinand Schöne.
12. September: Hohenstein. Kirchliche Trauung in St. Christophori und Umzug ins Haus Am Markt 2, wo beide die ganze erste Etage anmieten.

1881

Januar: Im ›Deutschen Hausschatz‹ in Regensburg beginnt der Orient-Zyklus *Giölgeda padishanün* zu erscheinen. Kara Ben Nemsi und Hadschi Halef Omar erblicken das Licht der Welt und Karl May findet seine ihm eigene literarische Form.
März: »›Hausschatzleser in Westfalen.‹ Der Verfasser der Reise-Abenteuer hat alle Länder, welche der Schauplatz seiner Erzählungen sind, selbst bereist. Unlängst ist er von einem Ausflug nach Rußland, Bulgarien, Konstantinopel etc. zurückgekehrt, und zwar mit einem Messerstich als Andenken. Denn er pflegt nicht, mit dem rothen Bädeker in der Hand im Eisenbahn-Coupé zu reisen, sondern er sucht die noch wenig ausgetretenen Pfade auf. – Besten Dank für Ihre Grüße!« (›Deutscher Hausschatz‹ Nr. 9)
12. August: Hohenstein. Die Pariserin Juliette de Rochay setzt sich mit Karl May wegen der Übersetzungsrechte des Orient-Zyklus ins Französische in Verbindung.
Oktober: »Pr. P. in Trattenbach. Einstweilen müssen wir uns auf die Mittheilung beschränken, daß Herr Dr. K... M.. etwa 45 Jahre alt ist und leider gegenwärtig krank darnieder liegt in Folge einer wieder aufgebrochenen alten Wunde. Auf seinen weiten und gefahrvollen Reisen in allen Theilen der Erde, hat er sich selbstverständlich manche Wunde geholt. Wir hoffen, daß die bisherige eiserne Constitution Ihres Lieblingsschriftstellers auch diesmal bald obsiegen wird.« (›Deutscher Hausschatz‹ Nr. 1)
November: »Auf mehrere Anfragen. Erfreulicher Weise ist jetzt der Herr Verfasser der Reiseabenteuer in der Genesung begriffen und gedenkt, demnächst nach dem Süden zu ziehen, um sich völlig zu erholen ...« (›Deutscher Hausschatz‹ Nr. 2)
Die Zeitung ›Le Monde‹ beginnt mit dem Abdruck des ersten May-Textes aus dem Orient-Zyklus auf Französisch.

1882

Spätsommer: Dresden. Hotel Trompeterschlößchen. *Noch von Hohenstein aus unternahm ich ... eine kleine Vergnügungsreise nach Dresden.* (Aussage vor dem Dresdner Landgericht, 13.4.1908) Etwa acht Tage weilt das Ehepaar May in Dresden und trifft dabei im Rengerschen Gartenrestaurant auf Mays

vormaligen Arbeitgeber Heinrich Gotthold Münchmeyer. Der Verleger, dem seit dem Weggang Mays nicht alles geglückt war, versucht seinen ehemaligen Redakteur zur Lieferung von Kolportageromanen zu bewegen. Unter Zureden Emmas gibt May den Wünschen Münchmeyers nach, nicht zuletzt auch um der prekären finanziellen Lage zu entkommen. Der Vertrag wird mündlich geschlossen: 100 Lieferungshefte à 24 Seiten, 35 Mark Honorar je Heft, Veröffentlichung unter Pseudonym, Auflage bis 20 000 Exemplare, danach gehen die Rechte wieder an May zurück und er erhält eine Extragratifikation. Als Vorschuß zahlt Münchmeyer 500 Mark.
14. Oktober: Die erste Lieferung des Kolportageromanes *Waldröschen oder die Rächerjagd rund um die Erde* ist gedruckt.
20. Oktober: May hat seinem Auftraggeber bisher nur Manuskript zu einem Heft geliefert, obwohl Münchmeyer drei Hefte pro Woche benötigt. Der Verleger trägt sich mit dem Gedanken, May wegen Vertragsbruchs zu verklagen. »Ich glaube er hört auf Sie, indem er Sie doch liebt, was er ja immer betheuert. Ich wende mich also vertrauensvoll an Sie u. betrachte Sie als rettenden Engel, der mich erlösen soll aus meiner kostspieligen u. höchst verhängnisvollen Lage.« (Heinrich Gotthold Münchmeyer an Emma May)
November: »Alte Abonnentin in Zürich. Die ›prächtigen Abenteuer‹ des beliebten ›Weltläufers‹ werden allerdings in der Studirstube niedergeschrieben, aber die Reisen in allen Theilen der Welt sind von dem Herrn Verfasser wirklich gemacht worden. Selbstverständlich erlebt man in der Sahara, in Kurdistan u.s.w. andere Dinge, als im Coupé für Nichtraucher auf der Eisenbahn in Deutschland oder in der Schweiz.« (›Deutscher Hausschatz‹ Nr. 3)
Die ersten Hefte des neuen Romanes *Das Waldröschen* aus dem Hause Münchmeyer beginnen zu erscheinen, bis August 1884.

1883

7. April: Umzug von Hohenstein nach Dresden-Blasewitz, Sommerstraße 7, in die erste Etage.
Mai: Der Verleger Wilhelm Spemann tritt mit dem Plan einer Buchausgabe an May heran.

1. Juni: May schließt einen Vertrag mit Wilhelm Spemann über eine Buchausgabe seiner Werke. Die Vereinbarung wird jedoch nicht erfüllt.
Oktober/November: Die ersten Fortsetzungen des neuen Romanes *Die Liebe des Ulanen* aus dem Hause Münchmeyer beginnen zu erscheinen, bis November 1885.
November: »An mehrere Abonnenten. Dr. K. May ist wieder auf der Rückkehr nach Deutschland begriffen. Die Fortsetzung der Reiseabenteuer wird nun nicht mehr lange auf sich warten lassen.« (›Deutscher Hausschatz‹ Nr. 12)

1884

März: »Auf mehrere Anfragen. Herr Dr. Karl May ist am 19. Februar ›nach langer Irrfahrt‹, wie er uns schreibt, wieder in der Heimat angekommen und will nun seine Reise-Erzählungen alsbald fortsetzen.« (›Deutscher Hausschatz‹ Nr. 23)
April: Umzug von Dresden-Blasewitz nach Dresden-Altstadt (Johannstadt), Prinzenstraße 4, Parterre. Wohnungseigentümer ist Rentier Franz Eduard Boericke.
August/September: Die ersten Hefte des neuen Romanes *Der verlorne Sohn* aus dem Hause Münchmeyer beginnen zu erscheinen, bis Juli/August 1886.
26. November: Dresden. *Von einer monatelangen Reise zurückkehrend, finde ich Ihre werthe Zuschrift vor.* (an Joseph Kürschner)
Dezember: »Leider ist ein von Dr. Karl May an uns rechtzeitig abgesandtes Manuscript-Packet bis jetzt noch nicht hier eingetroffen und wahrscheinlich auf der Post verloren gegangen. Aus diesem Grunde hat die Fortsetzung von ›Giölgeda‹ unterbrochen werden müssen.« (›Deutscher Hausschatz‹ Nr. 13)

1885

8. März: Dresden. *Krankheit war der Grund meines Schweigens. Binnen acht Tagen werde ich mir gestatten, Ihnen für »Vom Fels zum Meere« den wohl zeitgemäßen Beitrag »Die erste Liebe des Mahdi« zur geneigten Verfügung zu stellen.* (an Joseph Kürschner)

Anfang April: Ernstthal. Von Verwandten benachrichtigt, hält May sich wegen des schlechten Gesundheitszustandes der Mutter bei seinen Eltern auf.

15. April: Ernstthal. Die Mutter stirbt nach längerem Leiden in den Armen Karl Mays.

Der Schriftsteller ist für Wochen zu keiner Arbeit fähig. Der ›Deutsche Hausschatz‹ meldet »ganz ohne Nachricht von dem Verfasser« (›Deutscher Hausschatz‹ Nr. 27) zu sein, und Münchmeyer fügt mangels Manuskript in die laufende Lieferung von *Die Liebe des Ulanen* einen vorliegenden, aber nicht zum Roman gehörigen May-Text mit dem Titel *Ulane und Zouave* ein.

Mai: Ernstthal. Der Vater erleidet einen Schlaganfall mit linksseitiger Lähmung.

Juli: »O. Rdlbg. D. Leider ist das von Dr. Karl May uns fest versprochene Manuscript des Schlusses von Giölgeda (der letzte Ritt) noch nicht in unseren Händen. Wir begreifen die Ungeduld der Leser, und es ist uns diese Verzögerung überaus peinlich.« (›Deutscher Hausschatz‹ Nr. 43)

1. Juli: Dresden. *Mitten aus der für Sie bestimmten Arbeit wurde ich durch die Aufforderung zu einer sofort anzutretenen Reise gerissen. Gestern zurückgekehrt, fand ich Ihre werthe Karte. Ich habe mich sehr, sehr zu entschuldigen.* (an Joseph Kürschner)

November: Die ersten Hefte des neuen Romanes *Deutsche Herzen Deutsche Helden* aus dem Hause Münchmeyer beginnen zu erscheinen, bis Dezember 1887.

1886

Juni: »Auf mehrere Anfragen. Es ist uns höchst peinlich, daß abermals – und ganz gegen unsere Erwartung – eine Unterbrechung in der Reise-Erzählung ›Der letzte Ritt‹ eingetreten ist. Leider haben wir bis jetzt das fehlende Manuscript noch nicht erhalten und entbehren zur Zeit jede Nachricht von dem Verfasser. In Zukunft werden wir freilich niemals mehr mit der Veröffentlichung irgend eines Werkes beginnen, ohne daß uns das Manuscript vollständig vorliegt.« (›Deutscher Hausschatz‹ Nr. 36)

Karl May bricht den begonnenen Lieferungsroman *Delilah* nach wenigen Manuskriptseiten ab und beginnt – aus ak-

tuellem Anlaß – mit *Der Weg zum Glück* einen *Roman aus dem Leben Ludwig des Zweiten.* Der bayerische ›Märchenkönig‹ war am 13. Juni gestorben.
Juli/August: Die ersten Hefte des neuen Romanes *Der Weg zum Glück* aus dem Hause Münchmeyer beginnen zu erscheinen, bis Anfang 1888.
17. Oktober: Dresden. *Verzeihung, daß ich Ihre letzte so freundliche Zuschrift erst heut zu beantworten vermag! Ich war nicht daheim und habe den Brief erst jetzt zu Händen bekommen.* (an Joseph Kürschner)
November: Dresden. Karl May beginnt für den Verlag Spemann mit der Niederschrift *Der Sohn des Bärenjägers.*

1887

8. Januar: Die erste Jugenderzählung, *Der Sohn des Bärenjägers,* beginnt zu erscheinen.
21. Februar: Dresden. Heinrich Gotthold Münchmeyer bittet um weitere Manuskriptlieferung für den Lieferungsroman *Deutsche Herzen Deutsche Helden.*
Anfang April: Dresden. Verlagsfaktotum August Walter legt May einen vom 3. April datierten Revers vor, mit dem er alle Rechte an den Lieferungsromanen an den Verleger Münchmeyer abtreten soll. May unterzeichnet nicht.
Frühjahr: Umzug von Dresden-Altstadt nach Dresden (Seevorstadt), Schnorrstraße 31, 1. Stock. Wohnungseigentümer ist der Wirt Johann August Nitsche.
Sommer: Dresden. May beendet die Zusammenarbeit mit Münchmeyer. Insgesamt schrieb er fünf Lieferungsromane.
27. Juli: Dresden. Die Redaktion des ›Guten Kameraden‹ fordert dringend weiteres Manuskript zu *Der Sohn des Bärenjägers.*

1888

25. Januar: Die Redaktion des ›Guten Kameraden‹ erhält die ersten Manuskriptseiten der Erzählung *Der Geist des Llano estakado.*
Januar/Februar: Die Jugenderzählung *Der Geist des Llano estakado* beginnt zu erscheinen.

Frühjahr: Dresden. Das angestellte Dienstmädchen Alma Eulitz verklagt Karl May wohl wegen ausbleibender Lohnzahlungen.
Der Wohnungsvermieter Johann August Nitsche verklagt May wegen rückständiger Mietzahlungen.
15. Juni: Dresden. Das Dienstmädchen Silvestra Puschmann tritt ihre Stellung im Hause May an.
September: Die Jugenderzählung *Kong-Kheou, das Ehrenwort* beginnt zu erscheinen.
6. September: Der Vater Heinrich August May stirbt in Ernstthal.
1. Oktober: Umzug des Ehepaares May von Dresden nach Kötzschenbroda, Schützenstraße 6, Villa Idylle. Hausbesitzerin ist Alma Freifrau von Wagner.
12. Oktober: Kötzschenbroda. Als *Dr. phil. Karl May, Schriftsteller* trägt er sich in das Einwohnermelderegister ein.
18. Dezember: Kötzschenbroda. May unterzeichnet einen Vertrag über die Buchausgaben aller für Wilhelm Spemann verfaßten Erzählungen.

1889

Jahresanfang: Dresden. Der Inhaber der Weinhandlung A. Stiebitz & Co., Joachim H. Fickel, verklagt Karl May, wohl wegen nicht bezahlter Rechnungen.
Frühjahr od. Sommer: Der Gastwirt Karl Leuschner klagt gegen May, wohl wegen nicht bezahlter Rechnungen. Wegen überfälliger Mietzahlung klagt Alma v. Wagner.
September: Die Jugenderzählung *Die Sklavenkarawane* beginnt zu erscheinen.
Oktober: Der erste Teil der Reiseeerzählung *El Sendador* beginnt zu erscheinen.

1890

1. Januar: Kötzschenbroda. Karl May kann die fällige Quartalsmiete für die Villa in Höhe von 200 Mark nicht aufbringen, obwohl er kaum vom Schreibtisch aufsteht und in manchen Wochen über 100 Manuskriptseiten entstehen.

14. Januar: Kötzschenbroda. Die Vermieterin Alma v. Wagner reicht bei dem Amtsgericht Dresden erneut eine Zahlungsklage wegen Mietsäumnis ein.
24. Januar: Dresden. In Abwesenheit wird May zur Zahlung nebst Zinsen und Gerichtskosten verurteilt.
19. März: Kötzschenbroda. Das Dienstmädchen Silvestra Puschmann beendet ihren Dienst beim Ehepaar May.
Mai: Kötzschenbroda. Der Verleger Wilhelm Spemann besucht Karl May, um ihn zu einer weiteren Mitarbeit am ›Guten Kameraden‹ zu bewegen.
»Gretchen Rbg. Ihre Hoffnung ist vergebens. Unser verehrter Mitarbeiter Dr. Karl May, der Weltläufer, der einst mehr außer als im Hause war, ist bereits verheirathet.« (›Deutscher Hausschatz‹ Nr. 33)
September / Oktober: Der zweite Teil der Reiseerzählung *El Sendador* und die Jugenderzählung *Der Schatz im Silbersee* beginnen zu erscheinen.
18. Oktober: Kötzschenbroda. *Verzeihung, daß ich wegen einer längeren Abwesenheit Ihre werthe Anfrage erst heut zu beantworten vermag.* (an Joseph Kürschner)
Herbst: Umzug von Kötzschenbroda nach Niederlößnitz, Lößnitzstraße 11.
Anfang Dezember: Regensburg. Karl May und Emma weilen in der Stadt und besuchen Friedrich Pustet, den Verleger des ›Deutschen Hausschatzes‹.

1891

Anfang des Jahres (?)**:** Dresden. Karl und Emma lernen das Ehepaar Richard und Klara Plöhn anläßlich eines Theaterbesuches kennen
8. April: Umzug von Niederlößnitz nach Oberlößnitz, Nizzastraße 13, Villa Agnes.
28. Mai: Oberlößnitz. Nachdem der Hund längere Zeit angeschlagen hat, »erwachte die Frau des Dr. May durch ein Geräusch im Parterre. Sie weckte ihren Mann, der sich sofort nach unten begab, wo er zu seiner Überraschung … sämmtliche Schränke und Kommoden geöffnet und deren Inhalt zum Theil auf dem Boden verstreut fand. Außerdem hatte der Einbrecher eine Axt auf das Bett gelegt. Von dem Diebe, der nach Aufbrechen eines Fensterladens und Zerbrechen

mehrerer Fensterscheiben in das Zimmer gedrungen, war nichts mehr zu bemerken ...« (›Kötzschenbrodaer Zeitung‹, 30.5.1891)
Spätsommer: Oberlößnitz. Der Verleger Friedrich Ernst Fehsenfeld aus Freiburg i. Br. besucht den Schriftsteller und verhandelt über die Herausgabe einer Buchausgabe der Mayschen Erzählungen, die bisher im ›Deutschen Hausschatz‹ erschienen sind. Gemeinsam werden Spaziergänge durch den Lößnitzgrund und die nähere Umgebung unternommen.
September: Die Jugenderzählung *Das Vermächtnis des Inka* beginnt zu erscheinen.
September / Oktober: Die Reiseerzähung *Der Mahdi* beginnt zu erscheinen.
Mit Beginn des neuen Schulhalbjahres nimmt Karl May seine neunjährige Nichte Clara Selbmann bei sich auf. Sie besucht die höhere Töchterschule in Kötzschenbroda.
21. Oktober: Oberlößnitz. Die Zahlungsklage des Kaufmanns Johann Schwarz auf fällige 125 Mark wird vor dem Amtsgericht Dresden verhandelt.
17. November: Karl May und Friedrich Ernst Fehsenfeld schließen einen Vertrag über die Herausgabe von »Carl May's gesammelte Reiseromane«.
25. November: Oberlößnitz. Die Zahlungsklage des Restaurantbesitzers Louis Vogel auf noch offene 50 Mark (von 1877) wird vor dem Amtsgericht Dresden verhandelt. Vorschüsse des Verlegers Fehsenfeld ermöglichen die finanzielle Konsolidierung des Schriftstellers.
3. Dezember: Oberlößnitz. ... *ich arbeite, obgleich noch stark Reconvalescent, die Nacht hindurch ...*

Im lieben, schönen Lößnitzgrund
Da saßen Zwei selbander;
Die schlossen einen Freundschaftsbund,
Gehn niemals auseinander.
Der Eine schickt Romane ein,
Der Andre läßt sie drucken,
Und's Ende wird vom Liede sein:
's wird Beiden herrlich glucken!
(an Friedrich Ernst Fehsenfeld)

1892

Undatiert: Der Schriftsteller Moritz Lilie verklagt May wohl wegen verleumderischer Beleidigung.
6. April: Der Verleger Heinrich Gotthold Münchmeyer stirbt in Davos während eines Kuraufenthaltes.
10. Mai: Der erste Band der durch Friedrich Ernst Fehsenfeld verlegten Reiseerzählungen, *Durch Wüste und Harem* (später *Durch die Wüste*), erscheint. Bis zum Jahresende erscheinen die fünf Fortsetzungsbände des Orientzyklus *Giölgeda padishanün*. Die finanzielle Situation hat sich schlagartig geändert. Karl May wird über die Buchausgaben bei Fehsenfeld in den folgenden Jahren ein wohlhabender Mann.
13. Juni: Oberlößnitz. *Emma brachte einen Nothpfennig herbei und das war ein Glück, denn am ersten Feiertag kamen vier Verwandte auf Besuch; wir waren am zweiten Feiertag mit ihnen in Dresden, also nicht daheim, weshalb bei den hiesigen Postverhältnissen Ihre Anweisung erst am dritten zu Mittag in meine Hände kam.* (an Friedrich Ernst Fehsenfeld)
25. Juni: Oberlößnitz. *Meine Frau sagt zum Sudan nicht quod non. Sie möchte sogar mit und will in Kairo bleiben und auf mich warten …* (an Friedrich Ernst Fehsenfeld)
August: Karoline Selbmann holt ihre Tochter Clara wieder zu sich nach Hohenstein-Ernstthal. May standen beim Abschied Tränen in den Augen. Er hatte sich sehnlichst ein Kind gewünscht und wollte seine Nichte Clara an Kindesstatt annehmen. Sie hatte sich jedoch in einem Brief an ihre Mutter über die herzlose Tante, Emma May, beschwert.
10. Oktober: Oberlößnitz. *Ein hiesiger Arzt, Dr. Büttner, war kürzlich in Constantinopel und hat dort in der »Orientalischen Correspondenz« einen langen, außerordentlich günstigen Artikel über unser Unternehmen gefunden. Sie wurden sehr anerkannt, und ich hatte die Ehre, einer der ersten Kenner des Orientes genannt zu werden. Das erfreut. Nicht?* (an Friedrich Ernst Fehsenfeld)
16. Oktober: Oberlößnitz. *Am Liebsten schriebe ich alle 3 Bände neu. Es müßte ein ethnographisch-novellistisches Meisterstück werden, nach welchem 100 000 Hände griffen, noch ganz anders als Lederstrumpf und Waldläufer, viel gediegener, wahrer, edler, eine große, verkannte, hingemordete, untergehende Nation als Einzelperson Winnetou geschildert.* (an Friedrich Ernst Fehsenfeld)

9. Dezember: Oberlößnitz. *Sie haben ganz richtig vermuthet; ich erzähle nur wirklich Geschehenes, und die Männer, von denen ich erzähle, haben existirt oder leben sogar noch heut. Old Shatterhand z.B. bin ich selbst.* (an Unbekannt)

1893

26. Januar: Oberlößnitz. Der Verwalter auf Gut Rosen in Mitau bemüht sich um die Übersetzungsrechte ins Russische. *Es ist noch keines meiner Werke in diese Sprache übersetzt worden, und bin ich recht gern erbötig, mit Ihnen darüber in Unterhandlung zu treten. / Vielleicht ist es mir möglich, Ihrer gütigen Einladung Folge zu leisten und mich Ihnen persönlich vorzustellen, und werden wir dann gewiß einen Auerochsen schießen.* (an Jaskowiak)

24. Februar: Oberlößnitz. *Meine Frau bäckt soeben Kuchen, weil morgen mein Geburtstag ist. Da giebt es Abendgesellschaft mit Sang und Tanz bei mir. Könnten Sie doch dabei sein! Werde in Ihrem Namen mit Emma einen feschen Walzer schwenken.* (an Friedrich Ernst Fehsenfeld)

Mai: Die Buchausgabe von *Winnetou* 1.Bd. wird als erschienene Neuigkeit angekündigt.

9. Juni: Titisee. *Gruß aus dem schönen Schwarzwald.* (an Ferdinand Schöne) Im Anschluß an den Schwarzwaldaufenthalt erfolgt ein Abstecher nach Freiburg

Juni: Freiburg. Karl May und seine Ehefrau Emma besuchen das Verlegerehepaar Fehsenfeld für ca. 14 Tage.

Ab 20. Juni: Schweiz. Gemeinsam unternehmen Mays und Fehsenfelds eine Reise nach Bönigen am Brienzer See. »... ganze Tage unterhielten wir uns in Knüttelversen.« (Friedrich Ernst Fehsenfeld)

September: Die Jugenderzählung *Der Oelprinz* beginnt zu erscheinen, ebenso die Reiseerzählung *Die Felsenburg.*

17. September: Oberlößnitz. *Der Hauptgrund, daß ich nichts fertig brachte, ist meine gegen früher hochgradig gesteigerte Nervosität, auf welche meine Frau nicht die mindeste Rücksicht nimmt, und dann ein familiärer, über den ich nicht schreiben kann. Meine Frau ist seit der unglückseligen Reise eine ganz andere geworden.* (an Friedrich Ernst Fehsenfeld)

30. Oktober: Oberlößnitz. *P. Monsignore Klein, der Beichtvater unseres Königs war bei mir und hat sich außerordentlich*

beifällig über unsern Verlag ausgesprochen; er will sich zur Verbreitung alle Mühe geben ... (an Friedrich Ernst Fehsenfeld)
2. November: Oberlößnitz. *Herzlich gerne würde ich Ihnen meine Werke gratis senden, aber ich habe selber keine Freiexemplare mehr sondern 225 Bände an arme Leser verschickt.* (an L. Martini)
26. November: Oberlößnitz. Wegen eines Augenleidens war May *kürzlich zweimal in Leipzig gewesen.* (an Friedrich Ernst Fehsenfeld)

1894

Anfang des Jahres: Dessau. Hotel Drei Kronen. Mehrere Tage, angeblich um Studien zu einem Stück über den ›Alten Dessauer‹ zu machen, weilen Karl May und Frau in der Stadt. Ein gereimter Kartengruß geht an Klara Plöhn.
21. März: Oberlößnitz. *Ich habe Ihnen mitgetheilt, daß ich arme Verwandte unterstütze, was meine Frau nicht will. Ich bin also gezwungen, zuweilen eine Einnahme oder Ausgabe vor ihr geheim zu halten. Ein Mann hat ja überhaupt oft Ausgaben, für welche die Frau kein Verständnis hat ...* (an Friedrich Ernst Fehsenfeld)
Mai: Harzreise. Karl May unternimmt sie mit Emma, um seinen angegriffenen Gesundheitszustand zu verbessern. Eine Grippe mit Rippenfellentzündung hatte ihn zuvor geplagt. May hat kein festes Quartier und unternimmt zahlreiche Wanderungen.
9. Mai: Blankenburg. Der Gesundheitszustand ist immer noch nicht gut, so daß an literarische Arbeit kaum zu denken ist. Er muß sich sogar *eines Schreibers bedienen.* (an Friedrich Ernst Fehsenfeld)
Oktober: Bei einem Mittagessen im Hause der Verlegerwitwe verhandelt Pauline Münchmeyer mit May über einen neuen Lieferungsroman. May ist nicht abgeneigt, möchte die Bedingungen jetzt aber schriftlich fixiert wissen. Auch erinnert der Schriftsteller an eine längst fällige Abrechnung der fünf Lieferungsromane und verlangt seine Manuskripte zurück. Statt der nicht mehr vorhandenen Handschriften erhält May wenig später einen Satz gebundener Exemplare der Heftausgabe.
2. November: Oberlößnitz. *Ich spreche und schreibe: Fran-*

zösisch, englisch, italienisch, spanisch, griechisch, lateinisch, hebräisch, rumänisch, arabisch 6 Dialekte, persisch, kurdisch 2 Dialekte, chinesisch 2 Dialekte, malayisch, Namaqua, einige Sunda-Idiome, Suaheli, Hindostanisch, türkisch und die Indianersprachen der Sioux, Apachen, Komantschen, Snakes, Uthas, Kiowas nebst dem Ketschumany 3 südamerikanische Dialekte. Lappländisch will ich nicht mitzählen. (an Carl Jung)

27. November: Die Verlegerwitwe Pauline Münchmeyer bittet May über ihren Verlagsmitarbeiter August Walter erneut um Lieferung eines neuen Romanes. Die Konditionen sind etwas besser als seinerzeit. May lehnt ab.

Dezember: Die Buchausgabe von *Old Surehand* 1.Bd. wird als erschienene Neuigkeit angekündigt.

6. Dezember: Oberlößnitz. *»Old Surehand« soll wo möglich noch besser sein als »Winnetou«. ... trotzdem mir die Krankheit noch schwer in den Gliedern liegt. Gut bekommen ist mir das nicht.* (an Friedrich Ernst Fehsenfeld)

16. Dezember: Oberlößnitz. *Ja, ich habe das Alles und noch viel mehr erlebt. Ich trage noch heute die Narben von den Wunden, die ich erhalten habe.* (an Elisabeth Felber)

24. Dezember: Oberlößnitz. Zum Weihnachtsfest sind liebe Gäste geladen. *Schon brannten die Lichter an den Bäumen, und eben wollte ich mich an das Instrument setzen, um die Feier einzuleiten, da kam der Postmann und brachte Ihre Gabe. Welche Freude! ... Ihre Flaschen kamen auf die Festtafel und Ihre Photographien dazu.* (an Emil Seyler, 3.1.1895)

1895

Undatiert: Oberlößnitz. Im Verlauf des Jahres besuchen der jetzt in Lawrence USA lebende ehemalige Schulfreund Ferdinand Pfefferkorn und dessen Frau das Ehepaar May. Die Gäste neigen zum Spiritismus und führen im Hause Mays Séancen durch.

3. Januar: Oberlößnitz. *Haben Sie nicht im »Hausschatze« gefunden, daß ich in Arabien und Persien gewesen bin? Bei meiner Rückkehr lagen Briefe massenhaft zur Beantwortung da, außerdem hatte ich 3 Bände »Old Surehand« zu schreiben. Der Weg über die kalten Alpen zurück zeigte sich mir nach der persischen Hitze so schädlich, daß mich die Influenza abermals packte.* (an Emil Seyler)

25. April: Der Kunstverlag Bauer aus Berlin bittet für sein Porträtwerk bekannter Künstler um ein Photo.
22. Juni: Oberlößnitz. *Sie schrieben mir Sonnabend, den 30ten März und wollten bis Mittwoch Antwort haben! Leider ist meine Zeit viel, viel kostbarer, als Sie denken. Nur in der letzten Weihnachtswoche gingen bei mir über 3000 Briefe von Lesern ein, welche alle Antwort haben wollten. Jetzt war ich zur Auerochsenjagd im Kaukasus geladen, wo man Old Shatterhand schießen sehen wollte, und nun, da ich heimgekehrt bin, liegen wieder ganze Berge von Briefen vor mir, die ich schnell erledigen soll.* (an Wilhelm Matthäi)
5. Oktober: Oberlößnitz. *Ich war bis gestern verreist.* (an Joseph Kürschner)
Oktober od. November: May schreibt von Nürnberg an Heinrich Keiter, den Redakteur des ›Deutschen Hausschatz‹.
15. November: Oberlößnitz. Die glänzende Absatzlage der *Gesammelten Reiseerzählungen* machen einen Nachtrag zum Verlagsvertrag vom 17.11.1891 möglich. Darin wird vereinbart, daß der Verfasser Anspruch auf das Gesamthonorar für jedes weitere Buch und die ganze Auflage hat, noch bevor das Buch verkauft ist.
17. November: Oberlößnitz. Karl May schließt mit der Baufirma Moritz Ziller einen Kaufvertrag über eine Villa in Radebeul, Kirchstraße 5, ab. Die Firma erhält auch den Auftrag, an der Fassade den Schriftzug »Villa ›Shatterhand‹« anzubringen.
23. Dezember: Radebeul. *Lange Reise! Schwere Krankheit! Kauf einer neuen Villa! Großer Umzug und neue Einrichtung! Tag und Nacht Manuscript schreiben!* (an Carl Felber)
30. Dezember: Der notarielle Vertrag über den Kauf der Villa in Radebeul, für 37300 Mark, wird abgeschlossen.

1896

März: Der Dresdener Büchsenmacher Max Fuchs übergibt die im Auftrag hergestellte *Silberbüchse* und Ende April den *Bärentöter.*
9. April: Leipzig. *Dringende Geschäfte führten mich erst nach Berlin und dann nach hier; daran bin ich nicht allein schuld.* (an Friedrich Ernst Fehsenfeld)
25. April: Kartengruß an Alois Schießer.

Der Frühling treibt sie in das Land,
Nun kommen alle hergerannt,
Mich, bin ich früh kaum aus den Daunen,
Schon bei dem Kaffee anzustaunen.
Und glauben Sie mir auf mein Wort:
Sie geh'n nicht etwa wieder fort! [...]

Ostern: Radebeul. Der Amateurphotograph Alois Schießer weilt für einige Tage in der Villa ›Shatterhand‹ und macht 101 Kostümaufnahmen, u.a. Karl May als Old Shatterhand und Kara Ben Nemsi.
16. Mai: Radebeul. Die Grundbuchumschreibung für Mays Grundstück erfolgt. Er ist jetzt ganz offiziell Villenbesitzer.
4. Juni: Radebeul. *Meine Geschäftsreise trete ich erst morgen an. Wie lange sie währt, kommt ganz darauf an, wann sie zu Ende geht. Finde ich die Verhältnisse vorbereitet, bin ich schon in 3 Tagen wieder da, sonst aber vor dem 12ten nicht.* (an Alois Schießer)
May bietet Schießer, der in Dresden studieren will, freie Kost und Logis an. Letzterer geht darauf ein und wohnt für einige Zeit in der Villa ›Shatterhand‹.
13. Juni: Radebeul. *Was ich in »Winnetou« erzählt habe, ist Alles erlebt; ich erfinde überhaupt nichts. Die Überschrift meiner Bücher »Reiseromane«, ist falsch; sie wird nächstens in »Reiseerlebnisse« umgeändert werden.* (an Familie Wolf-Malm)
24. Juni: Radebeul. Vertragsabschluß mit dem Photographen Adolf Nunwarz über die Herausgabe der Kostümphotos.
Juli (?)**:** Radebeul. Der Redakteur des ›Deutschen Hausschatzes‹ Heinrich Keiter besucht das Ehepaar May. May hatte zuvor die Mitarbeit eingestellt, da Keiter über 300 Seiten aus *Satan und Ischariot* herausgekürzt hatte.
16. August: Radebeul. *Zu Ihrer Beruhigung (!) will ich Ihnen sagen, daß alles wahr ist, was ich von Winnetou schreibe; er war zwar Indianer, aber der edelste Mensch den ich kennen gelernt habe, und ich liebe und verehre ihn noch heut.* (an Marie Hannes)
In den folgenden Monaten entwickelt sich mit dem 15jährigen schwärmerischen Mädchen aus Wernigerode eine intensive Korrespondenz.
August / September: Lorch am Rhein. Nach schon länger andauerndem Briefwechsel, spätestens seit 1894, erfolgt im Herbst ein nahezu dreiwöchiger Aufenthalt im Hause der Fa-

milie des Weinhändlers Jung. »Ausflüge in die nähere und weitere Umgebung mit Besichtigung von Burgen und Besuch von bekannten Ausflugsorten verschafften dem in lebhaftem Gespräch unentwegt sächselnden Ehepaar vielerlei Erlebnisse und entsprechenden Stoff zur Unterhaltung. Sehr viel Gefallen fand Karl May an den Rheingauer Weinen. ... in aufgelockerter Weinstimmung erzählte er dann witzige Schnurren, z.B. aus dem sächsischen oder bayerischen Sprachbereich, jedoch niemals aus der Erlebniswelt seiner Reisen. ... Fragen nach weiteren Einzelheiten über seine Reiseerlebnisse wich er gewöhnlich mit einer kurz abfertigenden Antwort aus, so daß ich bald erkannte, daß er in diesen Dingen nicht besonders mitteilsam sein wollte. Andererseits bot sein Verhalten im persönlichen Umgang keinen Anlaß, den Wahrheitsgehalt seiner Reiseschilderungen anzuzweifeln.« (Bericht Carl Jungs im ›Wiesbadener Tagblatt‹, 31.3. u. 1.4.1962)
Beim Abschied erfolgt die Einladung an den Schüler Carl Jung zu einem längeren Aufenthalte in der Villa ›Shatterhand‹, sobald die Gymnasialzeit erfolgreich abgeschlossen sei.
September: Die Jugenderzählung *Der schwarze Mustang* beginnt zu erscheinen.
14. September: Radebeul. *Ich war zweimal verreist, und dann daheim diese Ueberschwemmung von Arbeit! Tausende von Briefen zu beantworten – nach Regensburg, Stuttgart, Breslau und Kairo lange Manuscripte schreiben, letzteres sogar in arabischer und türkischer Sprache! Dann »Mahdi« III und »Old Surehand« III schreiben, »Im Reiche des silbernen Löwen« 5 000 Seiten – dazu hunderte von Leserbesuchen, schrecklich, schrecklich, schrecklich! Ich habe Tag und Nacht arbeiten müssen und in mancher Woche nur dreimal schlafen können ... Ich bewohne mein Haus »Shatterhand« jetzt mit den dienstbaren Geistern allein. Meine gute Frau befindet sich in einer Naturheilanstalt, um die Folgen der Influenza fortzujagen.* (an Emil Seyler)
Oktober: *Es ist Dienstag früh punkt sieben. Ich werde um Manuskript gedrängt, habe seit gestern Nachmittag drei Uhr, also sechzehn Stunden lang, am Schreibtische gesessen und kann, auch wenn ich nicht gestört werde, vor abends acht Uhr nicht fertig werden. Die Nacht, oft zwei, drei Nächte hintereinander, ohne dann am Tage schlafen zu können, ist überhaupt meine Arbeitszeit, der vielen Besucher wegen ... Acht Uhr! Die erste Post wird abgegeben; dreißig Briefe von Lesern, darunter vier mit zusammen achtzig Pfennigen Strafporto, ein fast tägliches*

Vorkommnis ... Ich kann dreist behaupten, daß noch nie jemand soviel Bierkarten erhalten hat, wie Karl May. Wer kennt alle die May-Klubs, deren Ehrenmitglied ich bin? ... Wer zählt die Verbindungen, die akademischen und unakademischen Gesangsvereine, die Lese-, Fecht-, Turn- und anderen Vereine, die Stamm-, Skat- und Kaffeetische, welche mir durch Depeschen, Briefe, Karten, Blumen und sonstige Spenden beweisen, daß ich jährlich etwa zwanzig Geburts- und dreißig Namenstage habe? (May in *Freuden und Leiden eines Vielgelesenen*)
6. Oktober: Radebeul. *Hierauf* [nach *Old Surehand* 3.Bd.] *sollte »Marah Durimeh« kommen, 3 Bände, mein Hauptwerk, welches meine ganze Lebens- und Sterbensphilosophie enthalten wird.* (an Friedrich Ernst Fehsenfeld)
13. Oktober: Radebeul. May überweist zur Unterstützung 100 Mark an seinen Schwager Ferdinand Schöne.
17. Oktober: Radebeul. *Meinen Lieblingen den lieben Obstspenderinnen in Deidesheim. Welch eine freundliche Ueberraschung! Da ich selbst ein großer Obst-Fex bin, ist mir diese Sendung im höchsten Grade interessant. Herzlichsten Dank dafür! Wären doch die Namen dabei! Man kennt mich hier als denjenigen Pomologen, welcher die edelsten Sorten zieht. Ich lege mir eben jetzt einen neuen Garten an, ca. 5000 ^{2} Meter. Da wage ich es denn, eine große Bitte auszusprechen. Darf ich vielleicht erfahren, wie diese herrlichen Sorten heißen und aus welcher Gärtnerei resp. Baumschule sie stammen? Giebt es einen Katalog, der sie enthält? Ich möchte sie mir so gern anschaffen, und grad jetzt ist die richtige Zeit zum Einpflanzen.* (an Familie Seyler)
November: »Die in Nro. 1–2 abgedruckten 9 Porträts unseres hochverehrten Mitarbeiters, des Herrn Dr. Karl May, sind uns von ihm selbst zum Zwecke des Abdruckes im Hausschatz übergeben worden. Nachdem wir nachträglich erfahren, daß Herr Photograph Adolf Nunwarz in Urfahr-Linz a.D. Eigentümer der Originalaufnahmen ist, konstatieren wir das hiermit ausdrücklich, warnen vor Nachbildung und verweisen auf seine Ankündigung der Photographien, wornach dieselben und auch noch andere Darstellungen Dr. Karl May‹s durch alle Buchhandlungen bezogen werden können.« (›Deutscher Hausschatz‹ Nr. 8)
22. Dezember: Radebeul. »... der Ärmste hatte in der letzten Zeit zu arbeiten wie in seinem ganzen Leben noch nie. Dazu

täglich Besuche von auswärtigen Lesern, die man nicht gut abweisen kann.« (Emma May an Agnes Seyler)

1897

Januar: *»Schutzengel? Lächerlich!« sagte einst ein sehr gelehrter und weit gereister Herr zu mir, dessen Namen man in einigen Erdteilen kannte und auch heut noch kennt ... Ein Jahr später traf ich ihn in Tirol.* (May in *Old Surehand* 3.Bd., 152)
Soll ein Buch seinen Zweck erreichen, so muß es eine Seele haben, nämlich die Seele des Verfassers. (May in *Old Surehand* 3.Bd., 342)
»Wir saßen dem Dr. May und seiner treuen Gattin am Tische gegenüber und plauderten nach Herzenslust über Mancherlei. Daß natürlich May und seine Werke den allergrößten Teil der Unterhaltung ausmachten, liegt auf der Hand. Mit entzückender Offenheit, die seinem ganzen Character eigen, erzählte er bald eine Episode aus diesem, bald aus jenem Lande. Oft waren sie uns liebe Bekannte aus seinen Schriften, zuweilen waren sie neu und es mutete uns ganz eigenartig an, diese Erzählungen zu hören, die so leichtlich dahersprudelten, als beträfen sie die einfachsten Sachen der Welt, obschon sie Erlebnisse der gefährlichsten Natur oft enthielten ... Neunzehn Jahre reisen, wie May sagt, immer abseits der Heerstraße, mögen ihren Einfluß auf seinen eisernen Körper ausgeübt haben. Aber der Wille, der Geist ist sicher nicht, weder von Strapazen früher, noch von zunehmenden Alter oder von seiner angestrengten schriftstellerischen Tätigkeit angegriffen. Mit welchem Feuer weiß May zu erzählen, wie leuchten die Augen, wenn er auf seinen rothen Freund, seinen Winnetou, zu sprechen kommt! Und wie überschleicht eine unaussprechliche Rührung sein energisches Gesicht, gedenkt er des Todten.« (Bericht von Dr. Fr. Amroth)
5. Januar: Radebeul. Erster Besuch des jungen Max Welte in der Villa ›Shatterhand‹. »May empfing uns in dem Zimmer, welches andere Leute Salon nennen würden; da es aber einen solchen hier nicht gibt, so hat das Zimmer den poetischen Namen ›Emmas Harem‹ empfangen ... May ist nämlich Feinschmecker und genießt manche Speisen nur dann, wenn sie von seiner Gattin eigenhändig zubereitet sind ... Mays Weinkeller ist höchst exquisit und wird von dankbaren Le-

sern oft bereichert; oben an stehen die ›Deidesheimer Orgelpfeifen‹. Nach Tische setzte sich May an's Klavier … Er spielte Stücke aus seiner Oper ›Winnetou‹, an welcher er jetzt arbeitet. Sein Spiel zu beschreiben unterlasse ich, und ich fände auch keine Worte, aber jeder, der seine Komposition seines Liedes ›Ave Maria‹ kennt, der weiß, wie ergreifend seine Melodien wirken.« (Max Welte an seine Cousine Nana)
9. Januar: Die Buchausgabe von *Old Surehand* 3.Bd. wird als erschienene Neuigkeit angekündigt.
22. Januar: Radebeul. *Wollte schon am 20ten »Satan« III schikken; da kam Pustet. Er ist erst jetzt fort; darum erst heut der Band. »Auf fernen Pfaden« folgt binnen einer Woche.* (an Friedrich Ernst Fehsenfeld)
26. Januar: »Herr Keiter, der sich für die Folge jedes literarischen Eingriffs in Ihre Manuskripte enthalten wird, beginnt im 8ten Heft des ›Hausschatz‹ mit Ihrer neuen so sehnlichst erwarteten Reiseerzählung ›Im Reiche des silbernen Löwen‹ … Hoffentlich erfreuen Sie uns recht bald mit der Fortsetzung des hochinteressanten Manuskripts.« (Friedrich Pustet jun. an May) – Heinrich Keiter hatte 1895 über 300 Manuskriptseiten der Erzählung *Satan und Ischariot* gekürzt. May brach daraufhin den Kontakt zum Verlag Pustet ab. Friedrich Pustet besuchte Karl May Anfang Januar.
Februar: »An Mehrere: Die spannende Reiseerzählung von Dr. Karl May, ›Im Reich des silbernen Löwen‹, beginnt im nächsten, dem 8. Hefte.« (›Deutscher Hausschatz‹ Nr. 21)
Beginn des Abdruckes der Reiseerzählung »Im Reiche des silbernen Löwen. Erste Abteilung. Die Rose von Schiras.« (›Deutscher Hausschatz‹ Nr. 22)
Es ist jeder heiß- oder schnellblütig angelegte Mann nur glücklich zu preisen, wenn er eine bedachtsame Frau besitzt, welche es versteht, ihn in freundlicher, aber ja nicht herrischer Weise vor Unbedachtsamkeiten zu bewahren. Und doppelt glücklich zu preisen ist er, wenn er trotz seines Temperamentes so einsichtig ist, sich von ihr raten, mahnen und lenken zu lassen! Es geht ihm dadurch kein einziges Atom von seiner Manneswürde verloren. (May in *Im Reiche des silbernen Löwen* 1.Bd, 285 der späteren Buchausgabe)
Ich habe mich stets bemüht, meine Pflicht zu thun und ein guter Mensch zu sein; das ist mir oft schwer, sehr schwer geworden, wenn ich sah, daß mir dieses Bestreben nur Nachteil brachte … Ich habe mit meinem Herzen und mit meiner Armut unauf-

hörlich kämpfen müssen und mich schließlich drein ergeben, daß es meine Bestimmung sei, in der trüben Gesellschaft unerfüllter Wünsche durch das Leben zu gehen. (May alias Dozorca in *Im Reiche des silbernen Löwen* 2.Bd, 412 der späteren Buchausgabe)

15. Februar: Radebeul. *Da ich tausende von Briefen meiner Leser zur Beantwortung hier liegen habe, kann ich Ihnen leider nur kurz sagen, daß Droll und Hobble-Frank jetzt unter sehr guten Verhältnissen leben. Wenn Sie mich besuchen, werde ich Ihnen Alles zeigen, was Sie zu sehen wünschen.* (an Michel Oppenheim)

10. März: Radebeul. *Ich bedarf der Erholung nur zu dringend, kann aber doch nicht eher fort, als bis mein neuer Garten angelegt ist, und habe bis Ende April noch über 3 000 Seiten »Im Reiche des silbernen Löwen« und 1 200 Seiten »Scheitana« zu schreiben. Dann aber geht es unbedingt fort, nach Berlin, Hamburg, Bremen, Leer, Hannover, Münster u.s.w. Köln, Deidesheim, Stuttgart, Regensburg, München, Innsbruck, Salzburg, Wien, Ungarn pp pp Eine Erholung wird das aber auch nicht, denn ich habe da überall Vorträge zu halten und die Salamander der verschiedenen Studentenschaften mitzureiben. Dabei mach ich diese lange Tour nur, um endlich wenigstens den gesellschaftlich Hervorragendsten unter den Hunderten, welche mich eingeladen haben und längst mit Ungeduld erwarten, zu Willen zu sein. Lange kann ich mich da freilich bei Niemandem verweilen, oft höchsten nur ein halbes Stündchen. Ich werde wohl müder nach Hause kommen, als ich von hier fortgehe … Sind meine lieben Orgelpfeifen noch gut bei Ton? Oder klingen sie verstimmt, weil der vielgeplagte Onkel,*
welcher schreibt Nachts, wenn es donkel
und gar auch die oft genannte
reiselustge Emmatante
im Ballon bei günstgem Wind
heut noch nicht gekommen sind?

Ich versteh mich etwas auf das Orgelstimmen und werde, wenn der May mit dem Mai bei Ihnen eingezogen ist, den Schaden auszubessern versuchen. (an Emil Seyler)

20. März: Radebeul. *Da Sie die drei Bände Old Surehand noch nicht zu kennen scheinen, schicke ich sie Ihnen als Geschenk von Ihrem Old Shatterhand. Aus dem ersten Bande werden Sie ersehen, daß auch ich blind gewesen bin und also sehr wohl weiß, welche herrliche Gottesgabe den lieben Zöglingen Ihrer*

Anstalt versagt worden ist ... Ich schreibe jetzt drei neue Bände einer Reise, welche ich mit Hadschi Halef durch Persien gemacht habe. Wenn die Bücher fertig sind, werde ich sie Ihnen senden. Auch die drei Bände »Im Lande des Mahdi« schicke ich Ihnen gern, wenn Sie sie noch nicht haben.« (an Unbekannt in einer Blindenanstalt im Elsaß)

22. März: Die Buchausgabe von *Satan und Ischariot* 2.Bd. wird als erschienene Neuigkeit angekündigt.

April: »Eine englische Übersetzung von Dr. Karl Mays Reiseerzählungen ist unseres Wissens nicht erschienen.« (›Deutscher Hausschatz‹ Nr. 29)

8. April: Radebeul. *Bitte, kommen Sie mit Herrn Weber morgen, Freitag, und richten Sie es so ein, daß Sie mit uns essen, also spätestens 1 Uhr hier eintreffen.* (an Max Welte)

9. April: Radebeul. Besuch Max Weltes mit seinem Freund Walter Weber in der Villa ›Shatterhand‹. Es fallen ihm die »kleinen zarten Hände« Mays auf. Beim Essen im ›Weißen Roß‹ habe May seine Gemahlin mit »vorzüglicher Hochachtung« bedient. Seine Lieblingsrose sei die Marschall-Niel-Rose. Auch ist May ein starker Raucher; als Kettenraucher verbraucht er nur ein Zündholz am Tag. (Max Welte an seine Cousine Nana)

11. April: Radebeul. Phototermin in der Villa ›Shatterhand‹. *1er Preis für das VIIIte sächsische Wettphotographieren.* (an Max Welte)

14. April: Radebeul. *Also, Anfang Mai geht es fort, nach Hamburg, an den Rhein, zu Ihnen und dann weiter: Schweiz, Tirol, Oesterreich, Ungarn. Ich werde Ihnen meine Ankunft melden. Lange kann ich leider nirgends bleiben, denn es stehen mir zu dieser ganzen Reise höchstens sechs Wochen zur Verfügung; aber ich freue mich riesig auf Sie und die lieben Ihrigen. Was (den Wein) – die Reben – betrifft, so wird es wohl nun Zeit zum Pflanzen. Ich gehe auf Ihr freundliches Anerbieten ein, behalte mir aber vor, mit Ihnen persönlich darüber zu verhandeln, ob es opportun ist oder nicht, eine solche Sendung als Geschenk anzunehmen.* (an Emil Seyler)

15. April: Radebeul. *Das Titelwort »Reiseromane« ist ohne meine Erlaubniß gesetzt (also falsch) und jetzt in »Reiseerzählungen« umgeändert worden. Ich bin wirklich Old Shatterhand resp. Kara Ben Nemsi und habe erlebt, was ich erzähle.* (an Unbekannt)

Ich kam erst Sonnabend von einer weiten Reise zurück, und nun liegen über 5 000 Leserbriefe da, welche alle nach der Rei-

henfolge ihres Einganges zu beantworten sind. Das würde für Ihr Schreiben erst nach Monaten sein, aber so lange darf ich die lieben Kleinen doch unmöglich warten lassen … Ihre lieben Kinder würden sich gewiß sehr freuen, wenn sie Heft I des »Deutschen Hausschatz«, neuer Jahrgang, sehen könnten; da ist viel (mit Abbildungen) über Old Shatterhand zu lesen. (an Hans von Laßberg)
Mai: »Herr Dr. Karl May erfreut sich in seiner Villa zu Radebeul des besten Wohlseins.« (›Deutscher Hausschatz‹ Nr. 34) Veröffentlichung von *Ave Maria, Gedicht und Komposition für Männerchor von Dr. Karl May.*
2. Mai: Radebeul. *Ich war verreist. Ich bin gern bereit, Ihnen eine packende, actuelle Reiseerzählung im gewünschten Umfang zu liefern, und bitte mir Ihre Bedingungen gütigst mitzutheilen.* (an Joseph Kürschner)
Betreffs des Weihnachtsbandes muß ich auch mit Ihnen reden. Ich habe da 2 Sujets, nämlich entweder einen Hadschi Halef-Band oder einen »Christmas« betitelten, welcher hochinteressant zu werden verspricht … Wir reisen am 8. ds. M. ab, Berlin, Hamburg, Westfalen, Rhein, Stuttgart pp, Bayern, Oesterreich, Ungarn. Die Fahrtenbücher sind schon bestellt. (an Friedrich Ernst Fehsenfeld)
4. Mai: »Hervorragende Neuheit. Photographieen von Dr. Carl May, dem berühmten und wohl beliebtesten Reiseschriftsteller der Gegenwart, mit seiner eigenhändigen Unterschrift sind unter Vorbehalt aller Urheberrechte seitens der Verlagsfirma A. Nunwarz, Urfahr-Linz in nachstehenden Ausgaben erschienen.« (Anzeige im Börsenblatt)
9. Mai: Radebeul. *Beim Einpacken einige Worte. Morgen nach Leipzig; dann Harz, Hamburg, Rhein. Von Köln aus werde schreiben, wann wir mit Kurirzug Bingerbrück Neustadt fahren. Wenn möglich, sind wir zu Pfingsten bei Ihnen.* (an Emil Seyler)
10. Mai: Abreise nach Leipzig.
13. – 15. Mai: Wernigerode. Hotel Weißer Hirsch. Das Ehepaar May besucht die enthusiastische 16jährige Leserin Marie Hannes, den Bruder Ferdinand sowie deren Familie in der Forckestraße 15. »Meine Familie sah dem Besuche natürlich ebenfalls mit Freude entgegen – doch waren ihre Gefühle dem doch immerhin ›wildfremden Herrn‹ gegenüber gemäßigter, als die meinigen. Ich schwebte in einem ungetrübten Entzückenshimmel und wandelte an dem herbeigesehnten Tage

um 4 Uhr nachmittags mit meiner Mutter hochklopfenden Herzens zum Bahnhof.« (Marie Hannes in ›Allerlei von Karl May‹)
In den folgenden Tagen muß Karl May im Hause Hannes viel erzählen und er gibt sich ganz als guter Unterhalter, auch wenn stellenweise die Wahrheit auf der Strecke bleibt.
Gemeinsam werden Ausflüge in die romantische Harzlandschaft unternommen.
16. Mai: Hamburg. Der Besuch gilt in erster Linie der Familie Carl Felber. »Schlicht und sympathisch sah er [Karl May] aus. Der Schalk blitzte ihm aus den Augen, als er zum erstenmal vor uns stand in unserer damaligen Wohnung am Steindamm ... Voller Bewunderung betrachteten wir stets Karl Mays Hände ... In einer Kutsche fuhr man durch Hamburg. Karl May bewunderte die Stadt. Und vor allem die Kellner bewunderten ihn. Wo er auch aufkreuzte, gab es tiefe Bücklinge. Geld hatte für Karl May keinen Wert – außer, damit anderen eine Freude bereiten zu können. Wir rissen die Augen groß auf, wenn Karl May eine Zeche von zwei oder drei Mark bezahlte und dann dem Kellner ein Goldstück als Trinkgeld in die Hand drückte.« (Bericht Elisabeth Larson, geb. Felber)
19. Mai: Hamburg. »Mein Bruder und Karl May waren große Verehrer von Fürst Bismarck. Daher wurde, ehe Karl May abreiste, ein Ausflug nach Friedrichsruh vereinbart. Wir fuhren hin und fragten in einem nahe gelegenen Restaurant, wann und wo man wohl Bismarck sehen könnte. Wir hörten, daß er mittags 12 Uhr aus dem Tor seiner Besitzung herausfahre, um eine kleine Ausfahrt zu unternehmen. Da wir mit Blumensträußen versehen waren, hieß es, wir dürften sie ihm nicht in die Hände drücken, denn sie schmerzten ihn sehr. Wir stellten uns dann mit noch einigen anderen Leuten nahe dem Tor auf, und richtig kam dann das Gefährt mit dem schon recht leidend aussehenden Fürsten und fuhr langsam, so daß jede von uns Frauen und Mädchen die Blumen mit Grüßen aus Hamburg und Dresden übergeben konnte. Der Fürst neigte ein wenig den Kopf und sagte liebenswürdig: ›O meine Damen!‹ Dann rollte der Wagen weiter und Karl May und mein Bruder blieben gedankenvoll plaudernd zurück.« (Bericht Elisabeth Larson, geb. Felber)
21. Mai: Hamburg. An Bord des Schnelldampfers ›Prinzessin Heinrich‹ auf Helgolandfahrt.

24. Mai: Hamburg. Hotel Berliner Hof. *Mit lieben eingeladenen Leserinnen und Lesern hier in Hamburg Hotel Berliner Hof vereint.* (telegraphisch an Emil Seyler)
29. Mai: Hamburg. Telegramm vom Hotel Berliner Hof an Emil Seyler.
30. Mai: Kassel. Besuch der Wilhelmshöhe. *Tausend Grüße vom Hausfreund Shatterhand und seiner guten Squaw vom Rio Pecos.* (telegraphisch an Emil Seyler)
31. Mai: Mainz. Hotel Continental. Ein Kartengruß geht an Michel Oppenheim.
Wiesbaden. Besuch der Familie Wolf-Malm. *Große Hitze hier, welche von den tausend Fragen meiner hiesigen Leser noch glühender gemacht wird. Old Shatterhand und Nscho-tschi II.* (an Emil Seyler) Es erfolgt die Eintragung ins Gästebuch der Familie Wolf-Malm:

Das Leben ist ein Kampf;
Der Tod ist der Sieg;
Ich lebe, um zu kämpfen,
Und ich sterbe, um zu siegen.

Juni: »Eine weitere Komposition des Ave Maria von Karl May veröffentlichen wir demnächst.« (›Deutscher Hausschatz‹ Nr. 38)
1. Juni: Köln. Hotel Ernst.
3. Juni: Köln. »Dr. Karl May ist heute Nachmittag von 4–6 Uhr. Hotel Ernst, Köln, für seine Leserinnen und Leser zu sprechen.« (Kölner Lokal-Anzeiger u. Kölnische Volkszeitung)
4. Juni: Abreise nach Bonn.
5. Juni: Bonn. Telegramm an Emil Seyler. Die Ankunft zu Pfingsten in Deidesheim wird durchgegeben. Weiterfahrt nach Königswinter, Hotel Monopol.
6. Juni: Königswinter. »Das Wort: Karl May ist da, fuhr im nähern Bekanntenkreise wie der Blitz herum und sehr schnell war der bescheidene Gesellschaftssaal mit Damen und Herren angefüllt, die darauf brannten, die Bekanntschaft des Mannes zu machen … Da gings dann an ein Erzählen und Fragen … Mit seltener Liebenswürdigkeit, mit frischem Humor hielt Herr Dr. May im Kreuzfeuer der Rede und Gegenrede Stand, hier eine interessante Episode seines reich bewegten Lebens streifend, dort mit seinem Geiste eine Ansicht berichtigend … Nachmittags machte der Schrift-

steller mit seiner Gemahlin eine Fahrt auf den Drachenfels. Eine Anzahl seiner Verehrer begleitete ihn. Der Director der Zahnradbahn stellte sofort einen Extrazug dem bekannten Weltreisenden zu Ehren ein.« (›Echo des Siebengebirges‹, 8.6.1897)

Zur Erinnerung, an den schönen Pfingstsonntag des Jahres 1897 (Widmung im Gästebuch des Gasthofes zum Drachenfels)

7. Juni: Königswinter.Vormittags Besuch bei verschiedenen Familien; danach Abreise mit dem Zug über Mainz und Neustadt nach Deidesheim zur Familie Emil Seyler.

8. Juni: Deidesheim. Im Kreise geladener Gäste aus der Bekanntschaft der Familie Seyler wird in der Folgezeit herzhaft in der Tafelrunde *geweint und gelacht* (an Emil Seyler, 14.7.1897)

»Wir hatten ihn fest und hielten ihn fest. Denn es war ein zu köstlicher Genuß, ihn fern von seinen Manuskripten, losgetrennt von seinen ernsten Pflichtarbeiten, Friedenspfade verfolgend als muntern Wandersmann für einige Stunden mit Beschlag belegen zu können ... Aber leider wie bald schwand die Zeit dahin, in der man mit ihm, dem Erholungsbedürftigen, zusammen sein konnte. Auch war schon die Sonne hinabgesunken und die heraufsteigenden Wolken führten kühlere Luftzüge in ihrem Gefolge mit – Umstände, welche die Räumung der Veranda veranlaßten. Gute Geister fügten es aber, daß man seine anregende Gesellschaft auch noch anderswo genießen konnte, nie zu lang nie lang genug, denn wenn er freigebig spendet aus dem reichen Schatz seiner Erfahrung, wobei seine Wort- und Menschenkenntnis zutage tritt, wenn man dem leichten Fluß seiner Rede lauscht und seine große Sprachgewandtheit bewundern muß, wenn er so ungesucht den Ernst seiner Worte mit den Guirlanden anmutigen Scherzes verbrämt, so auf den Goldgrund eines tiefen Gemütes schauen läßt, dann fühlt auch der unruhigste Mensch – Talent zum Sitzenbleiben.« (Kaplan Andreas Kempf in der ›Pfälzer Zeitung‹, 21.8.1897)

11. Juni: Niederwald. Kartengruß an Familie Felber

Beim Denkmal hier am Niederwald,
Auf Euer Wohl ein Pfropfen knallt;
Hoch lebe Liesbeth Felber
Und zweitens auch er selber!

17. Juni: Deidesheim. Ausflug mit Besuch der Hardenburg. Eine Postkarte geht an die Gastgeber Seyler.
19. Juni: Deidesheim. Telegramm an Friedrich Ernst Fehsenfeld.
22. Juni: Deidesheim. Abreise mit Abschiedsgedicht:

Nacht ist es rings; es schlägt halb drei,
Und vom Gepäck ermüdet, sitzen
der Onkel und die Tante May,
Um Euch noch geistig anzublitzen. [...]

23. Juni: Stuttgart. Telegraphischer Dank für eine Depesche sowie zwei Ansichtskarten an Familie Seyler.
24. Juni: Friedrichshafen. Kartengruß an Familie Seyler.
25. Juni: Lindau. Fahrt auf dem Bodensee. ... *probiere einige Deiner Weine. Man muß sie bei Dir trinken!* (an Emil Seyler)
26. Juni: Innsbruck. »... als ich, von einem Radausflug zurückgekehrt, auf meiner Bude in Innsbruck eben beim Umkleiden war, klopfte es an der Tür, und herein trat – Karl May! Er machte damals mit seiner Frau eine Reise nach Tirol ... Ich konnte ihm die gastfreundliche Aufnahme in Radebeul ein wenig vergelten, indem ich ihm die Sehenswürdigkeiten der Stadt zeigte, und wieder waren es äußerst wertvolle Stunden, die ich in seiner Gesellschaft verbringen durfte.« (Clemens Freiherr von der Kettenburg)
27. Juni: Aufbruch zum Achensee.
29. Juni: Achensee. Hotel Scholastika. Der größte Teil der Zeit wird auf dem Kreuzhof des befreundeten Grafen Jankovics verbracht. *Der Abt* [von Fiecht, Albert II. Wildauer] *kam nach dem See. Er umarmte mich und grüßte mich mit den Worten: »Sie sind der größte Wohltäter der deutschen Jugend!« Er führte mich im Laufe des Tages rund um den Achensee.* (›Freistatt‹, 1910).
Freiherr von der Kettenburg trifft für einen kurzen Besuch auf dem Kreuzhof ein. »So konnte ich den herrlichen Sommertag zum größten Teil in Karl Mays Gesellschaft, sei es in der gemütlichen Tirolerstube, sei es im Boot, genießen« (Clemens Freiherr von der Kettenburg).
Eintragung Karl Mays ins Gästebuch des Kreuzhofes:

Am Achensee, am Achensee,
Da steht ein wundersames Haus;
So oft hinein, hinein ich geh,
sehn' ich mich nimmermehr hinaus. [...]

30. Juni: Achensee. »... als wir Abend 11 Uhr Abschied nahmen, um nach unserem Hotel zu fahren, (wir mußten nämlich immer über den See) begleitete uns die alte Frau Gräfin mit ihrer Tochter, u. als wir noch einmal einen letzten Gruß nach dem Kreuzhof sandten, erstrahlte das ganze Haus in Buntfeuer; Alles war behangen mit bunten Lampions, sogar das Bootshaus, was sich im See prächtig wiederspiegelte. Und weit her vom See erklangen wunderbare Töne an unser Ohr; vielleicht zehn Boote waren hinausgesandt worden, um uns aus der Ferne ein letztes Lebewohl zu singen.« (Emma May an Agnes Seyler 1.8.1897)
»Währenddessen wurde von der Dienerschaft auf dem Wasser das ›Ave Maria‹ vierstimmig gesungen ...« (Clemens Freiherr von der Kettenburg).
1. Juli: Die Buchausgabe von *Satan und Ischariot* 3.Bd wird als erschienene Neuigkeit angekündigt.
3. Juli: Starnberg. Dampferfahrt auf dem Starnberger See. Grußkarte an die Familie Seyler und an den Verleger Friedrich Pustet.
4. Juli: Eintreffen in München. Hotel Trefler. *Am Ersten Abend entdeckte mich ein dortiger Buchhändler im Hôtel und ließ es ohne mein Wissen in die Zeitungen setzen, daß »May da sei«.* (an Emil Seyler, 12.8.1897)
5. Juli: München. ... *Mittag hatte ich schon über 600 Briefe und Karten mit Besuchsanmeldungen. Von nachmittags zwei bis abends 1 Uhr gegen 900 Besuche ... Während ich Hunderte von Lesern (hohe Offiziere, Grafen, Barone mit ihren Squaws bis herunter zum Arbeiter) im Saale hatte, mußte ich alle zehn Minuten auf den Balkon treten, um mich der untenstehenden Menge zu zeigen und sie zu grüßen ... Die kleineren Gymnasiasten pp standen so dicht vor dem Hôtel, daß die Tramway nicht durchkonnte und es keine andere Hilfe gab, als sie per Wasserschlauch auseinanderzuspritzen.* (an Emil Seyler, 12.8.1897)
»Gegen halb 8 Uhr Abends fand die erste Audienz ihr Ende. Von 8 Uhr Abends ab sammelte sich, wiederum im Speisesaale, ein aus Männern gereifteren Alters zusammengesetztes Auditorium, um teils Aufschlüsse des gefeierten Schrift-

stellers über seine Lebensgewohnheiten, seine Art zu reisen, die Qualität seiner Waffen etc. entgegenzunehmen, teils selbst dem Schriftsteller Anekdoten und Schilderungen von der Wirkung seiner Schriften zur Kenntnis zu bringen.« (›Bayerischen Courir‹, 7.7.1897).

»Karl May behandelte die Erschienenen mit größter Liebenswürdigkeit, gleichsam wie Glieder einer großen Familie ... Old Shatterhand hielt mit nichts zurück, sondern erzählte uns von allem Möglichen und zwar im buntesten Wechsel, von einem Gebiet ins andere überspringend, ohne daß es mir gelungen wäre, irgendwelche Associationspunkte zu entdecken, von den intimsten Dingen, die ihm persönlich Seele und Leib berührten, von seiner Brautwerbung, wie von seinen Mahlzeiten, von erlebten Gefahren und Abenteuern ...« (Bericht Ernst Weber, 1903)

6. Juli: München. Fortsetzung der Massenaudienzen im Hotel Trefler. ... *über 600* Besucher. (an Emil Seyler, 12.8.1897). »Bald werden die Radebeuler Zugvögel ihr Nest wieder aufsuchen!« (Emma May an Max Welte)

7. Juli: München. Fortsetzung der Massenaudienzen im Hotel Trefler. ... *über 800* Besucher. (an Emil Seyler, 12.8.1897). Das Ehepaar May entzieht sich dem Besucherstrom (*dann riß ich aus*), bleibt aber in München. Ein großer Bericht über den Besuch Karl Mays erfolgt im ›Bayerischen Courir‹. *Soeben kommt mir Ihr § Referat in die Hände. Um Mißverständnissen vorzubeugen, gestatte ich mir die Bitte um Aufnahme folgender Bemerkungen in Ihr geschätztes Blatt: Ich habe vor militärischen Autoritäten allerdings 100 Schüsse aus meinem Henry-Stutzen abgegeben, doch nicht in der Minute ...* « (an den Redakteur des ›Bayerischen Courir‹)

8. Juli: München. May hält sich vornehmlich in einem kleinen Kreise von Verehrern auf. In der Gastwirtschaft Schleibinger Keller schreibt er Dr. Josef Weigl folgende Zeilen in dessen Kalender:

Ich kurier den Schmerz der Seelen,
Sie kurieren Mann, Weib und Kind;
Drum werd ich daheim erzählen,
Daß wir liebe Collegen sind.

9. Juli: München. Grußkarte an Familie Seyler *im Kreise lieber Menschen.*

10. Juli: »Nach etwa achttägigem Aufenthalt in München hat Dr. Karl May unsere Stadt nunmehr wieder verlassen, um sich über Regensburg in seine Heimat zurückzubegeben ...« (Bericht im ›Bayerischen Courir‹, 10.7.1897).
Ankunft in Regensburg und Besuch des Verlegers Pustet.
11. Juli: Regensburg, wo der Besucherstrom der Verehrer »gleich wieder so los ging. Darum sind wir nur zwei Tage geblieben« (Emma May an Agnes Seyler, 14.7.1897).
May besucht die Verlegerfamilie des ›Deutschen Hausschatzes‹ Pustet. Dabei wurden wahrscheinlich Mays anonyme Kolportageromane für den Verlag H. G. Münchmeyer angesprochen. Es beginnt ein mehrtägiger Abstecher nach Böhmen.
12. Juli: Eger. Kartengruß Emma Mays an Agnes Seyler.
Falkenau. Kurzer Aufenthalt bei dem Gastwirtsehepaar Franz und Anna Scholz, denen May in seiner folgenden Erzählung *Weihnacht* ein Denkmal setzt. Möglicherweise lernte May Franz Scholz 1869 kennen, während er in Böhmen vor der sächsischen Polizei auf der Flucht war und dabei Falkenau berührte.
13. Juli: Komotau. Hotel Scherber. Auf Einladung erfolgt ein Besuch der Gerümpelausstellung. »... Es hat auch nicht lange gedauert, da hörten wir ein heiteres Frauenlachen auf der Stiege, darauf eine ernste Stimme, die sprach: ›Aber bitte, da ist gar nichts zu lachen!‹ Die mit eingedrückten Zylinderhüten dekorierte Stiege hatte die Heiterkeit der Frau May erregt und gleich darauf betrat das Ehepaar den alten Schießhaussaal. Sie war eine imposante Frauengestalt, wie man sich Wagners Walküre denken kann, doch der Anblick Karl Mays enttäuschte uns. Wir hatten uns eine Heldengestalt vorgestellt, statt deren kam ein kaum mittelgroßer Mann herein, etwas krumme Beine (vom vielen Reiten, wie Fischer erklärte) aufrechtstehende, ziemlich struppige Haare, einen goldenen Zwicker auf der Nase ... Als Karl May die Ausstellung verlassen hatte, ließen wir ihn noch nicht los und Fischer brachte die Bitte vor, May möchte sich von uns zum Andenken photographieren lassen ... Aber Karl May wollte davon nichts wissen, er habe, wie er sagte, den Alleinvertrieb seiner Bilder seiner Verlagsbuchhandlung übergeben und sei vertraglich verpflichtet, sich nirgends photographieren zu lassen. Aber auf unser dringendes Bitten ließ er sich doch herbei, uns zu einer Aufnahme zu sitzen, richtiger zu stehen, denn die Aufnahme

wurde eine ganze Figur, er ließ sich auch von uns keine Stellung geben, sondern nahm selbst Stellung und meinte, er wisse schon selbst, wie er gut werde.« (Bericht von K. Handek, 1933)

14. Juli: Komotau. »Du wärst so recht die dritte im Bunde … sind nun schon wieder 2 Tage hier in Komotau in Böhmen, von wo aus es dann, Gott sei Dank, endlich morgen nach Hause geht.« (Emma May an Agnes Seyler)

15. Juli: Dresden-Altstadt. *Ein Pilsener auf aller Euer Wohl!* (an Emil Seyler)

16. Juli: Eine Anfrage aus dem Hause Pustet über Mays Kolportagetätigkeit bedarf der Antwort: *Ich werde die Münchmeyer'sche Verlagsbuchhandlung gerichtlich belangen und Ihnen das Resultat mitteilen.* (an den Verleger Pustet)

27. Juli: Um die längere Schreibverzögerung gegenüber dem Verleger zu verschleiern, heißt es: *vorgestern nach Hause gekommen.* (an Friedrich Ernst Fehsenfeld)

1. August: Radebeul. »… jetzt sind wir schon bald 3 Wochen daheim … Die Reise war zwar sehr anstrengend, aber schön war sie auch. Wir haben Tage u. Stunden verlebt, die wohl nicht jedem Sterblichen beschieden sind … Wir hatten wieder zwei Amerikanerinnen zu Besuch; so lange wir heim sind, haben wir noch keine Ruhe gehabt.« (Emma May an Agnes Seyler)

5. August: Kartengruß aus der ›Maierei im Lößnitzgrunde.‹ (an Emil Seyler)

10. August: Dresden. Dr. Heinrich von Marquardsen ist Gast der Familie Seyler in Deidesheim. *Hoch auf das Haus Seyler und seinen illustren Gast.* (telegrafisch an Emil Seyler)

12. August: Radebeul. *Es ist wirklich kaum auszuhalten, welche Last von Arbeiten mich drückt! 6000 Seiten »Silberner Löwe«, 1 Band »Christfest«, 1 Band »Hadschi Halef« u.s.w. u.s.w. Täglich ca. 60 Briefe; nur zu lesen, oft 8 Seiten lang und unleserlich! Dann die Besuche während der großen Ferien! Ich möchte aus der Haut fahren …!* (an Emil Seyler).

Im Bahnhofsrestaurant [Leipziger Bahnhof, Dresden] *sitze ich und denke über den Weihnachtsband nach, den ich mit wahrer Begeisterung schreibe … der Zug geht ab. Herzl. Gruß!* (an Friedrich Ernst Fehsenfeld)

17. August: Radebeul.

In Warschau sind viel Leute edel,
Am alleredelsten Herr Wedel.
Dieweil er liess mit Haut und Haaren
Frau Julie her nach Dresden fahren,
Um sich bei Bilz zu restauriren
Und die Gesundheit renoviren. […]
Drum komme Freundin, komme bald,
Sonst wird bei uns der Kaffee kalt.
Und bleib auch auf der Reise treu
Herrn und Frau Doctor Emma May.
(an Julie Vitali)

20. August: Dresden. Kartengruß an die Familie Seyler. Der Band *Auf fremden Pfaden* wird als erschienene Neuigkeit angekündigt.
27. August: Nachmittäglicher Besuch des Buchhändlersohnes Richard Kirsch aus Wien zusammen mit seiner Mutter Wilhelmine und Schwester Rosa. »Mein Besuch dauerte bereits 2 Stunden. Ich wollte nicht lästig erscheinen, wiewohl May nicht das Geringste merken ließ. Und so ging ich schweren Herzens, indem ich für die freundliche Aufnahme dankte und May im Namen meines Vaters einlud, im Falle einer Wiener Reise uns aufzusuchen.« (Richard Kirsch, 24.2.1937)
29. August: Kaplan Andreas Kempf ist Gast in der Villa ›Shatterhand‹. Gemeinsame Wanderungen mit den Gastgebern durch die Sächsische Schweiz werden unternommen. Ein Kartengruß von der Bastei geht an Familie Seyler.
September: »Dr. Karl May, der Allbeliebte, erscheint mit der Reiseerzählung ›Scheba et Thar‹« (Ankündigung des Regensburger Marienkalenders im ›Deutschen Hausschatz‹ Nr. 49)
»Was wir im nächsten Jahrgang bringen. Im Reiche des silbernen Löwen, von Karl May. Der Liebling der Leserwelt hat uns in sichere Aussicht gestellt, daß der erste Band der packenden Reiseerzählung pünktlich eintreffen werde. Die zahllosen Freunde von Dr. Karl May werden also auch im kommenden Jahrgang seine gern gelesenen Abenteuer nicht vermissen.« (›Deutscher Hausschatz‹ Nr. 49)
Die Reiseerzählung *Mutterliebe* im Einsiedler ›Marien-Kalender‹ für 1898 wird als erschienene Neuigkeit angekündigt.
2. September: Kötzschenbroda. Vom Bahnhofsrestaurant

Max Baumann geht ein Kartengruß Emma Mays an Familie Seyler.

15. September: Niederlößnitz. Friedensburg. *Wir gestatten uns die herzlichsten Glückwünsche zu Eurem heutigen Hochzeitstage!!! (Wann ist er denn eigentlich?).* (an Familie Felber). Von gleicher Örtlichkeit geht ein Kartengruß an Familie Seyler.

17. September: Dresden. Kartengruß an Jenny Plaeschke.

22. September: Radebeul. *»Weihnacht« schreitet schnell vorwärts. Nächstens geht ein ganzer Schub an Krais ab. Anfang November letztes Manuscript. Dieser Band wird kostbar. Drukken Sie nur so viel wie möglich!* (an Friedrich Ernst Fehsenfeld)

28. September: Radebeul. May bedankt sich bei Alois Schießer für zwei Zahlungen und erwähnt, daß er den Kontrakt mit Nunwarz zum Vertrieb der Porträtkarten gekündigt hat.

10. Oktober: Radebeul. Ansturm der Besucher in der Villa ›Shatterhand‹; es klingelt »alle drei Minuten, so daß ein Mädchen nur immer an der Pforte stehen« muß. Es handelt sich vor allem um Dresdner Herrschaften, die »verbinden dann gleichzeitig einen Ausflug in unsere herrliche Lößnitz damit.« (Emma May an Agnes Seyler, 16.10.1897)

12. Oktober: *Die Hauptsache ist der Name May, der muß besonders in die Augen fallen, denn er ist es allein, welcher zieht. Steht er bloß auf dem Rücken, so ist es nichts. Die Käufer wollen zu Weihnachten weniger einen Weihnachts- als vielmehr einen May-Band haben; daß dieser Band ein Weihnachtsthema behandelt, kommt in zweiter Linie.* (an Friedrich Ernst Fehsenfeld)

13. Oktober: Radebeul. *Erstes Kapitel von »Weihnacht« geht … an H. Krais ab. Die weiteren folgen schnell nach.* (an Friedrich Ernst Fehsenfeld, 12.10.1897)

14. Oktober: Radebeul. *Ich verkaufe keine Photographien; das lasse ich natürlich den Händlern über. Von Winnetou, Sam Hawkens … sind keine zu haben, sondern nur von mir (Old Shatterhand). Indem ich die Preisliste beilege sage ich Ihnen besten Gruß!* (an Paul Thomas)

15. Oktober: Radebeul. Clemens Freiherr von der Kettenburg war für zwei Tage zu Besuch; auch Kaplan Andreas Kempf war zu Gast in der Villa ›Shatterhand‹. Zur Zeit genießt Frau Maria Jung die Gastfreundschaft Mays, demnächst kommt »Gräfin Jankovics auf einige Tage, dann Besuch aus Berlin, Hamburg, Warschau … Du kannst mir glauben, ich bin oft so kaputt, daß ich umfallen möchte.« Es »sammelten

sich z.B. soviel Fremde hier an, daß wir Abends mit einigen hiesigen Bekannten 26 Personen zu Tisch hatten.« (Emma May an Agnes Seyler, 16.10.1897)
Neben den Arbeiten am Bande *Weihnacht* stehen noch Arbeiten für Magazine in Kairo und Konstantinopel an. ... *ich habe z.B. in dieser Woche 3 Nächte durch geschrieben, muß auch die nächste durch arbeiten und werden dann am Tage, anstatt ruhen zu können, von Gästen, kürzeren Besuchen, der Beantwortung von Fragen, Bittschriften pp so in Anspruch genommen werden ... Ich bin selbst schuld, weil ich das Verhältniß zwischen mir und meinen Lesern vielleicht zu ernst, zu heilig nehme; ich bin ihr Freund, ihr Berather auch in tausend privaten Angelegenheiten. Ich sollte aufhören, zu schreiben und mich zur Ruhe setzen; ... wöchentlich wenigstens 500 Seiten à 900 Sylben, ... Uebrigens haben wir kürzlich sehr kräftig auf das Wohl unserer geliebten Seylers angestoßen. Ich hatte, um die Drängendsten gleich auf einmal zu befriedigen, ihrer so ein halbes Schock geladen und gab ein Feuerwerk von 86 Nummern. Es ... dauerte volle drei Stunden.* (an Emil Seyler)
16. Oktober: Radebeul. »... amerikanische Reise einstweilen aufgegeben.« (Emma May an Agnes Seyler)
22. Oktober: Radebeul. *Haben Sie schon Correctur v. »Weihnacht« bekommen? Das Manuscript wächst schnell.* (an Friedrich Ernst Fehsenfeld) Karl May begibt sich an einem der folgenden Tage auf Reisen, um dem heimatlichem Trubel zu entkommen und so in Ruhe und Abgeschiedenheit den Roman *Weihnacht* fortsetzen zu können.
25. Oktober: Kartengruß aus der österreichischen Wachau an Familie Seyler.
Ende Oktober – 17. November: Birnai. Garten-Restaurant Ernst Herzig. Bis auf das erste Kapitel und einige Schlußseiten entsteht hier der Hauptteil des Bandes *Weihnacht*. »Menschen, die ihn kannten, erzählen noch, wie er die Einrichtung seines Zimmers umgruppiert hatte und Tag und Nacht bei Petroleumbeleuchtung schrieb, umgeben von zahllosen Landkarten und Plänen«. (Zeitungsbericht, 1938)
26. Oktober: Die Buchausgabe von *Der Oelprinz* wird als erschienene Neuigkeit angekündigt.
November: »Wenn Herr Dr. Karl May mit der Lieferung von Manuskript so fleißig, wie in den letzten Wochen, fortfährt, so kann der Roman: Im Reiche des silbernen Löwen, im dritten Hefte beginnen.« (›Deutscher Hausschatz‹ Nr. 6)

18. November: Radebeul. Muß *noch in dieser Woche den Band »Weihnacht« fertigschreiben. Interessant ist mir das von den Cigaretten. Bitte, senden Sie mir ein Päcktchen oder Kästchen zur Ansicht; den Preis schicke ich Ihnen sofort zu.* (an Unbekannt) Der unbekannte Briefschreiber hatte den Schriftsteller informiert, daß Zigarettenschachteln mit dem Konterfei Old Shatterhands aus der Kostümfotoserie auf dem Markt seien.

25. November: Radebeul. *Ab nun nicht mehr »Gesammelte Reiseromane«, sondern »Gesammelte Reiseerzählungen«.* (an Friedrich Ernst Fehsenfeld)

28. November: Radebeul. *Ich erhielt auch erst Bogen 27 Correctur. Das Manuscript ist dort* [bei dem Drucker Felix Krais], *nur die letzten Seiten Schluß behielt ich zur Abrundung zurück, bis ich Bogen 34 bekomme.* (an Friedrich Ernst Fehsenfeld)

Dezember: »Fehsenfelds Verlag in Freiburg in Baden legt von Karl Mays gesammelten Reiseerzählungen die Bände 20–23 auf den Weihnachtsbüchertisch (jeder Band elegant gebunden 4 Mark). Die Bände 20–22 enthalten den Roman Satan und Ischariot, den wir in den Jahrgängen 1894 / 1896 unter dem Titel: Die Felsenburg, Krüger-Bei und die Jagd auf den Millionendieb veröffentlichten. Bd. 23 umfaßt unter dem Titel: Auf fremden Pfaden eine Reihe kleinerer Erzählungen. Unseren Lesern Karl Mays Reiseerzählungen besonders empfehlen wollen, hieße Eulen nach Athen tragen, wir dürfen uns begnügen, auf das Erscheinen der neuen Bände aufmerksam zu machen.« (›Deutscher Hausschatz‹ Nr. 11)
»Herr Dr. Karl May wohnt in Radebeul-Dresden. – J. Sch. in D. Die im Deutschen Hausschatz vom 15. Jahrgang an veröffentlichten Reiseerzählungen von Karl May haben folgende Titel: XV. Der Scout. Reiseerlebnisse in Mexiko. XVI. El Sendador, Quer durch Südamerika. I. Teil. Lopez Jordan. XVII. El Sendador, Quer durch Südamerika. II. Teil. Schatz der Inkas. XVIII. Der Mahdi. I. Teil. Am Nile. XIX. Der Mahdi. II. Teil. Im Sudan. XX. Die Felsenburg. XXI. Krüger-Bei. XXII. Die Jagd auf den Millionendieb. XXIII. Im Reiche des silbernen Löwen. Einleitung.« (›Deutscher Hausschatz‹ Nr. 13)

10. Dezember: Kötzschenbroda. Bahnhofsrestaurant Max Baumann. *Bitte, Sonntag mit dem Zuge 12, 1 von Neustadt aus zum Mittagessen!* (an Max Welte)

11. Dezember: Radebeul.

Es stand in alten Zeiten
ein Café hoch und her,
Das war ganz voll von Leuten,
und das gefiel uns sehr.
Jedoch am allerbesten
gefiel von seinen Gästen
Uns der Besitzer selber,
denn es war unser Felber.
Wir denken seiner immer,
und wenn er nicht bald schreibt,
wird's mit der Sehnsucht schlimmer,
bis krank sie liegen bleibt.
Drum laß uns nicht lang warten:
Es gibt ja Ansichtskarten!
(an Carl Felber)

17. Dezember: Radebeul. *Es ist mir nicht möglich gewesen, Ihren Brief richtig zu verstehen. Bitte, haben Sie die Güte, mir mitzuteilen, welches Honorar Sie mir pro Auflage bieten und wie hoch diese Auflage sein soll.* (an Josef R. Vilimek)
24. Dezember: Die Bücher Karl Mays seien »in den Index einzutragen«. (Frankfurter Zeitung)
25. – 27. Dezember: Radebeul. »An den 3 Weihnachtsfeiertagen haben wir zusammen 43 Personen zu Tisch … Da heißt es, die Gedanken zusammennehmen, zumal wenn man, wie es mir jetzt geht, keine zuverlässigen Mädchen hat.« (Emma May an Agnes Seyler, 10.2.1898)
28. Dezember: Der Band *Weihnacht* wird als erschienene Neuigkeit angekündigt.

1898

Januar: *Die in meinem Hause übliche Gastfreundschaft, welche ich eine westmännische nennen möchte, beraubt meinen Gast nicht einen Augenblick lang seiner Freiheit und Selbstbestimmung. Er bekommt als Zeichen, daß er sein eigener Herr bleibt, sofort den Hausschlüssel ausgehändigt. Er ist in jeder Beziehung Familienglied, und was ich habe, gehört, so lange er bei mir ist, auch ihm. Er braucht nicht zu bitten oder auf Erfül-*

lung eines Wunsches zu warten wie ein Fremder, sondern er hat nur zu wollen, zu bestimmen, ganz so zu thun, als ob er in seinem eigenen Hause sei. (May in *Weihnacht*, 169)
»Fr. Z. Die unter dem Titel: Auf fremden Pfaden herausgekommenen Erzählungen von Karl May sind zuerst meist in Kalendern veröffentlicht worden.« (›Deutscher Hausschatz‹ Nr. 17)
1. Januar: Die benachbarten Ortschaften Hohenstein und Ernstthal vereinigen sich zu Hohenstein-Ernstthal.
11. Januar: Radebeul. *Sie wissen es kommt mir nicht auf das Geld an sondern darauf, daß ich einen so guten Bekannten auch achten kann! N.*[unwarz] *dagegen wimmert mir stets die Ohren voll, hat mir aber noch keinen Kr. Zinsen für das ihm geliehene Kapital gesandt.* (an Alois Schießer)
16. Januar: Friedrich Ernst Fehsenfeld ist zusammen mit Frau und Bruder zu Gast in der Villa ›Shatterhand‹.
17. – 23. Januar: Berlin.
24. Januar: Berlin. Tag der Abreise.
Februar: »P.Bl.G. Im Deutschen Hausschatz erschien der erste Roman von Karl May im fünften Jahrgang, 1880, betitelt: Three carde monte.« (›Deutscher Hausschatz‹ Nr. 22)
Ende Januar od. Anfang Februar: Carl Jung ist zu Besuch in der Villa ›Shatterhand‹. »Um meinen Aufenthalt für mich so angenehm und interessant wie möglich zu machen und meinen Drang nach möglichst weitgehender Teilnahme an dem sehr hochstehenden Kulturleben des benachbarten Dresdens zu ermöglichen, überreichte mir mein Gastgeber zunächst eine Eisenbahndauerkarte 1. Klasse ... Die Wohnräume machten im allgemeinen den Eindruck des in damaliger Zeit üblichen Wohnstils gehobener Bürgerlichkeit. Wenn ich mich auch nicht erinnere, damals Kunstgegenstände von besonderem Wert wahrgenommen zu haben, so bewies immerhin ein im Eßzimmer plaziertes Pianino ein gewisses musisches Verhältnis zur Kunst ... Angesichts der in seinem Klavierspiel offen zutage getretenen Diskrepanz zwischen Wollen und Können wagte ich die etwas beklommene Frage, ob er sich auch imstande fühle, mit dem Schreiben einer Orchesterpartitur und der Instrumentation neben seiner sonstigen schriftstellerischen Betätigung fertig zu werden. Darauf gab er mir prompt zur Antwort, das besorge ihm ein befreundeter Dresdener Musiker. Auch sonst fanden meine begeisterten Schilderungen von meinen damaligen musikalischen Erlebnissen in der

Hofoper, Hofkirche und Konzerten bei ihm nur geringen Widerhall, da er zu den Werken der großen klassischen Kunst nur ein oberflächliches Verhältnis zu haben schien. Während meines Aufenthaltes in seiner persönlichen Nähe und Umgebung habe ich nicht den Eindruck gewinnen können, daß er tagsüber mit ernster schriftstellerischer Arbeit beschäftigt sei. Er schien in dieser Hinsicht mir eine Erklärung schuldig zu sein, als er mir sagte, daß er nur nachts arbeite, um so den Ablenkungen der banalen Alltäglichkeit zu entgehen. Das Zigarrenrauchen und der Kaffee seien ihm dabei seine besten Gesellschafter.« (Carl Jung im ›Wiesbadener Tageblatt‹, 31.3. u. 1.4.1962) Carl Jung wird von Karl May gebeten, die in wenigen Tagen beginnende Pragreise mitzumachen, auf Kosten des Hausherrn.
10. Februar: Radebeul. »Ausruhen giebt es überhaupt nicht; es jagt immer Eins das Andere. Morgen kommen 2 Hamburger Herren; die kommen mir allerdings sehr ungelegen, denn Sonnabend muß ich das Bündel schnüren; Sonntag geht es auf 3 Wochen fort in die weite Welt. Erst Prag, dann Wien, Linz, München, Regensburg, Dresden. (Emma May an Agnes Seyler)
16. Februar: Prag. »Dr. Carl May, der bekannte Weltreisende und Schriftsteller, Tausenden von Lesern unter dem Namen Old Shatterhand und Kara ben Nemsi bekannt, ist aus Dresden zu zweitägigem Aufenthalt in Prag eingetroffen und im ›Hotel de Saxe‹ abgestiegen. Herr Dr. May ist im Begriffe, eine auf drei Jahre projectirte Reise nach Arabien, Persien und Ostindien zu unternehmen.« (Prager Tagblatt) Grund der Pragreise ist der Wunsch des Verlegers Josef R. Vilimek, in größerem Stile Romane Mays zu verlegen.
Ein Artikel gegen Karl May erscheint in dem amerikanisch-deutschen Blatt ›Der Wanderer‹, St. Paul, Minnesota.
17. – 19. Februar: Prag. Hotel de Saxe. *In Prag rissen sich die Czechen mit den Deutschen um mich.* (an Emil Seyler, 15.4.1898). Besuch des Klosters Emaus durch Vermittlung Carl Jungs. »Der Rundgang endete auf der Orgelempore, wo ein großes dreimanualiges Instrument sich dem Spieler darbot. Prior Schachleiter, als ausgezeichneter Orgelvirtuose bekannt, begann mit einer großartigen Improvisation, nach deren Beendigung er Karl May einlud, auch seinerseits das machtvolle Instrument einmal auszuprobieren.« (Carl Jung im ›Wiesbadener Tageblatt‹, 31.3. u. 1.4.1962) Die Be-

mühungen bleiben erfolglos. Karl May setzt sich nicht an die Orgel.
20. Februar: Ankunft in Wien. Hotel Goldene Ente. Grüße »aus der alten Kaiserstadt« (Emma May an Max Welte).
21. Februar: Wien. Besuch des Buchhändlers Heinrich Kirsch und dessen Sohn Richard. Anschließend am Abend Vortrag in der Leo-Gesellschaft. »Seine bischöfliche Gnaden, der Hochwürdigste Herr Feldvicar Dr. Belopotoczky, dankte dem Redner bewegt und aufs tiefste gerührt.« (›Vaterland‹, 22.2.1898)
»... nach Schluß des Unterhaltungsabends der Leo-Gesellschaft, begab sich Herr Dr. May in Begleitung des Barons Vittinghoff-Schell zum Faschingsabend des katholischen Handelscasinos, wo er in Gesellschaft seiner Frau Gemahlin längere Zeit in animiertester Stimmung verweilte und alle Anwesenden durch seine witz- und geistsprühende Unterhaltung in gehobene Stimmung versetzte. Selbstverständlich ließen es die Versammelten nicht an Ovationen für den Helden des Wilden Westens fehlen.« (›Reichspost‹, 26.2.1898)
22. Februar: Wien. Vormittags Faschingsausflug nach Nußdorf zusammen mit Richard von Kralik. Durch Vermittlung des ehemaligen Schülers Richard Kirsch hält Karl May um 14.30 Uhr einen Vortrag im Theatersaal des Konvikts Kalksburg vor 500 Zöglingen und der Anstaltsleitung über das Thema: Winnetou, der Edelmensch. Darüber hinaus erfolgt eine Audienz am Hofe. »Dieser allerorts beliebte und viel bekannte Reiseschriftsteller wurde ... von Ihrer kaiserlichen Hoheit der Frau Erzherzogin Maria Therese, im Beisein der Erzherzoginnen Maria Annunciata und Elisabeth, sowie der Kinder des Erzherzogs Otto und der hier weilenden Söhne des Herzogs Karl Theodor von Bayern empfangen«. (›Reichspost‹, 26.2.1898)
23. Februar: Wien. Abends »fand sich Dr. May in einer ihm zu Ehren im ›Regensburger Hof‹ veranstalteten Zusammenkunft katholischer Männer ein, bei welcher sein von ihm gedichtetes und componirtes ›Ave Maria‹ vom Sängerchor ›Dreizehnlinden‹ vorgetragen wurde, was einen tiefen Eindruck auf die ganze Versammlung machte.« (›Reichspost‹ 26.2.1898)
25. Februar: Wien. Karl May feiert seinen 56. Geburtstag im Hause des Grafen Jankovics. Abends Fortsetzung der Geburtstagsfeier im Hause der Familie Kirsch. »Wir hatten noch

einige Freunde zu Tische gebeten. Der Abend verlief sehr angeregt und May erzählte ein ganzes Kapitel aus ›Im Reich des silbernen Löwen‹, ... Schließlich spielte er auf unsere Bitte auf dem Klavier das von ihm selbst vertonte ›Ave Maria‹. Es mag Mitternacht gewesen sein, als, immer noch zu früh, der Gefeierte von uns schied.« (Bericht Richard Kirsch, 24.2.1937)
26. Februar: Wien. Ausführlicher Bericht über Karl Mays Aufenthalt in der Wiener ›Reichspost‹.
März: »J.L. Die jetzt in Buchform erscheinenden Reiseerzählungen von Karl May sind zum größten Teil zuerst im Deutschen Hausschatz veröffentlicht.« (›Deutscher Hausschatz‹ Nr. 26)
1. März: Wien. »Uns geht es hier in Wien sehr traurig; wir sind keine Minute Herrn unserer Zeit. Die ganze hohe und höchste Aristokratie ist begeistert u. will Old Shatterhand sehen ... Das Hôtel ist von früh bis Abends belagert; ... Es ist schön, aber auch ungeheuer beschwerlich, ein berühmter Mann zu sein ... es ist jetzt 12 Uhr Nachts; mein guter Mann schläft schon.« (Emma May an Agnes Seyler)
May erkrankt ernstlich und verbringt *3 Wochen krank im Bette.* (an Friedrich Ernst Fehsenfeld 19.5.1898) Vermutlich handelt es sich um ein *erbliches Hämorrhoidalleiden, kompliziert mit dem Aufbruche einer alten schlecht vernarbten Wunde.* (May unter dem Namen Richard Plöhn in der ›Tremonia‹, 20.8.1899)
9. März: Wien. »Erst heute ist eine Wendung zur Besserung eingetreten, doch ist noch größte Schonung geboten.« (Meldung in der ›Reichspost‹)
10. März: Wien. »An ein Fortkommen ist hier nicht zu denken, wir werden noch 8 Tage hier bleiben.« (Emma May an Agnes Seyler) Karl May verläßt das Krankenlager und unternimmt erste Spaziergänge.
11. März: Wien. »Dr. Carl May, welcher noch immer in unserer Stadt weilt, ist wieder vollkommen hergestellt ...« (Meldung im ›Vaterland‹)
21. März: »Dr. Carl May hat heute nach fünfwöchentlichem Aufenthalte Wien verlassen und ist nach Linz abgereist.« (Meldung im ›Vaterland‹)
22. März: Linz. Die Rückkehr für den 27. März wird angekündigt. »Du wirst auch von Radebeul öfter von mir hören!« (Emma May an Agnes Seyler)

23. März: Linz. Karl und Emma May besuchen zwischen 12.00 u. 12.30 Uhr das Ehepaar Steurer.
24. März: München. Hotel Trefler. Begrüßung auf dem Bahnhof durch Mitglieder des örtlichen Karl-May-Clubs. »Hurrah, jetzt sind wir endlich wieder auf deutschem Boden.« (Emma May an Agnes Seyler) Abends treffen sich die Clubmitglieder im Hotel Trefler zu einem gemütlichen Abend. May wird nicht müde, Episoden aus seinem Leben zu erzählen. Um 2 Uhr morgens trennt man sich.
25. März: München. Mittags und abends ist Karl May Gast des Karl-May-Clubs im Café Luitpold. Es folgen gemeinsame Billiardspiele, auch werden zahlreiche Geschichten über die eigene Biographie, über Winnetou, über das Westmannsleben zum besten gegeben.
26. März: München. Auf Betreiben Prinzessin Wiltruds erfolgt eine Einladung in das Wittelsbacher Palais, *wo ich in einer langen, langen Audienz alle Glieder des Bayerischen Königshauses um mich versammelt sah und mit ihnen wie ein alter, lieber Bekannter verkehren durfte.* (an Emil Seyler 15.4.1898)
»Bald werden die Radebeuler Zugvögel ihr Nest wieder aufsuchen!« (Emma May an Max Welte)
28. März: München. Karl May ist wieder Gast des May-Clubs. Über 30 Personen feiern Abschied von dem Namensgeber ihrer Vereinigung.
29. März: Regensburg. Heimkehr nach Radebeul.
April: »Ave Maria, Gedicht von Karl May. Komposition von K. W. Nitzsche«. (›Deutscher Hausschatz‹ Nr. 29)
15. April: Radebeul. *Wäre es nicht Nacht, und hätte ich nicht so entsetzlich nothwendig zu arbeiten, so würde ich Dir einen langen Brief schreiben über die großartigen Ehrungen, welche mir auf meiner letzten Reise zu Theil wurden ... Es war ein wahrer Siegeszug, den ich gehalten habe, oder vielmehr nicht ich, denn gesiegt hat die Sache meines lieben Herrgottes, für den ich schreibe, um ihm recht, recht viele Menschenherzen zuzuführen.* (an Emil Seyler)
17. April: Radebeul. Das Ehepaar May schenkt Magdalena Seyler zur Erstkommunion die Reproduktion der Rafaelschen Madonna. May widmet es mit einer Variante seines *Ave Maria*:

Ave Maria
Sei gegrüßt, Du Heil'ge, Reine!
Sei gegrüßt, gegrüßt seist Du,
Keine Liebe giebt wie Deine
Meinem Herzen sel'ge Ruh.
Sei gegrüßt, Du voller Gnaden,
Du mein Heil zu jeder Zeit,
Komm ich zu Dir schmerzbeladen,
Nimmst auf Dich Du all mein Leid.
Sie gegrüßt, von Dir gerufen,
Steig ich immer höher auf,
Bis vor Deines Thrones Stufen
Ich vollende meinen Lauf.
Sei auch dann gegrüßt, und breite
Ob mir Gottes Gnade aus,
Nimm mich an der Hand und leite
mich zu ihm ins Vaterhaus.

29. April: Dessau. Grußtelegramm an Familie Seyler.
30. April: Dessau. *Vom Geburtsfeste des Herzogs von Dessau ... In diesem Schlosse wohnt ein sehr lieber Gönner von mir.* (an Agnes Seyler)
1. Mai: Abreise ins Niedersächsische über Salzwedel. May beabsichtigt, ein neues Stück über den ›Alten Dessauer‹ zu schreiben und will Studien dazu anstellen. Er reist alleine.
2. Mai: Lanz. Kartengruß an Emil Seyler aus Lenzen a.d. Elbe. Es gilt Studien zu unternehmen ... *wegen meines nächst erscheinenden Theaterstückes in Gartow, Lüchow, Lenzen.*
3. Mai: Lüchow.
4. Mai: Gartow. Hotel Krug. Kartengruß an Emil Seyler aus der Thal-Mühle. Für die nächsten Abende gibt Karl May in geselliger Stammtischrunde Geschichten aus seinem abenteuerlichen Leben als Jäger und Abenteurer zum besten. So heißt es über den Bärentöter, daß die Büchse den einen Nachteil habe, »daß sie ungeheuer schwer sei, so daß außer ihm selbst nur wenige damit umgehen könnten. Wenn ihn jemand besuchte und es dann einen plötzlichen Krach gäbe, so wisse seine Frau schon, daß er wieder einmal – wie erst kürzlich dem König von Sachsen – seine Büchse vorgeführt und gereicht hätte und der Besucher die Büchse habe fallen lassen, weil sie ihm zu schwer war.« (Karl Junack in ›Heimatbote‹, 1935) Mit dem Lehrer Friedrich Hinnrichs unternimmt

May Ausflüge in die nähere Umgebung, z.B. über Kapern nach Schnackenburg. Eingekehrt wird im Gasthof Kerkau.
6. Mai: Gartow. Da May die geringsten Dienstleistungen mit verschwenderischen Trinkgeldern belohnt, macht er sich hier bei einfachen Leuten auf dem Lande verdächtig. Zwei Polizeibeamte erscheinen im Hotel und setzen den Schriftsteller fest. Ermittelt wird wegen Hochstapelei. Er darf das Hotelzimmer nicht verlassen, bis seine genaue Identität festgestellt ist. Im Laufe des Tages kommt aus Radebeul die erlösende Mitteilung: »Karl May hier wohnhaft, übt sehr gern Wohltätigkeit.« (Friedrich Hinnrichs, 1924)
... als franz. Spion arretirt. (an Friedrich Ernst Fehsenfeld, 19.5.1898)
7. Mai: Abreise mit der Kutsche aus Gartow über Kapern, Bömenzien, Ziemendorf und Arendsee nach Salzwedel. *Dr. Karl May hat also auch Bekanntschaft gemacht mit den das Herz bewegenden Verkehrsverhältnissen, die jetzt ja auch nicht allerseits besser geworden sind, denn in den Schlaglöchern zwischen Gartow und Capern gleich nach der Straße nach Holtorf würde K. May heute als unerfahren auf der Strecke wahrscheinlich steckenbleiben, weil er ja nicht wissen könnte, daß nur die eiligste Flucht auf den Sommerweg oder in Schneckentempo vor Berg- und Thalkarussell retten kann – und so bleibe ich diese Nacht in Salzwedel.* (an Wilhelm Anton Krug)
Abgestiegen wird im Gasthof Zum Schwarzen Bären.
8. Mai: Fortsetzung der Reise mit der Bahn. Grußtelegramme an Friedrich Hinnrichs: 14.50 Uhr aus Stendal, 16.25 Uhr aus Schönebeck.
13. Mai: Per Bahnpost Dresden–Meißen, Zug Nr. 1559, geht ein Brief Emma Mays an Familie Seyler. Briefschulden werden bedauert und Besserung gelobt.
16. Mai: Radebeul. Mays haben einen ... *höchst interessanten Besuch, nämlich die drei Grafen von Radetzky, welche begeisterte Leser von mir sind – – Enkel des Feldmarschalls Radetzky.* (an Emil Seyler, 18.5.1898)
17. Mai: Radebeul. Karl May vermeldet in einer Karte an Wilhelm Anton Krug, daß er, kaum aus Gartow zurück, schon weiter nach Wien mußte. Soeben sei er wieder daheim angekommen.
18. Mai: Radebeul. *Wir haben eine schwere Reisezeit hinter uns. Ich machte diese Reise, um mich zu erholen, bin aber an-*

gegriffener wiedergekommen als ich fortgegangen bin. (an Carl Felber)
Kürzlich war ich zum Geburtstag in Dessau und dann in Gartow bei Grafen von Bernstorff, um Studien zu machen ... In einer der neuen Nummern des »Hausschatz« steht mein »Ave Maria« wieder, für Tenor und Sopran von einem guten Bekannten von mir komponirt. Die Composition ist vortrefflich. Wie würde ich mich freuen, sie von der herrlichen Stimme unserer lieben Freundin Agnes zu hören! ... Jetzt ists aber genug, denn ich sehe, ich trete ins Stadium der Dichteritis, und dann werde ich lebensgefährlich. (an Emil Seyler)
Was Ihre Auseinandersetzung betrifft, so giebt es außer Ihnen – man sollte es wohl nicht glauben – noch elf Offerten ... Nun weiß ich, daß Sie Ihrer Leistungsfähigkeit wegen den Vorzug verdienen ... Nur ist es ein Irrthum, daß ich mit 150 Mrk. einverstanden gewesen sei ... Auch möchte ich contractlich festgestellt haben, wie hoch die Auflage für diese 200 Mrk. sein soll. Und was dieses Honorar betrifft, so würde, da ich sehr oft für lange Zeit von daheim auf Reisen abwesend bin, es mir lieb sein, wenn es pränumerando zu entrichten wäre! (an Josef R. Vilimek)
19. Mai: Radebeul. *Nur wenige Tage daheim: Drei Grafen von Radetzky, Enkel des Feldmarschalls, Graf Schwerin, Prinzessin Windisch-Grätz u.s.w.* Darüber hinaus wird erstmals ein neues literarisches Projekt angekündigt. *Der nächste Band ist der 25te, also ein Jubiläumsband; da muß ich etwas Vorzügliches bringen ... und werde einen Band schreiben, der entweder den Titel »Vom Tode erstanden« oder »Am Jenseits« hat.* (an Friedrich Ernst Fehsenfeld)
25. Mai: Radebeul. ... *Ihnen lege ich Blumen aus dem gelobten Lande bei, welche mir mein lieber, hochverehrter Freund, der Patriarch von Jerusalem, gesandt hat.* (an Friedrich Hinnrichs)
29. Mai: Radebeul. *Wegen Ueberhäufung mit Arbeit, Besuchen pp können wir Euch leider einen nur kurzen aber um so herzlichern Pfingstgruß senden.* (an Emil Seyler)
7. Juni: Per Bahnpost Leipzig–Riesa–Dresden geht eine Karte an Familie Seyler.
19. Juni: Radebeul. »Vergangene Woche haben wir die ersten Erdbeeren von Deinen Pflanzen gepflückt; ... morgen Logierbesuch auf 8 Tage; da giebt es noch Vieles zu besorgen. Ein geistlicher Herr aus Ungarn [Lajos Szekrényi] ..., welcher mei-

nes Mannes Werke ins Ungarische übersetzt …« (Emma May an Agnes Seyler)

23. Juni: Kartengruß von der Bastei geht an Emil Seyler. Die Zierde der Sächsischen Schweiz wird bedichtet.

24. Juni: Meißen. Kartengruß an Emil Seyler aus der *ganz aus Porzellan bestehende[n] Stadt.*

25. Juni: Per Bahnpost Leipzig–Riesa–Dresden geht ein Kartengruß an Familie Seyler.

8. Juli: Radebeul. *Meine Werke sind nicht zu beurtheilen wie die Bücher Anderer, auch Verne's. Die meinen sind nicht bloß die Früchte langer und angestrengter Studien sondern noch mehr die Erfolge fast 30jähriger Reisen, Entbehrungen und Gefahren; sie sind, man kann das wörtlich nehmen, mit meinem Blute aus den Wunden geflossen, deren Narben ich noch heut an meinem Körper trage.* (an Josef R. Vilimek)

12. Juli: Radebeul. *Auch ich verreise, wie ich Ihnen bereits mitgetheilt habe, und zwar für lange Zeit, weit über das laufende Jahr hinaus, und so ist es selbstverständlich, daß ich lange Verhandlungen und einen Contract mit Honorarverzettelungen … möglichst vermeiden muß.* (an Josef R. Vilimek)

27. Juli: Radebeul. … *nehmt unsern Herzensdank für die herrliche Hoffnung, Euch bald unsere Treppen hinaufkraxeln zu sehen!* (an Emil Seyler)

August: »Anmerkung zu Seite 857. Der Schluß des ersten Bandes der Reise-Erzählung von Karl May ist weit umfangreicher geworden, als erwartet werden konnte. Um nun das Material bewältigen zu können, ohne den übrigen Lesestoff erheblich zu schädigen, hat der Verlag sich entschlossen, zu Heft 16, 17 und 18 je eine besondere Beilage von 8 Seiten zu geben, sodaß unsere Leser in diesem Jahrgang 24 Seiten Lesestoff mehr erhalten. Die Redaktion.« (›Deutscher Hausschatz‹ Nr. 46)

2. August: Radebeul. Karl May will laut einer Mitteilung an seinen Buchverleger bis zum Spätherbst mit *Am Jenseits* fertig sein. Zur Zeit bearbeitet er den Zeitschriftenabdruck von *Im Reiche des silbernen Löwen* für die Buchausgabe. *Anbei empfangen Sie von »Im Reiche des Silberlöwen« Bd. 1 und das erste Kapitel von Bd. II. Es würde mir lieb sein, wenn H. Krais recht bald beginnen könnte, damit wir mit diesen beiden Bänden und »Am Jenseits« schnell fertig werden, weil ich im Spätherbst nach Mossul, Bagdad etc. etc. zu Hadschi Halef reise.* (an Friedrich Ernst Fehsenfeld)

12. August: Gruß an Familie Seyler von Schloß Weesenstein.

Vers 1: *Im alten Schloß zu Weesenstein,*
Da solls des Nachts sehr finster sein.
Warum so finster grad bei Nacht?
Das hat man nicht herausgebracht.
Vers 2: *Wenn es des Nachts dort Zwölfe schlägt,*
Der Klöppel zwölfmal sich bewegt,
Warum es grad zwölf Schläge macht,
Das hat man nicht herausgebracht!
Vers 3: *Ein Dichter, dem dies ward bericht',*
Der machte darauf ein Gedicht.
Warum er das Gedicht gemacht?
Das hat noch niemand 'rausgebracht!
Nutzanwendung: Im alten Schloß zu Weesenstein
Da sitzen wir so ganz allein.
Warum Ihr nicht mit uns gemacht,
Das hat noch keiner 'rausgebracht!

15. August: Radebeul. Der schon angekündigte und wieder verschobene Besuch der Familie Seyler verzögert sich zum Leidwesen der Mays weiter, was Emma May in einem Brief an Agnes Seyler zum Ausdruck bringt.
17. August: Grünthal-Olbernhau. Gastwirtschaft ›Schwefelbad‹ der Familie Klinger. Ein Eintrag in das Gästebuch erfolgt. Mit von der Partie sind Klara und Richard Plöhn sowie Mays Hausarzt Dr. Mickel.

In Grünthal giebts ein liebes Haus;
Geht man da öfters ein und aus
Und lernt die braven Leute kennen,
Die sich mit Namen Klinger nennen,
So geht man wohl von diesem Ort
Mit großem Widerstreben fort
Und sagt: »Hier läßt sichs glücklich sein;
Ich kehre baldigst wieder ein!«

18. August: Grünthal-Olbernhau. Von einer »nur dreitägigen Spritztour nach der österreichischen Grenze herzliche Grüße« (Emma May an Agnes Seyler).
30. August: Die Reiseerzählung *Die Umm ed Dschamahl* im Regensburger ›Marien-Kalender‹ für 1899 wird als soeben erschienen angekündigt.

September: »Auch für den neuen Jahrgang haben wir ausgezeichneten Lesestoff in reicher Auswahl zur Verfügung, sodaß der 25. Jahrgang sich seinen vielen Vorgängern würdig anreihen wird. Karl May setzt seine Reiseerzählung Im Reiche des silbernen Löwen fort und spannt den Leser durch die stets wechselnde abenteuerreiche Handlung und die frische packende Darstellung, die auch dem Humor einen weiten Spielraum läßt.« (›Deutscher Hausschatz‹ Nr. 49) [Der geplante Beitrag Mays erscheint jedoch nicht.]

8. September: Kartengruß aus dem Kurort Mulda an Familie Seyler.

14. September: Mulda. Telegraphischer Gruß an die Familie Seyler.

15. – 30. September: Kirchheim unter Teck. Das Ehepaar May ist zu Gast bei Max und Emma Weise in deren Villa. Ähnlich wie im Herbst 1897 zieht sich Karl May zur literarischen Arbeit zurück. *Wie Sie aus meinen Karten ersehen haben, war ich nicht daheim sondern wegen den lästigen, täglichen Leserbesuchen nach dem einsamen Orte geflohen, um ungestört am Band 25 »Am Jenseits« arbeiten zu können.* (an Friedrich Ernst Fehsenfeld, 1.10.1898)

Oktober: »Abonnent in Ostpreußen. Bezüglich der zweiten Frage werden Sie sich am besten an Dr. Karl May selbst wenden, der Ihnen gerne Auskunft erteilen wird.« (›Deutscher Hausschatz‹ Nr. 2)

1. Oktober: Rückreise um 7.50 Uhr von Kirchheim unter Teck mit der Bahn mit Umsteigen in Unterboihingen, Stuttgart, Weißenfels und Leipzig.

2. Oktober: Ankunft um 0.41 Uhr in Dresden.

Sobald ich mit der Arbeit fertig bin, geht es nach Arabien zu Halef etc. etc. etc. vielleicht an Freiburg vorüber. Ich freue mich königlich, daß ich meine Haddedihn wiedersehe! Die zur Zeit vorbereitete Serie an Bildpostkarten zu den Reiseerzählungen kommt ebenfalls zur Sprache: *Wie kann ich den Meisterschuß thun, von welchem die Rede ist, wenn mein Pferd, grad als ich schieße das Bein hebt ... Das bin ich, der da liegt? Pfui!* (an Friedrich Ernst Fehsenfeld, 1.10.1898)

Radebeul. *Im October, spätestens November gehe ich wieder nach Arabien, um meine braven Haddedihn und ihren Scheik, den lieben Hadschi Halef Omar aufzusuchen.* (an Gotthard Hammer)

3. Oktober: Radebeul. *Gestern nach hier zurückgekehrt* (an

Agnes Seyler) wird immer noch der Besuch der Familie Seyler sehnlichst erwartet.
8. Oktober: Karl May bittet schriftlich die Redaktion des Radebeuler Adreßbuches um Korrektur der Seite 358. Es fehlt bei seiner Namensnennung der Titel ›Dr.‹, was laut seiner Aussage schon zu Verwechslungen geführt hat.
12. Oktober: Beginn einer Prag-Reise, deren Anstoß in den zögerlichen Vertragsverhandlungen mit dem Verleger Vilimek liegt.
13. Oktober: Prag. Hotel de Saxe. *Zu meinem großen Erstaunen erfahre ich hier durch öffentliche Plakete, daß die Verlagshandlung von Jos. R. Vilimek mit der Herausgabe einer böhmischen Uebersetzung resp. Bearbeitung meiner Reisewerke begonnen hat … Seine wiederholte Drohung, das Unternehmen auch gegen meinen Willen auszuführen, ist jetzt, wie ich sehe, zur That geworden … Ich werde selbstverständlich für meine Rechte und für die Unantastbarkeit des ethischen Charakters meiner Werke mit vollen Kräften einzutreten wissen …*« (in ›Bohemia‹, 14.10.1898, u. ›Vaterland‹, 15.10.1898)
14. Oktober: »Ein sogen. Schriftsteller Dr. May habe dadurch die Aufmerksamkeit auf sich gezogen, daß er sich den ständig oder vorübergehend hier weilenden Mitgliedern des Mecklenb. Fürstenhauses zu nähern gewußt hat und sich dieser Beziehungen gelegentlich rühmt. Der Mann entpuppt sich bei näherer Prüfung als ein vorbestrafter Schwindler und Hochstapler …« (Albin Hugo Le Maistre, Polizeipräsident von Dresden, an die Kgl. Sächs. Amtshauptmannschaft).
Prag. Kartengruß mit *der Abbildung der größten hiesigen Sehenswürdigkeit (Judenfriedhof).* (an Emil Seyler)
15. Oktober: Der Gemeindevorstand von Radebeul übersendet dem Schriftsteller Strafnotifikation mit der Bemerkung, daß Karl May sich fälschlicherweise Dr. phil. nennt und auch sein Namensschild an seinem Wohnhaus auf diesen Titel lautet.
17. Oktober: Prag. »… der Portier wurde von kurzhosigen Greenhorns überlaufen. Sie alle kamen, den kühnen Prăriehelden zu sehen, den sie früher oder später weit übertrumpfen wollten. Zitternd empfingen wir die Botschaft, wir mögen zum Herrn Doktor ins Zimmer kommen. Er machte uns geheimnisvolle Andeutungen über ein entsetzliches Ende, das Hadschi Halef Omar genommen habe …« (Egon Erwin Kisch in ›Die Abenteuer in Prag‹)

Karl May überreicht dem Schüler Egon Erwin Kisch ein Exemplar von *Old Surehand* 3. Bd. mit der bekannten Widmung: *Das Leben ist ein Kampf ...* [siehe S.55]
... Schließlich erwähne ich noch, daß ich morgen von hier abreisen werde, und zwar nicht ohne diesen hochinteressanten Fall in die besten Hände gegeben und meine Autorisation zu einer böhmischen Uebersetzung ertheilt zu haben. Da ich in kürzester Zeit nach Arabien reise, muß diese Angelegenheit auf das Schleunigste erledigt werden. Ich bin nicht nur mir sondern der ganzen schriftstellerischen und anständigen buchhändlerischen Welt die größte Energie schuldig. (an Leopold Katz)
18. Oktober: Prag. *Ich erkläre hiermit, daß ich mich mit der hiesigen Verlagsfirma Jos. R. Vilimek bezüglich der Uebersetzung meiner Werke in die böhmische Sprache gütlich geeinigt habe.* (in ›Bohemia‹, 19.10.1898)
19. Oktober: Prag. »Wir mußten geschäftlich nach Prag, Karl hat große Erfolge gehabt.« (Emma May an Agnes Seyler) Abreise aus Prag.
25. Oktober: Hamburg. Hotel Zum Großherzog von Mecklenburg. Kartengruß mit Dank für *Pomonas süße Gaben.* (an Emil Seyler)
28. Oktober: Radebeul. *Es giebt gegenwärtig keinen Schriftsteller, dessen Werke so viel ohne Berechtigung nachgedruckt werden wie die meinigen. Gutmütig, wie ich bin, habe ich mir das bisher ausnahmslos gefallen lassen; aber da die mir dadurch entzogenen Honorare sich auf Hunderttausende belaufen, sehe ich mich auf Drängen meines Buchverlegers, welcher ebenso wie ich an diesem Verluste beteiligt ist, jetzt gezwungen, den betreffenden Firmen nun endlich einmal Halt zu gebieten. In welch kräftiger Weise wir das thun, mögen Sie aus der beiliegenden Prager Zeitung ersehen. Ich habe den Prozeß gegen den Verlagsbuchhändler Vilimek binnen 5 Tagen gewonnen ... Jetzt nun richten wir unsere weiteren gerichtlichen Klagen gegen ... einen Dresdner Verleger. Dieser letztere ist die Verlagsfirma H. G. Münchmeyer.* (an Pauline Münchmeyer)
31. Oktober: Grünthal. Kartengruß an die Familie Seyler.
6. November: Radebeul.

Diese »letzten Rosen« sende
Zum Willkommen ich als Spende,
Als des späten Herbstes Gabe,

Ausser welcher ich nichts habe.
Wenn Dich dran ein Dörnlein sticht,
Liebstes Mausel, zittre nicht!
(an Klara Plöhn)

7. November: Radebeul. *Haben Sie im Westf. Merkur gelesen, was der hervorragendste katholische Recensent, Hochwürden Dr. Hülskamp, päpstlicher Geheimkämmerer, schreibt? »May Erzählungen sind Schauergeschichten; das beweisen die Postkartenbilder!« Und in dem jetzt erschienenen Buche von Veremundus wird dasselbe behauptet und vor ihm gewarnt! Der Verfasser war ein eifriger Mayleser und hat mich stets empfohlen – jetzt nicht mehr! Wenn die Bilder, welche ich Ihnen zurücksende, zu Postkarten verarbeitet würden, wäre es mit mir als Schriftsteller aus! ... Mein Zweck ist, meine Leser zu Gott zu führen und sie für alles Gute, Edle, Schöne und Erhabene zu begeistern. Hieran haben sich auch die Bilder zu halten.* (an Friedrich Ernst Fehsenfeld)
8. November: Kartengruß mit Bahnpost Dresden–Meißen, Zug Nr. 1568, an Familie Seyler.
10. November: Dresden. May wird in der gegen ihn geführten Untersuchung wegen Führung des Doktortitels vor der Amtshauptmannschaft vernommen. *Ich bin nicht im Besitz eines von einer deutschen Universität verliehenen Doktortitels, dagegen habe ich den Doktortitel in Rouen in Frankreich verliehen erhalten.* (Aussage vor der Amtshauptmannschaft) Ihm wird die Führung des Doktortitels untersagt.
19. November: Die Buchausgabe von *Im Reiche des silbernen Löwen* 1.Bd. wird als erschienene Neuigkeit angekündigt.
25. November: Radebeul. An den von Fehsenfeld herausgegebenen Bildpostkarten gibt es immer noch genug zu tadeln. So heißt es über Palmen in der Wüste: *stehen aber, Allah siehste, grad mitten in der Wüste, wo, das weeß mer hier in Sachsen, niemals kann e Beemchen wachsen!* (an Friedrich Ernst Fehsenfeld)
29. November: Radebeul. *Ich begreife nicht, warum Herr Krais die Correktur zum Schluß des 27ten Bandes nicht schickt; er hat das Manuscript dazu schon seit den 10ten in den Händen.* (an Friedrich Ernst Fehsenfeld)
Dezember: »J.S. in Bl. Von Karl May liegt uns erst ein Teil seiner Reiseerzählung: Im Reiche des silbernen Löwen vor.« (›Deutscher Hausschatz‹ Nr. 13)

»P.M. in N. Ihnen und allen übrigen Interessenten teilen wir mit, daß wir mit der Reiseerzählung Karl Mays: ›Im Reiche des silbernen Löwen‹ erst dann beginnen können, wenn der Verfasser den größten Teil derselben fertig gestellt haben wird. Bisher liegen uns erst etwa 100 Seiten Handschrift vor, und das genügt für unsern Bedarf nicht. Haben Sie also etwas Geduld!« (›Deutscher Hausschatz‹ Nr. 14)

17. Dezember: Die Buchausgabe von *Im Reiche des silbernen Löwen* 2.Bd. wird als erschienene Neuigkeit angekündigt.

21. Dezember: Berlin. Kartengruß an Familie Seyler.

1899

9. Januar: Radebeul. *Rih ist längst todt, wie in dem Bande »Der Schut« zu lesen ist. In einigen Tagen gehe ich nach Arabien zu meinem lieben Hadschi Halef Omar.* (an Ina Seidel)

13. Januar: Radebeul. *Kurz vor meiner Abreise nach Arabien zu Hadschi Halef Omar und dann nach Amerika zu meinen Apatschen sende ich Dir mein Bild. Bleibe so brav, wie Du jetzt bist!* (an Josef Schlipper)

14. Januar: Radebeul. Karl May depeschiert *um einen schneidigen Rechtsanwalt in Aschaffenburg. Habt Ihr in irgendeiner Zeitung eine böswillige Kritik gefunden, dann mir sofort senden.* (an Emil Seyler)

20. Januar: Radebeul. *Da schreibt mir nun Marie Hoppe einen Brief, daß sie heirathet, aber die Hauptsache schreibt sie nicht, nämlich wer und was der ist, den sie nimmt. So dumm! Und dann die alberne Adresse ... Was Emma dazu sagt, kannst Du Dir denken! Sie ist im höchsten Grade zornig über diese Adresse! ... Wenn sie uns so wenig achtet, daß sie den Krühel Herr nennt, mich aber auf der Adresse nicht, so kann sie mir nur leid thun ... Nicht einmal eine Ueberschrift hat ihr Brief. Ist sie denn gar so dumm? ... Nächste Woche bin ich nicht mehr da. Ich mache eine Reise rund um die Erde, welche wohl ein ganzes Jahr dauern wird.* (an Christiane Wilhelmine Schöne)

27. Januar: Kartengruß an Familie Seyler mit Bahnpost Leipzig–Riesa–Dresden, Zug Nr. 430.

28. Januar: Reise nach Berlin.

Februar: »Parcival. Die von Ihnen erwähnten Schriften sind von Karl May und in Stuttgart (Union) erschienen.« (›Deutscher Hausschatz‹ Nr. 19)

28. Februar: Radebeul. »Das verflossene Jahr war ein recht bewegtes für uns, mit Ausnahme der vier Wochen, die wir im Gebirge zugebracht haben. ... Eigentlich wollte mein Mann gleich nach Weihnachten fort, aber allerlei Abhaltungen verzögerte das Schreiben des 25 Bandes ›Am Jenseits‹ so sehr, daß er vor Mitte März nicht fortkommt. Das Schlimmste für mich ist, daß er auf unbestimmte Zeit fortgeht, sonst habe ich keine Sorge um ihn! Ich weiß bestimmt, daß mein Hühnlichen glücklich zurückkehrt ... Nur vor Einem fürchte ich mich; Ich werde heimweh nach meinem Hühnlichen bekommen; ... Bald wären wir jetzt nach München gereist. Mein Mann war an den Hof befohlen; die Prinzessin Ludwig hatte es so sehr gewünscht, dazu noch eine ganze Menge anderer Prinzen u. Prinzessinnen. Leider mußte mein guter Mann abschreiben; ...« (Emma May an Agnes Seyler)

März: *Die Liebe ist eine Gotteskraft, ist die Gotteskraft; sie kann nicht wie mit dem Messer zerschnitten werden, so daß jeder einzelne Mensch einen für ihn bestimmten Teil bekommt, der nun keine andere als nur seine Liebe ist.* (May in *Am Jenseits*, 174f.)

Glücklich zwar ist der Mensch, dem es gelungen ist, seinen kindlichen Sinn mit herüber in die ernsten Jahre zu retten, aber der Ernst soll sich ihm nicht unterzuordnen haben. (May in *Am Jenseits*, 272)

2. März: Radebeul. *Manuscript in nächster Woche beendet.* (an Felix Krais)

4. März: Radebeul. *Ich war an den Königl. Hof nach München zu Besprechungen berufen, welche sich auf den Hauptgedanken meines Lebens und Wirkens beziehen, an dessen Veröffentlichung ich nun endlich – Gott sei Dank! – angelangt bin ... Ich habe in eiligster, fürchterlichster Anstrengung den Band »Am Jenseits« zu fertigen, um das Schiff, auf welchem ich meine große Reise antrete, rechtzeitig zu erreichen ... ich gehe zunächst zu Hadschi Halef, dann nach Persien, Indien, China, Amerika zu meinen Apatschen pppp. Wann oder vielmehr ob ich überhaupt wiederkomme, das weiß ich freilich nicht, da ich nicht so reise wie Andere, die jeden Schritt und Tritt, so sorgfältig vorausberechnen, daß ihr geliebter Leichnam ja nicht von dem leisesten Anfluge einer Gefahr berührt werde.* (an Emil Seyler)

12. März: Radebeul. Karl May dankt für die Zusendung und schreibt: *»Perle« wird mitgenommen, für Hanneh die kleine, die andern für Halef und Omar Ben Sadek.* (an Emil Seyler)

13. März: Radebeul. *Donnerstag geht das letzte Manuscript an Sie ab. Am 24ten dieses Monates muß ich von hier fort.* (an Felix Krais)
Lesen Sie die Correcturen von Band 25? Ja? Dann werden Sie gemerkt haben, daß Karl May jetzt beginnt, mit seinen eigentlichen Absichten herauszurücken. Es handelt sich um eine wohlvorbereitete, großartige Bewegung auf religiös-ethisch-sozialem Gebiete. … Die bisherigen Bände waren nur dazu geschrieben, mir eine möglichst große Zahl von Lesern als Arbeitsfeld zu schaffen. (an Friedrich Ernst Fehsenfeld)
16. März: Adalbert Fischer übernimmt den Verlag H. G. Münchmeyer und bringt sich so in den Besitz von Karl Mays fünf anonymen Kolportageromanen.
21. März: Radebeul. *Winnetou war geboren 1840 und wurde erschossen am 2.9.1874. Er war noch herrlicher, als ich ihn beschreiben kann.* (an Sophie von Stieber)
24. März: Karl May erhält seinen Reisepaß auf der Königlichen Amtshauptmannschaft Dresden-Neustadt. Die Gültigkeitsdauer des Dokumentes reicht bis zum 23.3.1904.
26. März: Abreise nach dem Orient. *Dresden früh 8.50 ab, Frankfurt abends 8.20 an (mit Emma und Klara).* (Reisetagebuch) Quartier wird im Hotel Continental genommen.
28. März: Frankfurt. Hotel Continental. Besuch des Palmengartens.
29. März: Frankfurt. *9.45 ab nach Freiburg. Abend bei Fehsenfelds.* (Reisetagebuch)
30. März: Freiburg i. Breisgau. Besuch des Verlegers Friedrich Ernst Fehsenfeld.
31. März: Abreise nach Lugano. Die Reise führt am Vierwaldstätter See und entlang der Rigi Kulm, über den Gotthardt. Wenig später entsteht ein Gedicht für den geplanten Zyklus *Eine Pilgerreise in das Morgenland*:

Am Gotthardt

Der Helm von Eis, der Panzer Stein,
So steht er an des Südens Thor,
Lässt scheinbar Niemand aus und ein,
Blickt scheinbar unbesiegt empor.
Doch, hast du von des Maultiers Gang
Auf seiner Schulter nichts gewußt?
Und kennst du nicht den Eisenstrang,
Der ihm durchbohrt die Felsenbrust?

So sah ich den Versucher stehn
In Lüge stark, in Wahrheit schwach;
Er kann mich niemals hintergehn,
So lang' ich mich und ihn bewach.
Nicht seine Drohung fürchte ich;
Denn daß er längst besiegt schon ist,
Das weiß ich, und er täuscht nur sich.
So ragt der Zweifel himmelwärts,
Der gern dem Hier das Dort versagt,
Und blickt so finster, wenn das Herz
Voll Sehnsucht nach dem Jenseits fragt.
Doch trägt grad er den kühnen Steg
Von Bergeswand zu Bergeswand
Und tief in sich den dunklen Weg
Hinüber in das helle Land.
So giebts zu Gott kein Hinderniß,
Und sei es noch so stolz, so groß;
Wer ehrlich strebt, macht sich gewiß
Doch endlich von den Fesseln los.
Das irdische Gigantentum,
Es ist nur Trug, es ist nur Schein;
Der wahren Größe höchster Ruhm
Gebührt nur Gott dem Herrn allein!

1. April: Lugano. Besuch der kleinen auf dem Monte San Salvadore liegende Kapelle. *Sei mir gegrüßt, San Salvatore, / Du hochgebautes Gotteshaus! / Lugano's herrlichste Empore, /Schaust weit du übers Land hinaus. ...* (*Eine Pilgerreise in das Morgenland*)
2. April: Abreise nach Genua über Como, Mailand, Pavia.
3. April: Genua. Erste Begegnung mit dem ›Kulturschock‹, der ihn im Orient noch öfters treffen wird. *Signor, bleib stehn; gieb eine Gabe! / Es bittet Dich ein armer Knabe, / Ein Krüppel, ein »zerbrochnes Kind«. / Sieh doch die Thränen, die ich weine; / Schau meine Arme, meine Beine, / Wie sie verdreht, verbogen sind! ...* (*Eine Pilgerreise in das Morgenland*).
Ausflug nach Arenzano.
4. April: Abreise von Genua auf dem Dampfer ›Preußen‹. Weiter geht es über Neapel, Messina, Catania nach Port Said. *Das war in Genua für mich ein böses Scheiden. Ich habe an derselben Stelle gestanden, bis nach 2 Stunden das Land ganz verschwunden war. Diese herrliche, unvergleichliche*

Reisewoche hat es mir noch heut angethan! (an Emma May, 25.4.1899)
5. April: An Bord der ›Preußen‹. Nach dem Anlegen in Rom trennen sich Emma May und das Ehepaar Plöhn von Karl May und fahren weiter nach Nizza und Paris. (Nach der Heimkehr fährt Emma von Radebeul aus für 14 Tage nach Deidesheim zum Ehepaar Seyler.)
6. April: An Bord der ›Preußen‹. Anlaufen von Neapel.
7. April: An Bord der ›Preußen‹. Anlaufen von Messina und Catania.
8. April: An Bord der ›Preußen‹. *Auf dem Schiffe entdeckte mich Professor Lesser aus Berlin auf der Schiffsliste. Seit diesem Augenblicke war es aus mit meiner Freiheit. Alle wollten mit Kara Ben Nemsi Afrika betreten ...* (an Friedrich Ernst Fehsenfeld, 22.4.1899)
9. April: Port Said. Hotel Continental. Um 10.30 Uhr landet das Schiff im Hafen.
10. April: Port Said. May arbeitet an seiner geplanten Gedichtsammlung *Eine Pilgerreise in das Morgenland.*
11. April: Port Said. Abfahrt um 3.42 nach Ismailija mit der Bahn.
12. April: Ismailija.
13. April: Ismailija. May arbeitet an seiner geplanten Gedichtsammlung *Eine Pilgerreise in das Morgenland.*
14. April: Ismailija. Mit der Bahn geht es nach Kairo.
15. April: Kairo. Hotel Bavaria.
16. April: Kairo. May arbeitet an der geplanten Gedichtsammlung.
Der Blick vom Mokattam und dem Dschebel Giyuschi ist unbeschreiblich schön, mir aber doppelt wert, wenn beim Sonnenuntergange die Beleuchtung der Stadt und ihrer Umgegend durch den in der Luft schwebenden Khamsinstaub zu einer, fast möchte ich sagen, märchenhaften wird. Es sind dann alle Härten und Schärfen des Bildes abgemildert, und es liegt ein so undefinierbarer Farbenton rings ausgegossen, daß man meinen möchte, von einer jenseitigen Höhe auf eine ganz andere, un- oder überirdische Welt herabzuschauen ... Mein Lieblingsplatz war ein Felsensitz in der Nähe der alten, verfallenen Giyuschi-Moschee. (May in *Und Friede auf Erden*, 7f.)
Während des Aufenthalts in Kairo lernt May den Buchhändler Boehme von der Kairoer Buchhandlung Boehme & Anderer kennen.

19. April: Kairo. Ausflug zu den Pyramiden nach Gizeh. Mena House. *Ich ließ einen Tisch mit Stühlen hinaus vor die Tür bringen, um die Genugtuung zu haben, ihnen das beste zu bieten, was Gizeh demjenigen Besucher bieten kann, welcher das geistige Auge und die seelische Empfänglichkeit dafür besitzt: den von den anderen Gästen nicht gestörten Anblick der Pyramiden beim Mondesschein.* (May in *Und Friede auf Erden*, 98)
20. April: Gizeh. Vom Mena House geht es mit Kamelen nach Sakkara, Bedraschên und Heluân und mit der Bahn zurück nach Kairo.
21. April: Kairo. May arbeitet an seiner Gedichtsammlung *Eine Pilgerreise in das Morgenland*
22. April: Kairo. *Jetzt gehe ich nach dem Sudan; dann über Mekka nach Arabien zu Hadschi Halef, Persien, Indien ...* (an Johannes Dederle)
23. April: Kairo. *Du hast keine Ahnung, was ich zu schreiben habe. Heut sind ohne die Briefe 78 Postkarten fertig geworden. 25 allein für die bayrischen Prinzen, denn die wünschen ganze Sammlungen.* (an Emma May)
May beschwert sich das erste Mal, daß er noch keine Post von seiner Frau erhalten hat.
24. April: Kairo. May sendet an seine Frau und an Klara Plöhn je einen Bildband ›Souvenir of Egypt‹.
25. April: Kairo. May sendet an seine Frau und an Klara Plöhn Stoff für Kleider. *Ich esse ganz wenig Fleisch. Will es mir abgewöhnen. Trinke täglich zwei Limonaden.* (an Emma May)
30. April: Kairo. May erhält einen Brief von Adalbert Fischer, indem dieser zugibt, daß er den Münchmeyer-Verlag einzig wegen Mays anonymen Lieferungsromanen übernommen hat. May retourniert ihm postwendend über die Urheberrechte und droht mit Klage, falls es zum Druck der Werke komme.
2. Mai: Kairo. *Ich hatte sie* [Emma] *in Genua gebeten, direkt heimzukehren und mir ihre Ankunft sofort nach Kairo mitzuteilen. Anstatt dies zu tun, kam sie erst nach sieben Wochen dazu, mir das zu schreiben, was ich wissen mußte, um von Kairo fortzukönnen. Dort kostete mich jeder Tag 40–60 Mark. So erging es mir während der ganzen Reise.* (May in *Frau Pollmer. Eine psychologische Studie*)
3. Mai: Kairo. May lernt die Pensionsschülerin Valerie Arlt kennen und widmet ihr ein Gedicht.
Immer noch keine Nachricht aus der Heimat von Emma.
6. Mai: Kairo. Ausflug an den Nil.

8. Mai: Kairo. May wird durch v. Oppenheim eingeladen.
9. Mai: Kairo. Besuch des Museums zu Gizeh.
10. Mai: Kairo. Emmas erste Briefe erreichen Karl May.
12. Mai: Kairo. Emma kündigt per Depesche einen wichtigen Brief an.
14. Mai: Kairo. »Der bekannte Reiseschriftsteller Dr. Karl May, der seit einiger Zeit hier in Kairo weilt, plant eine neue größere Reise. Er gedenkt von hier nach Bombay zu gehen, von dort durch den Persischen Golf nach Basrah, Bagdad und dann Mesopotamien und die Syrische Wüste zu durchqueren, um Damaskus zu erreichen. Die Erlebnisse und Ergebnisse der Reise werden darauf in einem neuen, zweifellos höchst interessanten Buche den zahlreichen Verehrern des Schriftstellers dargeboten werden.« (›Ägyptische Zeitung‹, Kairo)
17. Mai: Kairo. *Grad weil das Leben des Orientes so inhaltslos, so oberflächlich, schmutzig und lärmvoll ist, wirkt es auf die besser veranlagten Menschen vertiefend, bereichernd, reinigend, beruhigend und befestigend. Man wendet sich unbefriedigt und bedauernd ab und geht nach innen. Das ist die Wirkung auf mich, und ich bin Gott dankbar dafür.* (an Emma May)
23. Mai: Kairo. May schließt mit dem Diener Sejid Hassan einen Dienstvertrag ab. Als Zeuge fungieren F. Marschner und R. Zschunke.
24. Mai: Kairo. Abreise aus Kairo nach Siut.
25. Mai: Siut. Hotel Orient.
26. Mai: Siut. May bemerkt, daß sein Diener Hassan ihn zu betrügen versucht.
28. Mai: Siut. Abreise aus Siut nach Luxor.
29. Mai: Luxor. Luxor Hotel.
30. Mai – 2. Juni: Luxor. May folgt wohl größtenteils dem Besichtigungsplan seines Baedeker-Reiseführers und besucht die Ruinen, Bauwerke und Gräber von Karnak und Theben.
3. Juni: Luxor. Emma May und Klara Plöhn berichten über eine spiritistische Sitzung in Weimar.
Der erste Artikel gegen Karl May in der ›Frankfurter Zeitung‹ erscheint.
4. Juni: Luxor. Abreise mit dem Nilschiff ›Sethi‹ von Luxor nach Assuan.
5. Juni: Auf dem Nil.
6. Juni: Ankunft in Assuan. *Bischari-Lager. Sechs Reit-*

stunden von Schellal in Nubien entfernt. – Vorhin wurden mir die vom Nil hergeholten Briefe überbracht. Unter diesen Postsachen befindet sich auch Nr. 133 Ihrer »Pfälzer Zeitung« ... und ich will Ihnen sogleich schreiben und danken, obgleich es hier im Beduinenlager weder Briefbogen noch Kouverts gibt. In meiner Satteltasche steckt etwas gewöhnliches Papier, und ein wenig Ssamgh (Gummi arabicum) zum Zukleben holt mir die Frau des Scheikes aus ihrem Toilettentopf. Dann wird ein Bote mit dem Briefe nach Schellal geschickt. Bitte also, mich nicht nach diesem Opus zu beurteilen. Ich schreibe sonst besser. Ein Fettfleck ist auch schon im Papier, doch versichere ich Ihnen, daß ich mich daheim am Schreibtische dann einer um so größeren Magerkeit befleißige. Ich gehe jetzt nach dem Sudan. Die Engländer dulden das nicht, darum reite ich als Kara Ben Nemsi meine alten Karawanenwege. Dann will ich über Mekka nach Arabien zu meinem Hadschi Halef und mit ihm durch Persien nach Indien. Sie sehen, daß meine Bücher nicht in meiner Studierstube entstehen, wie hie und da ein kluger Mann sich ausgesprochen hat ... Wenn Sie sehen und hören könnten, wie es hier um mich her im Lager zugeht, so würden Sie es für unmöglich halten, daß man dabei überhaupt schreiben kann. Ich bin nämlich beim Kamelkaufe, und die halbkopf geschorenen Nomaden lassen mir keine Ruhe. Ich habe in den wenigen Monaten meiner Reise schon Stoff für 5–6 Bände gesammelt. Täglich kommen neue Anschauungen und neue Gedanken; täglich öffnen sich neue Gesichtspunkte. Lieber Herr, man ahnt gar nicht, was man, wenn man guten Willens ist, von diesen »sogenannten« Wilden oder Halbwilden lernen kann! Gibt es vielleicht auch »sogenannte« Civilisierte, nur »sogenannte« Christen? Gestatten Sie mir, daß ich die Beantwortung dieser Frage nicht auf mich nehme, sondern sie Ihnen überlasse! Ich könnte mir sonst zu den alten Feinden noch neue machen und bitte Sie zuzugeben, daß dies nicht ganz klug gehandelt sein würde von Ihrem Ihnen dankbar ergebenen Kara Ben Nemsi Effendi. (›Pfälzer Zeitung‹, 16.6.1899).

7. Juni: Assuan. Ausritt nach Schellal.
Mit ›Karl Mays Reisen‹ erscheint der zweite Artikel gegen Karl May in der ›Frankfurter Zeitung‹. Mays Verleger Fehsenfeld veröffentlich dortselbst eine Gegendarstellung.

9. Juni: Schellal. Rückkehr nach Assuan.
Mit ›Der ›Freund der Haddedihn‹‹ erscheint der dritte Artikel gegen Karl May in der ›Frankfurter Zeitung‹.

12. Juni: Assuan. Rückkehr nach Luxor.
13. Juni: Luxor. Abreise nach Kene. Dentera Hotel.
14. Juni: Kene. Abreise nach Sohag.
15. Juni: Sohag. Hotel Abydos.
16. Juni: Sohag. Abreise nach Minieh.
17. Juni: Minjeh.
Mit ›Karl May im Urtheil der Zeitgenossen‹ erscheint der vierte Artikel gegen Karl May in der ›Frankfurter Zeitung‹.
18. Juni: Rückkehr nach Kairo.
22. Juni: Kairo. Karl May erledigt Briefkorrespondenzen.
23. Juni: Kairo. Abreise nach Port Said.
24. Juni: Port Said. Hotel Royal.
25. Juni: Port Said. Abreise um 19.00 Uhr mit der ›Scherkije‹ nach Beirut. *Es wird Euch interessiren, daß ich hier in der Türkei auf einen ganz falschen Paß reise. Die Herren von der Polizei konnten nur ihre Schrift lesen. Als ich mir einen türkischen Paß holte (ein Teskereh), haben sie meinen Familiennamen vergessen und nur die beiden Vornamen Karl Friedrich eingetragen. Und da es in der Türkei den akademischen Grad eines Doctors nicht giebt, so haben sie einfach das Wort Professor, Gelehrter gesetzt. Es steht also auf dem Passe: Karl Friedrich, Professor, Gelehrter. ... Ich lasse das nicht ändern, weil ich in Jerusalem dem voraussichtlichen Andrange entgehe, wenn ich mich auf Grund dieses Passes anders nennen kann. Karl May ist nämlich auch hier in Palästina eine so bekannte Größe, daß ich an keinem von Europäern besuchten Ort meinen Namen sagen darf.* (an Wilhelmine Beibler, 15. 7.1899)
26. Juni: Ankunft mit dem Schiff in Beirut um 17.00 Uhr. Quarantäne.
27. Juni – 7. Juli: An Bord der ›Scherkije‹. Quarantäne.
28. – 30. Juni: Unter dem Titel ›Karl May und seine Kritiker‹ erscheint in der ›Pfälzer Zeitung‹ in Speyer in drei Folgen eine Entgegnung auf die Artikel der ›Frankfurter Zeitung‹ von Anfang Juni.
8. Juli: Beirut. Ende der Quarantäne. Hotel Allemand. *Bin wegen der Quarantaine, welche alle Fremden von hier fernhält, der einzige Gast im ganzen Hause. Das thut mir um die lieben Menschen leid, denen die Pest so großen Schaden macht. Alle Hôtels stehen deswegen leer.* (an Wilhelmine Beibler, 15.7.1899)
10. Juli: Beirut. Fahrt nach Brumana.
11. Juli: Brumana. Spazierfahrt in der Umgebung.

12. Juli: Brumana. Rückkehr nach Beirut.
15. Juli: Beirut. *Der Libanon ist grad in der Gegend von Beyrut von wunderbarer Schönheit, ja Großartigkeit. Ich habe ihn eine ganze Woche lang studirt. So lange hat es gedauert, mich von den Entbehrungen der 12-tägigen Quarantaine zu erholen. Ich war ganz mager und kraftlos geworden ...* (an Wilhelmine Beibler)
17. Juli: Beirut. Abreise nach Haifa mit dem Schiff ›Venus‹.
18. Juli: Haifa. Spaziergang auf dem Berg Karmel. *Wir hatten eine lang hingestreckte Höhe zu erklimmen gehabt, an der sich Wein- und Johannisbrotgärten aneinanderreihten. Ich dachte dabei an meinen Lieblingsberg, den Karmel, auf dessen Höhe es auch Wein und Johannisbrot in Menge gibt ...* (May in *Ardistan und Dschinnistan*, 91)
20. Juli: Haifa. Abreise nach Nazareth. Hotel ›Germania‹.
21. Juli: Nazareth. Fahrt nach Tiberias am See Genezareth. »Einen ganz besonderen Reiz hatten für ihn [Karl May] die stillen Mondnächte. Am liebsten sprach er da vom Roten Meer, dort benützte er in keiner Nacht seine Kabine, und ein Teil seiner ›Himmelsgedanken‹ entstand dort. Diese ›Himmelsgedanken‹ sind fast durchweg Nachtschöpfungen. Einen Teil davon schrieb er am See Genezareth auf dem Dach des französischen Klosters in Tiberias ... Für den See Genezareth hegte Karl May eine große Vorliebe; ...« (Klara May, ›Bunte Blätter aus Karl Mays Leben‹, 1918, 69)
22. Juli: Tiberias. Rückkehr nach Nazareth.
23. Juli: Nazareth. Rückkehr nach Haifa.
24. – 26. Juli: Beginn eines mehrtägigen Rittes von Haifa durch die Saron-Ebene nach Jaffa. *Am Tage gute Pferde, aber Sonnenbrand, untrinkbare Quellen unterwegs und so armseliger Steinweg, daß man jeden Schritt des Pferdes in den Knochen fühlte. ... Konnte das Essen nicht ansehen und habe nur den Kaffee förmlich hinuntergezwungen. Trotzdem kostete mein Loch 6 Franks und der Kaffee 2 Franks. Diener und Pferdeknecht haben auch nichts gegessen und sogar den Kaffee nicht gemocht.* (an Richard und Klara Plöhn, 27.7.1899)
26. Juli: Ankunft in Jaffa. Hotel Jerusalem.
28. Juli: Jaffa. Bahnfahrt nach Ramle. Hotel Reinhardt.
29. Juli: Ramle. Abreise nach Jerusalem. Lloyd Hotel. Karl May erhält mit der Heimatpost die Artikel der ›Frankfurter Zeitung‹.
30. Juli: Jerusalem. Die heiligen Stätten werden besucht.

31. Juli – 8. August: Jerusalem. Ausflüge in die Umgebung.
9. – 12. August: Jerusalem. Karl May verfaßt eine Entgegnung auf die Artikel der ›Frankfurter Zeitung‹, die Richard Plöhn unter seinem Namen veröffentlichen wird.
20. August: Jerusalem. Reise nach Ramle. Hotel Reinhard.
21. August: Ramle. Weiterreise nach Jaffa.
22. August: Jaffa. Hotel Jerusalem. Telegramm an Richard Plöhn.
23. – 25. August: Jaffa. *Heut, meine liebe Emma, sind es 52 Tage, also 7 1/2 Wochen, seit Du mir das letzte Mal geschrieben hast. Und das war so wenig! ... In dieser Beziehung bin ich wirklich so arm, so bitter arm, wie fast kein anderer Mensch!!!* (an Emma May)
26. August: Jaffa. May wechselt das Hotelzimmer. Er fühlt sich von Emma aus der Heimat spiritistisch verfolgt.
27. August: Jaffa. Zur Erholung geht es für einen Tagesausflug zurück ins Hotel Reinhard nach Ramle.
28. August: Jaffa. Die Rubinfestung wird besucht.
2. September: Jaffa. Abreise mit dem Schiff ›Dakalieh‹ nach Port Said.
3. September: Ankunft um 6.00 Uhr in Port Said. Hotel Royal.
4. September: Abreise von Port Said nach Suez. Ankunft um 19.00 Uhr. Hotel Continental.
5. September: Suez. May zieht um nach dem Hotel New. Abends beschließt er, das Rauchen aufzugeben.
6. – 10. September: Suez.
11. September: Abreise von Suez mit dem Schiff ›Gera‹ vom Norddeutschen Lloyd.
12. – 14. September: An Bord der ›Gera‹ im Roten Meer.
14. September: An Bord der ›Gera‹ im Roten Meer. *Habe auf dem Schiff einen meiner Gegner kennengelernt, Herzfelder, Freund der Neuen Freien Presse und der Frankfurter Zeitung. Reist nach Australien. Kennt mich nur als »Dr. Friedrich«. Hat mich unendlich lieb gewonnen, sogar geküßt, ohne die Wahrheit zu ahnen. Es wird noch interessant!* (an Richard und Klara Plöhn, 16.9.1899)
15. September: An Bord der ›Gera‹ im Roten Meer. Ankunft in Aden um 10.00 Uhr. Hotel de l'Europe.
16. September: Aden. *Es haben mich viele auf dem Schiff lieb gewonnen, obgleich ich jetzt das gerade Gegentheil vom früheren Karl bin. Der ist mit großer Ceremonie von mir in das rothe*

Meer versenkt worden, mit Schiffssteinkohlen, die ihn auf den Grund gezogen haben ... (an Richard und Klara Plöhn)
17. September: Aden. May widmet sich seiner Korrespondenz und schreibt u.a. an Richard und Klara Plöhn sowie an seine Ehefrau. Er verfaßt das Gedicht *Im Alter.*

Im Alter.
Ich bin so müd, so herbstesschwer
Und möcht am liebsten scheiden gehn.
Die Blätter fallen rings umher;
Wie lange, Herr, soll ich noch stehn?
Ich bin nur ein bescheiden Gras,
Doch eine Aehre trag auch ich,
Und ob die Sonne mich vergaß,
Ich wuchs in Dankbarkeit für dich.
Ich bin so müd, so herbstesschwer,
Und möcht am liebsten scheiden gehn,
Doch brauche ich der Reife mehr,
So laß mich, Herr, noch länger stehn.
Ich will, wenn sich der Schnitter naht
Und sammelt Menschengarben ein,
Nicht unreif zu der Weitersaat
Für dich und deinen Himmel sein.
(*Himmelsgedanken*, 117)

Habe hierbei bitterlich, zum Herzbrechen geweint. (Vermerk auf der Rückseite des Manuskriptes)
20. September: Aden. An Bord der ›Palestina‹ geht es nach Massaua.
21. September: Zwischenstation in Assab.
22. September: Ankunft in Massaua. *Endlich und glücklich hier angekommen, gestatte ich mir, Ihnen mit meinen herzlichsten Grüßen auch einen der jetzt so vielgesuchten König-Menelik-Thaler zu senden, damit Sie sehen, daß ich Ihrer stets und gern gedenke.* (an Johannes Dederle)
23. September: Massaua. *Bei einer Gluth von 41 Grad Réaumur schreibe ich Ihnen diesen Gruß. Bin bisher glücklich durchgekommen, noch bei voller Reiselust, und hoffe, daß es so bleibt.* (an Johannes Dederle; Abdruck der ›Tremonia‹, 10.10.1899)
Lassen Sie doch die Lügner schwatzen! Mich stört das nicht im Mindesten. Habe hier Briefe und eine Menge solcher Zeitungen

vorgefunden. Sie lassen mich vollständig kalt. Lächerliche Bemühungen ohnmächtiger Geister. Weiter nichts! (an Friedrich Ernst Fehsenfeld)

25. September: Massaua. Weiterfahrt auf der ›Palestina‹ um 8.00 Uhr von Massaua. May erhält die Kabine des Prinzen von Genua vom Schiffskommandanten zugesprochen, da der Prinz seine Buchung storniert hatte. May hat das gesamte Hinterdeck für sich allein. In der Nacht verfaßt er Gedichte für den Zyklus *Himmelsgedanken.*

26. September: An Bord der ›Palestina‹. Zwischenstop in Assab.

27. September: Ankunft in Aden. Hotel de l'Europe. Die im August in Jerusalem verfaßte Entgegnung auf die Angriffe der ›Frankfurter Zeitung‹ erscheint unter dem Namen Richard Plöhns in der Dortmunder ›Tremonia‹ (›Karl May und seine Gegner‹; 2. u. 3. Folge, 28. u. 29.9.1899)

29. September: Aden. Abreise mit dem Schiff ›Bayern‹ des Norddeutschen Lloyd nach Colombo.

30. September: An Bord der ›Bayern‹. May lernt den Tigerjäger Bergmüller kennen. »Seine [Mays] Erscheinung entsprach ganz dem Bild, das ich mir von ihm gemacht. Er hatte einen Araber als Diener bei sich. Im Lauf einer längeren Unterhaltung mit ihm, die mir unvergeßlich geblieben, ... gab er mir manche dankenswerten Ratschläge und Auskünfte und versprach, mir noch weitere Winke zuteil werden zu lassen. Zu meiner größten Freude wurde der interessante Mann noch mein Kabinen- und Schlafgenosse ... Auf dem Schiffe fand abends Kostümfest statt. ... Dr. Karl May stellte mir nicht nur sein im Sudan getragenes Reitkostüm zur Verfügung, sondern half mir auch persönlich beim Anlegen desselben, eine Unterstützung, ohne die mir das Ankleiden viel zu schaffen gemacht hätte ...« (Bergmüller in ›Tagebuchblätter von meinem Jagdausflug nach Sumatra‹, 1909)

1. – 5. Oktober: An Bord der ›Bayern‹.

6. – 18. Oktober: Ankunft in Colombo um 1.00 Uhr früh. Grand Oriental Hotel. *Es gab, wie in jedem orientalischen Hafen, einen unbeschreiblichen Lärm, doch vollzieht sich hier die Ausschiffung in langen, bequemen Böten und einer andernorts sehr wünschenswerten Bedachtsamkeit. Mit Paß- und Zollformalitäten hatte ich nichts zu tun. Unter dem Regendach der Landestelle sitzen Geldwechsler, bei denen man alle möglichen Münzen des Ostens haben kann. Ich verweilte mich bei einem von ihnen, um mich mit landläufigem Silber zu versehen, und*

schlenderte dann dem Hotel zu. Es ist, beiläufig gesagt, das teuerste, welches ich im Orient gefunden habe. (May in *Und Friede auf Erden*, 113)
Karl May unternimmt in den nächsten Tagen Ausflüge in die nähere Umgebung.
12. Oktober: Colombo. *Nun kommt eine Mittheilung, welche Sie wahrscheinlich interessiren wird, Herr Redacteur. Ort, Zeit und dergleichen verschweige ich. Warum? Das werden Sie gleich erfahren. Es handelt sich um die Entdeckung eines reichen, ausgedehnten Goldfeldes, vielleicht eines orientalischen Klondyke. Zwölf Reitstunden lang kann der Kenner das goldhaltige Gestein zu Tage treten sehen. Es fehlte an den nöthigen Werkzeugen, und die gebotene Heimlichkeit erschwerte den Prozeß noch mehr; trotzdem ergab ein kopfgroßes Stück Muttergestein für ca. 40–45 Mark reines Gold. Dieser Gehalt soll natürlich nicht als der überhaupt durchschnittliche hingestellt werden. Dazu aber kamen noch werthvolle Nebenprodukte und Nebenfunde, die ich nach Deutschland geschickt habe, um sie fachmännisch untersuchen zu lassen. Denken Sie ja nicht, daß ich mich einer Illusion überantwortet habe. Die Goldfelder sind da, wirklich da, doch nicht einmal mein Diener ahnt etwas davon; aber dieser Fund läßt mich sehr kalt; ich brauche ihn nicht, denn ich habe mehr als genug, um nicht darben zu müssen. Die geordnete, fleißige Arbeit segnet Gott; das habe ich ja selbst erfahren; aber das Graben und Kämpfen um den goldnen Klumpen tödtet Leib und Seele und hat noch keinem Lande und keinem Volke geistigen und ethischen Nutzen gebracht. Ich kann dieses Geheimniß mit in das Grab nehmen, ohne daß es mich eine Spur von Überwindung kostet. Ja, wenn die Gegend in der Nähe einer deutschen Kolonie oder Ansiedlung läge, dann würde ich vielleicht nicht schweigen; aber Fremden – – – –? Nein! Von hier, also von Colombo aus, mache ich zunächst einen Abstecher nach Sumatra. Ich kann dadurch fünf braven deutschen Menschenkindern zu einem lange vergeblich gesuchten Glücke verhelfen. Sie sehen, Karl May ist trotz seiner sechs Dezennien noch unternehmend und thatbereit, wenn es dem Wohle Anderer gilt. Dann geht es durch Indien und Persien nach dem Tigris hinab zu den Haddedihn.* (an Johannes Dederle; Abdruck der ›Tremonia‹, 8.11.1899)
Gehe von hier nach Sumatra, Indien, Persien, Arabien – Haddedihn. Den westlichen Zugang nach Arabien versperrte mir leider die Pest. Muß dann nach Egypten zurück, eines neuen,

inhaltsschweren Bandes wegen in die lybische Wüste. Da sehe ich mich nun gezwungen, eine Bitte auszusprechen: Mein Reisegeld wird wahrscheinlich grad nur bis Egypten reichen, und da das eine Summe von gegen 30 000 Mark beträgt, so möchte ich meiner sparsamen Hausfrau nicht den Schmerz bereiten, direct noch tiefer greifen zu müssen. Sie soll gar nichts davon merken, und so darf das, was ich noch entnehme, nicht von den neuen Auflagen sein. Bitte, haben Sie die Güte, und kreditiren Sie mir 6 000 Mark auf die beiden neuen Bände, welche ich vorhin erwähnte! Die schreibe ich so, daß Emma nichts weiß. (an Friedrich Ernst Fehsenfeld).

19. Oktober: Colombo. Fahrt mit der Bahn nach Point de Galle.

20. Oktober: Point de Galle. Hotel Madras. *Mein diesmaliger Aufenthalt währte ... nur eine Nacht, und diese Nacht war keine angenehme. Da ich gern hoch, frei und licht wohne, wählte ich ein Zimmer in der zweiten Etage, während ich Sejjid Omar* [Hassan] *in der ersten unterbringen ließ. Die Räume hier oben hatten die Eigentümlichkeit, daß ihnen die Decken fehlten; das Hausdach, welches noch hoch über sie emporstieg, schützte sie gemeinschaftlich vor dem Regen, und da die Zwischenwände diesem Dach nicht folgten, sondern in etwas über Manneshöhe aufhörten, so konnten sich die Bewohner dieser Etage zwar nicht sehen, aber Alles, was in dem einen Zimmer gesprochen wurde und ebenso jedes Geräusch und jeder andere Schall fiel von dem hohen Dache mit verdoppelter Stärke in die andern Räume zurück, so daß es fast nicht möglich war, ein lautes Wort zu sagen oder irgend etwas Hörbares zu tun, was Niemand wissen sollte. Man wohnte da, wenigstens in Beziehung auf das Ohr, in vollster Öffentlichkeit.* (May in *Und Friede auf Erden*, 148)

26. Oktober: Colombo. *Als ich am Abend auf mein Zimmer kam, lagen die inzwischen eingegangenen Briefe da, unter ihnen einer, dessen Inhalt mich bestimmte, die von mir geplante Reiseroute dadurch zu verlängern, daß ich ihr die Strecke Ceylon – Sumatra einfügte, und diese Fahrt mußte möglichst sofort, mit dem nächsten Schiffe, unternommen werden. Auf Befragen erfuhr ich, daß heute ein deutscher Lloyddampfer nach Singapore abgegangen, übermorgen aber ein Österreicher fällig sei, welcher auch in Penang anlege. Ich beschloß, auf diesem Passage zu nehmen ...* (May in *Und Friede auf Erden*, 161)

28. Oktober: Abreise mit der ›Vindobona‹ vom Triester Lloyd.
29. Oktober – 1. November: An Bord der ›Vindobona‹.
2. November: Ankunft in Penang. East and Oriental Hotel.
3. November: Penang. *Dem mit dem Dampfer nach dem Osten kommenden Reisenden treten hier in Penang zum ersten Male chinesische Gestalten, Formen und Gebräuche in der Weise entgegen, daß sein Auge von ihnen gefesselt wird. ... In den Straßen und Gassen stieß ein Laden an den andern. Viele hatten gar keine Tür, weil die Vorderwand des Hauses fehlte und es an ihrer Stelle nur Tragpfosten gab. Und vor diesen Läden zogen sich zu beiden Seiten lange Reihen von feilhaltenden Frucht- und andern Händlern hin. Ich sah weder Polizei noch Militär, und doch herrschte überall eine Ordnung, welche einen erfreulichen Eindruck machte.* (May in *Und Friede auf Erden*, 201, 204)
4. – 6. November: Weiterreise nach Padang auf der ›Coen‹. *Man pflegt, wenn man von Penang nach Uleh-leh geht, nach Durchquerung der Malakkastraße in Edi, Lo-Semaweh und Segli anzulegen. Das sind Militärstationen, welche an der fieberhauchenden Küste angelegt sind, und bei den Kämpfen gegen den Herrscher von Atjeh den kriegerischen Vorstößen in das Innere als Stützpunkte zu dienen. Infolge dieses dreimaligen Anlegens sind zwei Tage notwendig, um von Penang nach Uleh-leh zu kommen.* (May in *Und Friede auf Erden*, 264)
6. November: Ankunft in Uleh-leh. May kauft 100 Postkarten und fährt nach Kota Radjah ins Hotel Rosenberg.
7. November: Kota Radjah. *Ich bin glücklich hier auf Sumatra angekommen, und zwar zu einer für mich sehr günstigen Zeit. Warum? Das werde ich in den Ihnen versprochenen »Reisebildern aus den Oriente« erzählen. Ich hoffe, sie beginnen zu können, sobald ich nach Padang komme.* (an Johannes Dederle)
8. November: Rückfahrt nach Uleh-leh. Weiterreise mit der ›Coen‹.
10. November: Ankunft in Padang. Adjeh-Hotel.
Zw. 11. – 23. November: Padang. Karl May erleidet einen Nervenzusammenbruch. »Er habe 8 Tage gegen diesen Anfall kämpfen müssen und sich in dieser Zeit, wie ihm nachträglich klar wurde und wie ihm sein Diener Hassan sagte, wie ein Irrsinniger benommen. Ein Zwang trieb ihn, alle Nahrung in den Abort zu werfen. Er tat es und hungerte, bis endlich der Normalzustand siegte.« (Notiz Klara Mays)
Karl Mays Diener Sejid Hassan will aufgrund der Vorkommnisse zurück in seine Heimat, bleibt jedoch.

24. November: Abreise von Padang auf der ›Bromo‹, Rotterdamer Lloyd.
25. November – 10. Dezember: An Bord der ›Bromo‹.
11. Dezember: Ankunft in Port Said. Grand Hotel Continental.
Karl May hatte am 22.12. von Hinterindien aus seine Freunde Richard und Klara Plöhn und seine eigene Frau nach Ägypten eingeladen. Als Treffpunkt war Port Said vereinbart worden. Doch als das Schiff eintraf, waren die Erwarteten nicht an Bord. *Ich telegraphierte nach Hause; ich schrieb, bekam aber keine Antwort. Dieses entsetzliche Warten und Schweben in peinlicher Ungewißheit verschlang abermals bedeutendes Geld. Ich tat alles Mögliche, um zu erfahren, wo die drei Personen steckten. Endlich wurde mir der Name eines italienischen Ortes an der Riviera genannt, der aber so unbedeutend war, daß Niemand ihn kannte. Es blieb mir nichts Anderes übrig, als hinüberzufahren und ihn zu suchen.* (May in *Frau Pollmer. Eine psychologische Studie*, 32.)
13.–14. Dezember: Kairo. May übernachtet im Savoy Hotel.
18. Dezember: Abfahrt von Port Said. May fährt der erwarteten Reisegruppe entgegen. Über Nizza geht es nach Arenzano b. Genua. Grand Hotel, Rodino Brothers.

1900

Februar: »J. A. P. Über Karl May wissen wir nichts Näheres, er soll auf Reisen sein.« (›Deutscher Hausschatz‹ Nr. 19)
bis 14. März: Arenzano. In Folge eines akuten Anfalls seines Nierenleidens (Brightsche Krankheit) war die Reisegruppe gezwungen worden wegen der Pflege Richard Plöhns in Arenzano zu bleiben.
15. März: Pisa.
19. März: Rom. In den folgenden Tagen nimmt Karl May an einer Audienz bei Papst Leo XIII. teil.
29. – 3. März: Neapel.
4. April: Abfahrt nach Port Said mit dem Schiff ›Hamburg‹.
9. April: Ankunft in Port Said und Weiterfahrt nach Kairo. Hotel Continental.
10. – 21. April: Kairo. Gemeinsam unternehmen Mays und Plöhns Ausflüge in die nähere Umgebung.

22. – 26. April: Ausflug zu den Pyramiden von Gizeh. Mena House.
28. April: Abreise mit der Bahn nach Port Said.
30. April: Port Said. Abreise mit dem Schiff ›Le Caire‹.
1. Mai: Ankunft in Jaffa.
2. – 5. Mai: Jaffa. An einem der Tage wird die drei Kilometer von Jaffa entfernt gelegene deutsche Kolonie Sarona besucht.
6. Mai: Jaffa. Abreise am Nachmittag mit der Bahn nach Ramle.
7. Mai: Ramle. Weiterreise nach Jerusalem. Lloyd Hotel.
8. – 10. Mai: Jerusalem. Die Sehenswürdigkeiten der Stadt werden besichtigt und Spaziergänge zu den heiligen Stätten unternommen. Es ging u.a. *nach dem Ölberge, um nach Bethanien hinauf zu spazieren und dann über die Stätte Betphage und Kafr et Tur nach der Stadt zurückzukehren. Wir nahmen den photographischen Apparat mit, ohne den Klara fast nie verreist ...* (May in *Schamah*, 22)
11. Mai: Abreise nach Hebron. *Mein alter, braver Eppstein nahm uns im höchsten Grade gastlich auf. Er gab uns sein mir wohlbekanntes »bestes Zimmer«, welches verhältnismäßig luftig auf dem platten Dache liegt. In dem Tagebuche meiner Frau, die sich derartige Dinge gern notiert, sind hierüber folgende Zeilen zu lesen: »Es war ein sehr heißer Tag. Wir bekamen ein schönes, kühles, gewölbtes Zimmer, welches zwei weitgeschweifte Bogen hatte. An drei Seiten Fensteröffnungen und an der vierten Seite die Tür. Der Raum war nach dortigen Verhältnissen splendid zu nennen. Die Ausstattung bestand aus zwei Betten, einem auf drei alten Kasten aufgebauten Divan und einem Tisch nebst vier Stühlen mit Holzsitzen, die aber mit weißen Kappen, welche auch noch eine Falbel hatten, belegt waren. Ein schöner Wasserkrug, wie er schon zu Christi Zeiten in Gebrauch war, stand in der Ecke. Die Wände waren blau getüncht. Auf einem der Stühle stand ein Waschservice aus Messing. Über die Bilder, die an den Wänden hingen, schweige ich. Bewirtet wurden wir mit vorzüglichem Hebronwein, die ganze Flasche für einen Frank. Das Essen, welches man uns vorsetzte, zeugte von großer Mühe, die man sich gegeben hatte, doch wäre diese Mühe gewiß einer bessern Sache wert gewesen. ...«* (May in *Schamah*, 43)
12. Mai: Rückkehr nach Jerusalem.
13. Mai: Jerusalem. Abreise nach Jericho. Logiert wird in einem russischen Privathaus.

14. – 16. Mai: Jericho. Ausflüge in die nähere Umgebung werden unternommen.
17. Mai: Jericho. Abreise über Jerusalem nach Jaffa.
18. – 21. Mai: Jaffa. Fahrt im Wagen der Firma Unger nach Tiberias.
22. Mai: Nach der Ankunft in Tiberias wird eine Bootsfahrt über den See Genezareth mit Anlegen in Magdala, Kapernaum, Bethsaida durchgeführt.
23. Mai: Tiberias. Der Direktor der Deutschen Palästinagesellschaft in Kapernaum, Pater Biever, wird besucht.
25. Mai: Weiterreise nach Nazareth. Der Gesundheitszustand Richard Plöhns hat sich wieder verschlechtert.
26. Mai: Ankunft in Haifa.
27. Mai: Haifa. Einschiffen auf der ›Hungaria‹ des Österreichischen Lloyd.
28. Mai: Abreise von Haifa um 1.15 Uhr. Nach 8.00 Uhr ist Beirut erreicht. *Ich weckte. Die Lieben zogen den Kaffee dem Anblick der Stadt vor. Sie sind eben anders als ich. / Das Schiff wurde von Booten bestürmt. Dasjenige des Hôtel Allemanja mit Ungers Bruder war auch da. Er begrüßte mich. Wir waren schon längst erwartet worden. Wir hatten Zeit und beschlossen, mit dem Ausbooten zu warten, bis Ruhe sei. /... Am Gumruk mußten wir alles öffnen, doch verfuhr der Beamte sonst rücksichtsvoll. Geschrei gab es viel, und E.*[mma] *schrie mit. Wir behielten aber Alles beisammen und kamen glücklich im Hôtel an, wo Fräulein Blaich sich freute, mich wiederzusehen: Ich bekam mein früheres Zimmer, Emma das große nördlich. Klara nahm zwei nebeneinander liegende westlich. Richard forderte mich auf, noch ehe er sein Zimmer betreten hatte, ein kaltes Bier mit zu trinken. Wir gingen zu Gaßmann, wo wir einen Versicherungsinspector (Österreich) fanden, mit welchem wir uns sehr gut unterhielten.* (Reisetagebuch)
Nach dem Mittagessen wird ein Ausflug nach dem Nahr el Kelb unternommen.
29. Mai – 1. Juni: Ausflug in den Libanon. Berührt werden die Ortschaften Bachrsaf, Ain Saâda, Brumana und Bet Maria. *Es bettelt einen hier kein Mensch an; die Leute sind betriebsam und fleißig; sie würden sich schämen, das Wort Bakschisch auszusprechen.* (Reisetagebuch)
2. Juni: Beirut. Karl May trifft den Berliner Theologen Dr. Bruno Violet.
3. Juni: Beirut. Abreise um 7.05 nach Muallaka und weiter

nach Baalbek. *Es geht durch die Hochebene Bekaa (Bika'), welche den Libanon (links) vom Antilibanon (rechts) trennt. Diese Ebene ist wie Eisenoxyd roth und war früher gut bebaut, jetzt nur noch leidlich. Nur mit dem Pflug bewirtschaftet. Dazwischen steppenartige Strecken. / Ich wurde nicht müde, die beiden Höhenzüge zu betrachten, aber die Ebene ist einförmig, das Auge ermüdet. Die Häuser der Dörfer, durch welche man kommt, gleichen den egyptischen Schlammziegelhütten, und die Bewohner sind nicht so ansprechend wie bisher. In Bet Schamah wurde gerastet. Dann ging es nach N.O. querlang über die Ebene. Wer mag hier alles gelebt, wer nach Baalbek gezogen sein, um dort zu verehren, »die wir nicht verehren«, wie der Kuran in der Fathha sagt?* (Reisetagebuch)

4. Juni: Baalbek. Hotel Viktoria. Besichtigung der Ruinenstätten. *Ich werde diese Ruinen nie vergessen. Derselbe Himmel stand über ihnen, als sie noch nicht Ruinen waren. Wo sind sie, die einst hier gläubig lehrten und gläubig beteten? Wo sind sie, die hier beides ohne Glauben aus anderen Gründen taten? Kann man dies nicht auch bei anderen Tempeln und Kirchen fragen? Es ist das Alte und sich immer Wiederholende: die Anbetungsstätten waren und sind – – – teils was und teils was? – – – Erst ge- und dann entweiht. Meinen hehren Wald, mein Kämmerlein aber kann mir keiner entweihen, ...* (Reisetagebuch)

5. Juni: Weiterreise nach Damaskus. Hotel Besraoui.

6. Juni: Damaskus. Besuch der Omaijadenmoschee und des Friedhofs Bab es Saghir mit Fatimas Grab. Erneutes Zusammentreffen mit Dr. Bruno Violet.

7. Juni: Damaskus. Stadtbummel und Besichtigung einer Fabrik für orientalisches Kunsthandwerk.

8. Juni: Damaskus. Besichtigung von Assad Paschas Palast.

9. Juni: Damaskus. Besuch des Mausoleum Salah ed Dins, in der Nähe der Omaijadenmoschee.

10. Juni: Damaskus. Am Vormittag erfolgt ein zweiter Besuch der Omaijadenmoschee.

Nachmittags geht es nach Es Salehije zum Grab Abd el Kaders.

11. Juni: Damaskus. Karl May bleibt im Hotel und widmet sich seiner Korrespondenz. Die letzten Postkarten an seine Leser werden abgeschickt.

12. Juni: Abreise aus Damaskus nach Beirut.

13. Juni: Beirut.

15. Juni: Beirut. Karl May lernt die beiden Globetrotter Koegel und Schwiegershaus kennen, die beide auf unterschiedlichen Strecken, der eine über Istanbul, der andere über Damaskus, mit dem Fahrrad nach Teheran fahren wollen. May widmet Koegel ein Gedicht.
17. Juni: Beirut. Mays Diener Sejid Hassan nimmt Abschied.
18. Juni: Abreise aus Beirut um 8.00 Uhr mit dem russischen Schiff ›Alexander II‹. Richard und Klara Plöhn sowie Emma begeben sich bald seekrank in ihre Kabinen.
Anlaufen von Tripolis.
19. Juni: An Bord der ›Alexander II‹. Weiterfahrt um 13.00 Uhr in Richtung Cypern.
20. Juni: An Bord der ›Alexander II‹. Nachdem Cypern passiert wurde, wird auf Rhodos zugehalten.
21. Juni: An Bord der ›Alexander II‹. Nachmittag wird Samos passiert. Abends hält das Schiff vor Kastron auf Chios. *Es wurde bis* $2^1/_2$ *Uhr geladen, 3 Uhr Anker auf. Ich blieb bis* $^1/_2$ *4 Uhr auf dem dem Deck.* (Reisetagebuch)
22. Juni: An Bord der ›Alexander II‹. Die Insel Mitali (Lesbos) wird angelaufen. Karl May und seine Begleiter gehen an Land.
23. Juni: An Bord der ›Alexander II‹. Um 5.00 wird der Hellespont mit den Dardanellen durchfahren. Das anschließende Marmara-Meer zeigt sich von seiner schönsten Seite: *Spiegelglatt wie feinster Sammet mit graublauem Silberglanz, von sanft erhabenen Querlinien durchzogen. Ich sah viele Trupps von Delphinen fischen, doch hob sich keiner recht über die Wogen.* (Reisetagebuch)
Ankunft in Istanbul.
24. Juni: Istanbul. Grand Hotel Kroecker. Der Kapitän der ›Alexander II‹. Peter Irbit, besucht Karl May im Hotel.
25. Juni: Istanbul. Da das Hotel nicht ihren Wünschen entspricht, ziehen Karl May und seine Begleiter ins Pera Palace Hotel.
27. Juni: Istanbul. Besichtigung der Suleimanije Moschee, des Janitscharen Museum und der Hagia Sophia. Es folgt ein Ritt nach Jedi Kule; die Kahrije Dschami wird besucht.
28. Juni: Istanbul. *Die »Heulenden« in Skutari stoßen mich ab, grad wie die in Kairo. Ich kann mich für diese Art des »Gottesdienstes« nicht erwärmen; mir scheint es mehr wie Gottes- wenn nicht -lästerung, dann -entweihung. Ja, diese Leute sind gewiß nicht Lügner, sie glauben an die Gottwohlgefälligkeit ihrer Übungen; das Entree wird für gute Zwecke verwendet, und*

es werden auch oft Kranke gebracht – (der Schech stellt sich ihnen auf den Rücken, haucht Wasser in Gläsern an, Magnetismus). – Aber das Geschrei ist mir zu trivial, es ist unschön, und das Häßliche soll man nicht zum Dienste dessen verwenden, der Alles nach dem Gesetze des Schönen schuf und leitet. Dieser Gesang und diese gegen den Körperbau und den Zweck der Glieder sündigenden Bewegungen können doch wohl ebenso wenig Gottes Wohlgefallen finden wie das blutrünstige Gesicht eines Fakirs und die skelettierte Gestalt eines europäischen, hungernden Zeloten. (Reisetagebuch)
29. Juni: Istanbul. Durch Vermittlung der deutschen Botschaft sind Karl May und seine Begleiter Gäste des Sultans im Selamlük.
In Skutari wird eine Veranstaltung der ›Tanzenden Derwische‹ besucht. *Vielleicht begriff ich den Sinn des Tanzes, vielleicht auch nicht; aber er war mir sympathisch, besonders der Schluß. Nämlich nachdem Jeder die Hand des Scheiks geküßt hatte, ging er nach seiner Stelle, die er vor dem Tanz eingenommen hatte, jeder Folgende am Vorhergehenden, nun Stehenden vorüber, und im Vorübergehen blieb er bei Jedem einen Augenblicke im Handkusse stehen. Die Liebe, die vom Vater ausgeht, wird von einer Welt der anderen zugetragen.* (Reisetagebuch)
Abends erreicht Karl May die Nachricht vom Tod seines Freundes Dr. Carl Heinrich Schurtz.
In diesen Tagen erleidet May einen zweiten Nervenanfall. Die Begleiter befürchten, »ihn einer Irrenanstalt zuführen zu müssen. Nach 8 Tagen, genau wie auf Sumatra, flaute der Zustand ab, er nahm wieder Nahrung zu sich; ...« (Notiz Klara May)
30. Juni: Istanbul. Das Antiquitäten-Museum im Serai wird besucht. *Ich muß gestehen, daß ich all diesen Sammlungen wenig Verständniß entgegenbringe. Ich erkenne an, daß der sogenannte Alexander-Sarkophag ein Kunstwerk ist, fühle aber keine Begeisteruug und sehe die gepriesenen Schönheiten nicht. Warum sehe ich aber die Schönheit einer Blume, eines Angesichts?* (Reisetagebuch)
Die Ahmedije Mosche wird besichtigt.
1. Juli: Istanbul. Das Grab Solimans wird ein weiteres Mal aufgesucht, ebenfalls die Hagia Sophia.
2. Juli: Istanbul. Mit dem Dampfer geht es nach Rumeli Kawak, von dort zu Pferde und Wagen nach Bujukdere und Therapia. Dort kurze Einkehr im Somm-Palace-Hotel.

3. Juli: Istanbul. Besuch des Friedhofs von Ejub.
4. Juli: Istanbul. Ausflug nach der Hochebene nach Maslak bis Rumeli Hissar.
7. Juli: Abfahrt um 18.00 Uhr mit der ›Aurora‹ des österreichischen Lloyd.
8. Juli: An Bord der ›Aurora‹. Durch das Marmara-Meer geht es zurück durch die Dardanellen. Der Orient liegt endgültig hinter Karl May.
9. Juli: Morgens wird in Piräus angelegt. Kurzer Aufenthalt im Hotel Grande Bretagne. Von dort geht es mit dem Wagen nach Athen.
10. Juli: Athen. Pera Palast Hotel. Besuch des Nationalmuseums.
11. Juli: Besichtigung des Markttors, des Äolustempel, des Ölmarkt, der Akropolis und des Akropolismuseums.
12. Juli: Ausflug nach Eleusis. Eingekehrt wird beim Kustos des Eliasklosters. *Ich pflückte einen Ölzweig, will ihn zu den aus dem Haram zu Jerusalem mitgenommenen legen und aus Italien, dem Lande des heutigen, »positiven« Christentums, noch einen dazu tun. Dann habe ich muslimische, christliche und »heidnische« Ölzweige. Ein Noahzeichen, daß das Land vorhanden ist.* (Reisetagebuch)
14. Juli: Athen. May begibt sich auf den Lykabettos und läßt noch einmal den Anblick der Stadt auf sich wirken. Dann wird die Sternwarte und noch einmal der Jupitertempel besucht. Mit einer Sondererlaubnis besucht die Reisegruppe abends spät noch einmal die Akropolis.
Der Anblick des Nike-Tempels begeistert Klara Plöhn derart, daß sie ihn als Grabstätte für beide Ehepaare auf dem Radebeuler Friedhof nachbauen lassen möchte. *Sie bekam dazu freie Hand.* (Reisetagebuch)
15. Juli: Abreise nach Korinth. Nach einer Rast im Hotel Grande Bretagne geht es über Akrokorinth nach Alt-Korinth. *Wo eben hochinteressante Ausgrabungen gemacht waren. Wir gruben mit und fanden alte Münzen und Scherben in Menge.* (Reisetagebuch)
16. Juli: Weiterreise nach Patras. Übernachtet wird im Hotel d'Angleterre.
17. Juli: Abfahrt von Patras mit dem Dampfer ›Kandia‹.
18. Juli: Ankunft in Korfu um 10.00 Uhr. Anschließend Besichtigung des Achilleion der Kaiserin von Österreich.
Weiterfahrt mit dem Dampfer um 16.00 Uhr

19. Juli: Ankunft in Brindisi um 3.30 Uhr. Mit der Bahn geht es um 7.00 Uhr nach Ancona. Dort am Abend angekommen, wird im Hotel Milano übernachtet.
20. Juli: Weiterfahrt nach Bologna. Hotel Brunn. Eine Stadtrundfahrt wird unternommen.
21. Juli: Weiterfahrt nach Venedig. Grand Hotel Britannia. Die Wohnung Richard Wagners, die Markuskirche und der Dogenpalast werden besichtigt.
22. Juli: Venedig. Die St. Maria della Salute zum Hochamt wird besucht; weiter geht es nach der Frari mit den Grabmonumenten Canovas und Tizians.
25. Juli: Von Venedig geht die Rückreise mit der Bahn weiter über Verona nach Bozen. Nach der Ankunft um 14.35 Uhr wird das Batzenhäusel besucht.
26. Juli: Bozen. Hotel Victoria. Nach einer kurzen Erfrischung geht die Fahrt weiter auf die Mendel zum Hotel Penegal der Familie Schrott.
27. Juli: Vom Mendelpaß zum Karerpaß. Abgestiegen wird im Karersee-Hotel.
28. Juli: Ausflug in das Sarntal.
29. Juli: München. Hotel Leinfelder. Herzog Paul Friedrich v. Mecklenburg besucht Karl May.
30. Juli: München. Hotel Leinfelder. Erneuter Besuch Herzog Paul Friedrichs v. Mecklenburg. Karl May will Dr. Weigl einen Besuch abstatten, der ist jedoch verreist.
31. Juli: Abreise aus München und Ankunft in Radebeul. Nach 15 Monaten ist Karl May wieder daheim.
August: Radebeul. Der Verleger Adalbert Fischer besucht Karl May. Er bietet ihm den Rückkauf der anonymen Lieferungsromane für 70000 Mark an.
8. September: Radebeul. *Da ich wegen Ueberhäufung mit Arbeit nicht nach Prag reisen kann und doch eine mündliche Besprechung geboten erscheint, so wäre es mir allerdings lieb, wenn Sie die Güte haben und hierherkommen wollen. Bestimmt aber bin ich nur noch bis nächsten Donnerstag Abend hier.* (an Josef R. Vilimek)
10. September: Radebeul. *Nach anderthalb Jahr endlich wieder daheim! Nun bin ich wieder Sklave meiner Leser! Und wie, wie fällt man über mich her, den so Ruhebedürftigen! Dazu Dauerbesuch aus Amerika, der mich keine Minute allein läßt! Darum heut nur ganz kurz einen Manuscripttheil zu »Himmelsgedanken« ... Ich trete erst jetzt an meine eigentliche Aufgabe,*

und zwar mit diesem Gedichtbande, welcher das Thor zu meinem Tempel bildet ... Man hat zu früh über Old Shatterhand gelacht. Er ist kein Nebelbild. Seine eigentlichen Jagdhiebe kennt man noch gar nicht. Ich weiß, ich sterbe nicht eher, als bis ich meine Aufgabe erfüllt habe. (an Friedrich Ernst Fehsenfeld)

21. September: Weimar. Hotel Erbprinz. »*Nach einer so langen, anderthalbjährigen Abwesenheit giebt es in der Heimath für mich so viele Pflichten zu erfüllen, daß ich der Herr keines einzigen Tages bin ... Ein persönliches Aussprechen ist freilich wünschenswerther als dieses häßliche Feilschen aus der Ferne, doch bin ich leider zu sehr in Anspruch genommen, als daß ich nach Prag reisen könnte, zudem ich Tag und Nacht an einem Werke zu arbeiten habe.* (an Josef R. Vilimek)

11. November: Radebeul. In Sachen verbotener Nachdrucke schreibt Karl May an den Verlag Bachem und retourniert ihm die gesandten 24 Mark.

Kurz vor Weihnachten: Berlin. May besucht die Verehrerin Marie Hannes in der Universitätsklinik.

1901

Undatiert: Für den ersten Sohn der Leserin Babette Kopp, geb. Hohl, übernimmt May die Patenschaft und ist bei der Taufe in Amberg anwesend.

Anfang Januar: Berlin. May besucht Marie Hannes in der Universitätsklinik.

2. Januar: Radebeul. *Es giebt keinen Freund und auch keinen Feind meiner Bücher, der mich bisher verstanden hat. Darum wird mich Alles, was man über sie gesagt hat und noch sagt, bis dahin gleichgültig lassen, wo man beginnt, die Seele, welche in den Reiseerzählungen lebt und wirkt, in den nun erscheinenden Bänden deutlicher zu sehen und endlich, endlich besser zu begreifen.* (an Unbekannt)

14. Februar: Der Freund Richard Plöhn stirbt an einem Nierenleiden.

23. März: Radebeul. *In betreff der jetzt angebotenen Karl May's illustrirte Werke und »Ulanenliebe« von Karl May mache ich die Herren Sortimenter darauf aufmerksam, daß ich gegen die betreffende Firma H. G. Münchmeyer in Dresden gerichtliche Hülfe in Anspruch genommen habe.* (im ›Börsenblatt‹ Nr. 69)

»Die … unter dem Gesamttitel ›Karl May's illustrierte Werke‹ erscheinenden Romane und Reisebeschreibungen sind von demselben Karl May …, der die ›bekannten‹ Reiseerzählungen geschrieben hat … Von einem gerichtlichen Vorgehen gegen mich ist mir bis zur Stunde leider noch nichts bekannt.« (Adalbert Fischer, ›Börsenblatt‹ Nr.69)

3. April: Radebeul. *Wenn Du wüßtest, wie ich zu thun habe, würdest Du mein Schweigen verzeihen. Es kommen täglich neue Leser. Dazu die neuen Orientbekanntschaften. Für die, denen ich früher schrieb, habe ich keine Zeit mehr. Nur den Aller-, Allerliebsten kann ich zuweilen noch eine Zeile senden …*

Nach Hamburg fliegt von Haus zu Haus
Der Karl mit seiner Emma aus,
Um bei Kaffee und Osterkuchen
Die alten Lieben zu besuchen,
Und wenn's auch geistig nur geschieht,
Sie thun es doch mit Appetit,
Denn wenn Ihr seid beim Kaffeekochen,
So wird's in Radebeul gerochen,
Und so ein Duft macht alte Treu
Und alte Freundschaft wieder neu.
(an Carl Felber)

15. April: Radebeul. *Ich habe nun über ein Vierteljahrhundert lang an der schriftstellerischen Aufgabe gearbeitet, die deutsche Volkseele hinaus zu fremden Völkern zu führen, damit sie die Seelen dieser Völker kennen und lieben lerne … Jetzt nun tritt ein mir vollständig fremder Verleger mit sogenannten Werken von mir auf. Er hat einen Verlag gekauft, für welchen ich früher einmal geschrieben habe, ganz ebenso sittlich rein wie stets.* (an Ambrose Opitz)

12. Mai: Radebeul. *Wenn mir Herr Comm. Rath Pustet vorwirft, nicht schon im Jahre 1897 den Rechtsweg gegen Münchmeyer beschritten zu haben, so kann ich nur sagen, daß ich meine Interessen zu wahren pflege, wann und wie es mir paßt, nicht aber einem Anderen.* (an Unbekannt, ›Reichspost‹, 18.5.1901)

Der Verleger Hermann Zieger besucht unangemeldet die Villa ›Shatterhand‹, um mit May über dessen Mitarbeit am ›China‹-Band zu sprechen. »Als ich vor dem Gartenthore stand, fragte mich eine Art Gärtnergestalt um mein Bekehr (sic!), worauf

ich die Antwort erhielt Dr. M wäre verreist. Da ich mich nicht abweisen liess, sondern erklärte, Herrn Dr. M wohl persöhnlich vor mir zu sehen, so stellte er (nemlich der besagte Herr) sich als Verwandter vor, dem ich nunmehr mein Anliegen vorbrachte + von ihm fast $^{3}/_{4}$ Stunde erhört wurde.«//»Nun entpuppte sich der Verwandte als ein in jeder Beziehung völlig Vertrauter des Dr. M. Er sprach von den Plänen, die M mit der Ihnen zugesagten Erzählung habe, fand dass das große Publikum in der gefährlichsten (?) Art Dr. M belästigte, erzählte mir, wie viele Personen schon unverrichteter Sache wieder von der Villa geschieden seien ...« (Hermann Zieger an Joseph Kürschner 12.5.//14.5.1901)
1. Juli: Radebeul. *Wenn ich nur erst wieder angefangen habe; dann reihen sich an »silb. Löwe« sofort »Marah Durimeh«. Ich habe von meiner Reise eine solche Fülle des Stoffes mitgebracht, daß ich bis jetzt noch nicht damit zu Ende bin, ihn litterarisch zu sichten, obgleich schon einiges Hochinteressandes, wie »Et in terra pax!« geschrieben wurde.* (an Friedrich Ernst Fehsenfeld)
10. Juli: Radebeul. *Gestern von einer Reise heimgekehrt, welche länger währte, als ich bei ihrem Beginne wissen konnte, finde ich unter Bergen von Briefen auch den Ihrigen ... Weil ich mehr für die Zukunft als für die Gegenwart schreibe, kann ich nicht verlangen, daß mich alle meine Leser verstehen. Ich führe sie nicht nur äußerlich, sondern auch innerlich in fremde Länder, und thue das in einer dem Schriftstellerthume bisher fremden Weise.* (an Unbekannt)
13. Juli: Radebeul. *Es tut mir unendlich leid, immer und immer wieder in diese Pfütze herniedersteigen zu sollen, mit welcher ich weder als Christ noch als Mensch oder als Schriftsteller etwas zu schaffen habe.* (an Unbekannt)
24. Juli: Radebeul. *Die Entscheidung ist gefallen! »Im Reiche des silbernen Löwen« wird 4 Bände stark. Ich schrieb dieses Werk bekanntlich für den »Hausschatz« und kam bis zu 100 Seiten des 3ten Bandes ... Ich vollende Bd. 3 u. 4 also direct für Sie.* (an Friedrich Ernst Fehsenfeld)
Anfang September: Bad Tölz. Karl May kehrt für kurze Zeit in den Gasthof Zum Bürgerbräu bei den Besitzern Faist ein. Noch am Nachmittag geht es mit dem Kutscher Josef Hölzl an den Achensee zum Hotel Scholastika, wo das Ehepaar May rund zwei Wochen verweilt.
17. September (?): Einsiedeln in der Schweiz. Hotel Zum

Pfauen. Mit dem Verlag Eberle & Rickenbach, in dessen Einsiedler Marienkalender May 1898/1899 die Erzählung *Mutterliebe* herausgab, werden geschäftliche Verhandlungen geführt. Eine weitere Zusammenarbeit kommt jedoch nicht zustande.

20. September: Einsiedeln. Eintrag ins Gästebuch des Hotels und Abreise zur Rigi.

21. September: Rigi. Der als Kur dienende Aufenthalt wird größtenteils dazu benutzt, für den Anhang der Broschüre *›Karl May als Erzieher‹ und ›Die Wahrheit über Karl May‹ oder Die Gegner Karl Mays in ihrem eigenen Lichte von einem dankbaren May-Leser* die Verehrerbriefe zusammenzustellen. Auch entsteht hier mit ca. 50 Manuskriptseiten der Schluß des Romans *Et in terra pax* für Kürschners ›China‹-Band.

27. September: Rigi. *Schluß des Manuskriptes Et in terra pax abgegangen.* (an Herrmann Zieger)

29. Oktober: Rigi. ... *wo wir bis zum 5ten Oktober bleiben.* (an Friedrich Ernst Fehsenfeld)

1. Oktober: Rigi. »Gestern hatten wir einen Sonnenuntergang von unbeschreiblicher Pracht u. Erhabenheit«. (Emma May an Max Welte)

5. Oktober: Stuttgart. Hotel Marquardt. Verhandlungen mit Buchdrucker und Buchbinder über die Herausgabe des ›Dankbaren Lesers‹.

12. Oktober: Stuttgart. *Waren bei Krais, Koch, Schwabe und Buchbinder Fischer.* (an Friedrich Ernst Fehsenfeld)

28. Oktober: Stuttgart. *Wohne bis 2ten November im Hotel Godesberger Hof, Godesberg am Rhein.* (an Friedrich Ernst Fehsenfeld)

Bis 2. November: Bad Godesberg. Karl May besucht die Familie Seyler im Hotel Maibücher, die sich am Ort in einer Erbschaftsangelegenheit aufhält.

Wie war's so schön, als wir uns wiederfanden,
Wie glücklich lächelte der alte Vater Rhein!
Wenn Menschenherzen liebend sich verstanden,
Soll auch die Ferne niemals Trennung sein.
Wir gehen weiter, ziehen unsre Bahnen,
Was Gott, der Herr will, wird mit uns geschehen,
Doch geht mit uns das frohe, schöne Ahnen,
Daß, Ihr Geliebten, wir Euch wiedersehen.

3. November: Laut eigener Aussage hält Karl May sich in Köln auf.
6. November: Dortmund. Karl May besucht den Vortrag Hermann Cardauns über ›Literarische Curiosa (Leo Taxil, Robert Graßmann und Karl May)‹
20. November: Weimar. Nach längerem Aufenthalt dort reist May weiter nach Leipzig. Vergebens sucht er den abwesenden Verleger Hermann Zieger in dessen Wohnung auf.
21. November: Leipzig. Vormittags besucht May das Geschäft von Hermann Zieger und trifft den Verleger an. Für den Abend wird ein geselliges Beisammensein in Aeckerleins Weinkeller vereinbart.
10. Dezember: Wegen unbefugten Nachdrucks der Kolportageromane aus dem Verlag Münchmeyer klagt May gegen Adalbert Fischer beim Landgericht Dresden.

1902

Undatiert: Radebeul. Der Redakteur und Militärschriftsteller Max Dittrich verbringt nach einer Operation in der Dresdener Klinik von Dr. Haenel als Rekonvaleszent einige Zeit in der Villa ›Shatterhand‹.
Der Radebeuler Waffenschmied Max Fuchs besorgt den *Henrystutzen*, ein handelsübliches Winchester-Repetiergewehr, Modell 1866.
Zum ersten Geburtstag seines Patensohnes schenkt May Karl Kopp ein 24teiliges Hirschhornbesteck.
5. Januar: Radebeul. Johannes März besucht die Villa ›Shatterhand‹.
6. Januar: Dresden. Theaterbesuch; gespielt wird ›Flachsmann als Erzieher‹.
9. Januar: Abreise nach Stuttgart. Hotel Marquardt. Fritz Scharf wird besucht.
12. Januar: Düsseldorf. Breitenbacher Hof. Abstecher nach Elberfeld. Karl May bereitet für die Broschüre *›Karl May als Erzieher‹ und ›Die Wahrheit über Karl May‹ oder Die Gegner Karl Mays in ihrem eigenen Lichte von einem dankbaren May-Leser* den Vertrieb vor.
13. Januar: Düsseldorf. Theaterbesuch; gespielt wird ›Ein armes Mädchen‹.
14. Januar: Düsseldorf. Kurzer Besuch der Familie Meyer. *Kein Mensch darf wissen, daß ich hier bin. Ich kämpfe von hier*

aus incognito und gehe gar nicht zum Vortrag nach Elberfeld. (an Felix Krais) Der Vortrag von Hermann Cardauns ›Literarische Curiosa (Leo Taxil, Robert Graßmann und Karl May)‹ wird dagegen von Emma May und Klara Plöhn am Abend in Elberfeld besucht.
15. Januar: Koblenz. Hotel Monopol. Abends besucht Franz Josef Börger die Mays im Hotel. *Ich bin hier im Hotel Monopol abgestiegen, Zimmer No. 25, und für Sie bis Nachmittag 6 Uhr zu sprechen. Bringen Sie aber Niemand mit. Es soll Niemand wissen, daß ich hier bin, habe darum nicht meinen richtigen Namen, sondern Dr. Friedrich in das Fremdenbuch eingetragen.* Es wird über die geplante Verbreitung des ›Dankbaren Lesers‹ gesprochen.
16. Januar: Koblenz. Johannes Dederle besucht die Mays im Hotel.
17. Januar: Leipzig. Hotel Haufe.
18. Januar: Dresden. Abends Besuch eines Vortrages von Dr. Rudolf Steiner über Nietzsches Leben und Leiden.
19. Januar: Dresden. Theaterbesuch; gespielt wird ›Der Herrgottschnitzer von Ammergau‹ von Ludwig Ganghofer.
22. Januar: Dresden. Theaterbesuch; gespielt wird ›Prinz Friedrich von Homburg‹ von Heinrich von Kleist.
26. Januar: Dresden. Theaterbesuch; gespielt wird ›Die Jungfrau von Orleans‹ von Friedrich von Schiller.
30. Januar: Dresden. Theaterbesuch; gespielt wird ›Egmont‹ von Johann Wolfgang von Goethe.
2. Februar: Dresden. Besuch eines Vortrages von Dr. Geising über Aeschylus als Begründer des Dramas.
5. Februar: Dresden. Theaterbesuch; gespielt wird ›Gyges und sein Ring‹ von Friedrich Hebbel. »Karl lebt immer auf. Alle Müdigkeit und Schwäche schwindet, wenn er in der Luft athmet, die vom Geiste großer, reiner Menschen durchweht ist.« (Tagebuch Klara Plöhn)
6. Februar: Radebeul. *Endlich kann ich Sie benachrichtigen, daß wahrscheinlich schon nächste Woche Manuscript vom Bd. III des ›Silberlöwen‹ abgehen wird.* (an Friedrich Ernst Fehsenfeld) Der Hausarzt Dr. Mickel und dessen Schwester werden besucht.
7. Februar: Dresden. Theaterbesuch; gespielt wird ›Johannes‹ von Hermann Sudermann.
9. Februar: Radebeul. Besuch eines russischen Komponistenabends.

14. Februar: Radebeul. *Ich arbeite fleißig am »Silberlöwen« und hoffe, daß Band 3 und 4 bis Ostern geschrieben sind.* (an Friedrich Ernst Fehsenfeld)

20. Februar: Dresden. Theaterbesuch; gespielt wird ›Don Carlos‹ von Friedrich von Schiller.

25. Februar: Radebeul. Emma May und Klara Plöhn besuchen Lisa Weise. Karl May ist an seinem Geburtstag allein zu Hause.

5. März: Dresden. In Begleitung seiner Frau Emma und Klara Plöhn besucht Karl May Richters Kunstausstellung und wird erstmals, durch dessen Monumentalbild ›Um die Wahrheit‹, mit der Kunst Sascha Schneiders konfrontiert.

12. März: Dresden. Klage vor dem Landgericht auf Rechnungslegung und Honorarzahlung gegen die Verlegerwitwe Pauline Münchmeyer. – Wenig später verklagt May die Witwe erneut, diesmal wegen der verleumderischen Äußerung, daß man ihm wegen der Vorstrafen keinen Eid anvertrauen kann.

14. März: Dresden. Theaterbesuch; gespielt wird ›Es lebe das Leben‹ von Hermann Sudermann.

»Warum bringe ich es nicht fertig meine gute Emma zu begeistern? Sie macht Karl das Leben nahezu unmöglich. Sie freut sich daß er in der Dachkammer liegt und kümmert sich nicht ob das Zimmer gemacht wird, oder nicht. (Tagebuch Klara Plöhn)

16. März: Dresden. Opernbesuch; gespielt wird ›Don Pasquale‹ von Gaetano Donizetti.

19. u. 20. März: Meißen. Hotel Stern. Karl May entflieht für eine Nacht der angespannten Ehe-Situation.

21. März: Radebeul. *Ich bin keineswegs der große, edle Mann, der mir aus Ihrem Briefe ernst entgegenschaut. Ja, ich möchte so gern rein und edel sein. Ich gebe mir alle Mühe, es zu werden. Aber wie ist das doch so schwer, so schwer! ... Liebe und Frieden möchte ich allen meinen Lesern geben: Die Liebe, welche der ganzen Menschheit nöthig ist, und den Seelenfrieden, den ich mir nur nach langem Kampfe gegen mich selbst errungen habe ... Ich lebe in einer eigenen Welt. Sie ist so licht, so sonnig, und Engelsflügel schweben auf und nieder. Aber ich wohne da in großer Einsamkeit. Ich sehe nur einige Sterbliche neben mir.* (an Sophie von Boynburg)

Meine Werke wurden allerdings schon mehrfach übersetzt, doch ist das fast stets mit einer solchen geschäftlichen Rücksichtslosigkeit und zum Zwecke der buchhändlerischen Aus-

beutung geschehen, daß ich zögern muß, Ihnen eines dieser Bücher zu empfehlen. Meine Seele würden Sie keinesfalls in ihnen finden. (an Alban Kibele)
23. März: Dresden. Theaterbesuch; ›Hamlet‹ von William Shakespeare.
30. März: Dresden. Theaterbesuch; gespielt wird ›Faust‹ von Johann Wolfgang von Goethe.
4. April: Radebeul. Der Drucker Felix Krais erhält den Anfang des Manuskriptes von *Im Reiche des silbernen Löwen* 3. Bd.
6. April: Radebeul. Besuch bei Rechtsanwalt Rudolf Bernstein. Abends geht es in den Zirkus.
7. April: Radebeul. Klara Plöhn wird von Karl May als Sekretärin fest angestellt.
8. April: Dresden. Klara Plöhn wird zusammen mit Martha Schurtz vor dem Landgericht in der Spiritismusangelegenheit Anna Rothe u. Jentsch vernommen.
9. April: Dresden. Theaterbesuch; gespielt wird ›Der Meineidbauer‹ von Ludwig Anzengruber.
10. April: Dresden. Theaterbesuch; gespielt wird ›Romeo und Julia‹ von William Shakespeare.
16. April: Dresden. Theaterbesuch; gespielt wird ›Der große Galeotto‹ von José Echegaray.
24. April: Dresden. Theaterbesuch; gespielt wird ›Die Räuber‹ von Friedrich von Schiller.
Mai: *Da stand ein weibliches Wesen, so strahlend weiß wie eine abendländische Festjungfrau gekleidet. Festjungfräulich waren auch die langen Zöpfe, in welche sie ihr herabhängendes Haar geflochten hatte. Festlich auch die beiden Rosen, die rechts und links auf die Ohren niederschauten. Und das Gesicht? Könnte ich es doch beschreiben! ... Ja, diese Aeuglein! Wer kann überhaupt Augen beschreiben? Und nun gar so liebe, kleine, gute, außerordentlich lebendige! Und wie das Gewand, so war auch dies Gesicht ein Abglanz allergrößter Sauberkeit. ... Es war überhaupt alles ... gut, ja wirklich gut!* (Beschreibung Pekala alias Emma May in *Im Reiche des silbernen Löwen* 3.Bd., 348f.) Karl May schildert seine Ehefrau in den besten Tönen, von einem endgültigen Zerwürfnis wie wenig später, ist noch keine Rede.
2. Mai: Dresden. Theaterbesuch; gespielt wird ›Nathan der Weise‹ von Gotthold Ephraim Lessing. »Wie der liebe, gute Karl dabei ist. Welche Kraft und wieviel Gutes steckt in diesem Manne.« (Tagebuch Klara Plöhn)

19. Juni: Dresden. Theaterbesuch; gespielt wird ›Maria Stuart‹ von Friedrich von Schiller.
12. Juli: Radebeul. Telegraphisch geht dem Drucker Felix Krais die Nachricht zu, daß am folgenden Dienstag der Schluß von *Im Reiche des silbernen Löwen* abgesandt wird.
18. Juli: Berlin. Central-Hotel. Emma und Klara Plöhn begleiten Karl May. Das Zerwürfnis zwischen den Ehepartnern beginnt.
19. Juli: Berlin. Besuch bei Wertheimers und Mannheimers.
20. Juli: Berlin. Wanderung im Grunewald.
25. Juli: Berlin. Besuch der Grabstätte Heinrich von Kleists.
August: *Ich reise, um allüberall, im Urwalde, in der Steppe, der Wüste, im Leben der Verachteten und Bedrängten, im Herzen des sogenannten Wilden die Spuren Gottes, die Wahrzeichen und Beweise der ewigen Liebe und Gerechtigkeit zu suchen, denn meine Bücher sollen zwar Reisebeschreibungen, aber in dieser Form Predigten der Gottes- und der Nächstenliebe sein. Darum gehe ich meine eigenen Wege und bewege mich in meiner eigenen Weise; ich lebe und reise von meinen eigenen Mitteln, verlasse mich nächst Gottes Schutz auf meine eigene Kraft und lasse mich von keinem andern Willen als meinem eigenen dirigieren.* (May in *Im Reiche des silbernen Löwen* 3.Bd., 32)
Wie wunderbar die Fäden des menschlichen Lebens gesponnen werden! So fern die Maschen von einander liegen, es kommt ganz unerwartet ein Faden, der sie eng vereinigt. (May in *Im Reiche des silbernen Löwen* 3.Bd., 288)
2. August: Berlin. *Das höchste Ziel erreicht, was je ein Mensch erreicht!* (im Hotel 22.45 Uhr, Nachlaßmappe) May bittet, umgehend Verlagsexemplare seiner Werke *nach Hamburg, Hotel St. Petersburg, am Jungfernstieg, zu senden.* (an Friedrich Ernst Fehsenfeld)
8. August: Hamburg. Hotel St. Petersburg.
9. August: Hamburg. *So will ich heut in diesem Briefe wie eine Blüthe vor meiner gütigen Leserin stehen. Wie eine Blüthe, welche ihre Blumenblätter öffnet, weil ein lieber Sonnenstrahl gekommen ist, der ihr zu duften gebietet … Ich sehe uns noch an der Volière stehen – damals, im Münchener Palais. Ich werde das nie vergessen … Damals in München stand ich am Beginne meiner fast zweijährigen Reise nach dem Morgenlande. Die Karl May-Begeisterung schlug die höchsten Wogen … Heut muß ich büßen, was ich damals nicht verschuldete!!!* (an Wiltrud von Bayern)

Die Buchausgabe von *Im Reiche des silbernen Löwen* 3.Bd. wird als erschienene Neuigkeit angekündigt.
19. August: Ankunft in Leipzig. Hotel Haufe. Klara Plöhns Mutter Wilhelmine Beibler ist gekommen, um Emma und Karl wieder auszusöhnen. Ohne Erfolg: »Karl ist wie Eisen. Emma wie ein dummes Kind.« (Tagebuch Klara Plöhn)
20. August: Leipzig. Eine telegraphische Nachricht geht an den Verleger Friedrich Ernst Fehsenfeld.
21. August: Leipzig. Emma May bricht mit ihrem Ehemann. »Nimm Du den Kerl, ich mag ihn nicht mehr« äußert sie sich gegenüber Klara Plöhn. Abreise nach München. *Es war ein Tag der tausend Seligkeiten, / Als ich zu dir, dem Vielgesuchten, kam. / Ich wollte deinen Geist zur Wahrheit leiten, / Als deine Hand ich in die meine nahm.* (im Speisewagen zwischen Leipzig und München, Nachlaßmappe)
22. August: München. Hotel Leinfelder. Besuch bei der Familie Einsle. Es kommt zur Aussprache zwischen Emma und Karl May. Die Gemeinsamkeiten sind endgültig aufgebraucht. Emma May ist mit der Scheidung einverstanden.
23. – 26. August: Bad Tölz. Während der ganzen Reise kreisen Mays Gedanken um Emma, ohne daß er von ihr loskommt: *Wenn deine Hand ich mit der meinen streiche, / Fühlt sie so lieb und doch so keusch sich an.* (Nachlaßmappe)
27. August: Bozen. Weiterfahrt in getrennten Kutschen nach der Mendel. Klara und Karl May in der einen, Emma in der anderen. Hotel Penegal. ... *eine höchst widerliche Fahrt ... Man kann es unmöglich erzählen.* (Nachlaßmappe)
29. August: Mendel. Emma May unterschreibt die von ihrem Mann aufgesetzte Scheidungseinwilligung.
30. August: Spätmorgens erfolgt die Abreise von der Mendel mit Ziel Radebeul. Emma bleibt im Hotel.
10. September: Radebeul. Karl May reicht die Scheidungsklage gegen Emma ein. Anschließend geht es für drei Tage nach München.
3. Oktober: Karl May erreicht eine einstweilige Verfügung auf Trennung von seiner Frau.
8. Oktober: *Zeig mir den Stern, den ich dir holen soll; / Ich steig hinauf und bring ihn dir herunter. / Dann wirst du sehen, daß er Zoll für Zoll / Nichts andres ist als all dein Erdenplunder.* (während der Bahnfahrt von Dresden nach Linz, Nachlaßmappe)
9. Oktober: Linz. Möglicherweise trifft sich May mit dem Ver-

leger der Kostümphotographieen Adolf Nunwarz. Beide versenken morgens alle 101 Photoplatten in der Donau. Weiterfahrt mit der Bahn nach Salzburg.
10. Oktober: Salzburg. *Nichts mußt du werden, um Etwas zu sein. / Vernichte dich, indem du Gott vernichtest. / Dann stellt in dir der wahre Gott sich ein, / Auf den du für den falschen jetzt verzichtest.* (Nachlaßmappe)
11. Oktober: *Herr, gieb mir die Strenge; Herr gieb mir die Macht, / Und lehre mich reden in donnernden Psalmen. / Es möge dein Engel die Geister der Nacht / Im Sturze der zuckenden Wetter zermalmen.* (im Bahnwagen zwischen Salzburg und Innsbruck, Nachlaßmappe)
12. Oktober: Bahnfahrt von Innsbruck nach Bozen.
13. Oktober: Fahrt mit der Bahn von Bozen nach Riva. Ankunft in Riva am Gardasee. Grand Hotel Sole. May nennt sich hier *Dr. Richard Sonnenschein.*
14. Oktober: Riva. *So kommen wir, wie uns der Herrgott sendet, / Bewegt bei Tag, nie ruhend in der Nacht. / Es bleibt der Anfang ewig unvollendet.* (Veranda am See, um 16.00 Uhr, Nachlaßmappe)
15. Oktober: Riva. *Du bist der Erde ruheloser Gast, / So lange du ihr Lächeln nötig hast. / Erst dann, wenn es den Wert für dich verlor, / Hebt sich dein Weg zur Heimat hoch empor.* (vor der Konditorei in Riva, Nachlaßmappe)
17. Oktober: Riva. *Ich steig zu dir im Sonnenstrahl, / Um dir mein dankend Herz zu bringen. / Befreit von ihrer Erdenqual, / Regt meine Seele ihre Schwingen.* (Nachlaßmappe)
26. Oktober: Riva. Klara Plöhn fährt zur Mendel, um Emma May zu besuchen.
7. November: Emma May ist in Sachen Ehescheidung zur Anhörung vor das Gericht geladen. Gemäß Absprache verzichtet sie auf ihre Anwesenheit.
15. November: Trient. *Bin auf Auslandsreise. Studienzwecke für spätere Arbeiten. Ihr Brief hat mich eingeholt. Beginne jetzt den Schluß des »Löwen«. Trete in größter Frische und voller Lust an ihn heran.* (an Felix Krais)
26. November: Mori. May sendet Manuskript von *Im Reiche des silbernen Löwen* 4.Bd. an den Drucker Felix Krais ab.
6. Dezember: Trient. *Bitte, über den neuen Band IV nachzudenken, aber tief! Er enthält meine Abrechnung mit jenen Würmern, von denen Halef träumte. Zugleich so viel Autopsychologisches, wie ich für nötig halte.* (an Felix Krais)

9. Dezember: Radebeul. May erhält das Diplom der ›Universitas Germana-Amerikana‹ die ihm den Dr. h.c. für sein Werk *Im Reiche des silbernen Löwen* verlieh.
15. Dezember: Riva. Karl May nimmt Abschied von Riva und von der Liebe zu seiner Frau Emma mit einem Treuewort:

Komm, Liebling, komm, wir wollen scheiden gehen;
Die Erde hat es uns so leicht gemacht.
Ich kann nicht traurig vor dem Abschied stehen,
Wenn er so froh in deinen Augen lacht. [...]
Schau auf! Du sollst in meinen Sternen lesen,
Was in den deinen längst geschrieben lag:
Wir sind auf Erden nur verlobt gewesen!
Der Todestag ist unser Hochzeitstag!

21. Dezember: Radebeul. *Soeben komme ich aus Italien heim. Frau Plöhn bringt mir Berge von Briefen. Der Ihrige natürlich obenauf! Ich antworte sofort – leider nur ganz kurz. Reisestiefel und Zeitmangel entschuldigen ja wohl! ... Daß man meine Werke aus verschiedenen Schulbibliotheken gestrichen hat, ist keine Blamage für mich, sondern für Die, welche dies gethan haben.* (an Adele Einsle)
22. Dezember: Radebeul. Gerichtsanhörung zur Scheidung.
24. Dezember: Radebeul. *Bemerken Sie, daß mit Band IV eine neue Aera angebrochen ist? Der bisher so schweigsame »Silberlöwe« tritt endlich, endlich aus seiner Felsenverborgenheit hervor ... Unsere Bücher sind für Jahrhunderte bestimmt. Man wird das endlich zuzugeben haben. »Am Jenseits«, zweiter Band, »Et in terra pax« und »Marah Durimeh« müssen selbst der Blindheit beide Augen öffnen. Also: Meine Zeit ist endlich da!* (an Friedrich Ernst Fehsenfeld)
31. Dezember: Radebeul. *An diesen Seiten ändere ich nichts; sie werden auch nicht von dem Concepte ins Reine geschrieben. Ich schicke sie früh fort, und wie die Zeilen aus der Feder kamen, so werden sie gesetzt und gedruckt. Änderungen dulde ich nicht!* (an Unbekannt)

1903

3. Januar: Dresden. Opernbesuch; gespielt wird ›Hoffmanns Erzählungen‹ von Jacques Offenbach.

7. Januar: Radebeul. Neuerliche Zeugenvernehmung zur Ehescheidung vor dem Gericht. Gemäß Absprache erscheint Emma May nicht.

14. Januar: Radebeul. May wird von Emma Pollmer geschieden (Urteilsspruch).

19. Januar: Dresden. Theaterbesuch; gespielt wird ›Monna Vanna‹ von Maurice Maeterlinck.

20. Januar: Radebeul. *Brief- und Kartenmassen zu beantworten. Dann eine plötzliche Tour nach Nordwestdeutschland, von der ich soeben heimkehre! ... Das Leben ist niemals zart mit mir umgegangen. Die Gegenwart noch viel weniger. Ich habe keinen andern Sonnenschein gehabt, als nur den, der mir vom Himmel in mir kam.* (an Adele Einsle)

21. Januar: Radebeul. *Vielleicht ahnen Sie nun, wie meine Bücher gelesen werden müssen, die keineswegs für »Jungens geschrieben sind«, wie meine Feinde behaupten!* (an Willy Einsle)

24. Januar: Radebeul. *Was mich betrifft, so arbeite ich jetzt an Band IV des »Silberlöwen«. Ich will in ihm den Freunden und Feinden nun endlich einmal zeigen, wie man Karl May zu lesen hat. Man soll einsehen, wie man sich in ihm täuschte. Man soll begreifen lernen, daß alles, was er erzählt, zu gleicher Zeit in ganz verschiedenen Welten vor sich geht.* (an Franz Weigl)

31. Januar: Dresden. Besuch des Vortrags von Prof. Friedrich Delitzsch über ›Babel und Bibel‹.

9. Februar: Radebeul. Karl May setzt sich mit Adalbert Fischer in Verbindung, um zu einem Vergleich bezüglich der leidigen Münchmeyerromane zu gelangen.

10. Februar: Radebeul. Karl May und Klara Plöhn besuchen den Verleger Adalbert Fischer in dessen Villa in Niedersedlitz, Lungkwitzer Straße 4.

11. Februar: Radebeul. Karl May und Adalbert Fischer schließen einen Vergleich. »Dafern in den bei H. G. Münchmeyer erschienenen Schriften des Herrn Karl May etwas Unsittliches enthalten sein sollte, dies nicht aus der Feder des Verfassers stammt, sondern von dritter Seite früher hineingetragen worden ist ...« (Erklärung Adalbert Fischer, Börsenblatt) Fischer erklärt sich bereit, alle anstößigen Stellen zu entfernen. Als Gegenleistung stellt May seine fünf Lieferungsromane Fischer mit allen Urheberrechten zur Verfügung.

Mays Hauptgegnerin in Sachen Kolportageromane ist nun-

mehr einzig Pauline Münchmeyer wegen unerlaubten Nachdruckes und Rechnungslegung.
Im Gefolge des geschlossenen Vergleiches erhält Karl May von Fischer einen Druckbogen mit 16 Seiten des 1875 für Heinrich Gotthold Münchmeyer umgearbeiteten *Buch der Liebe*, das aus dem indizierten ›Venustempel‹ entstand. Wahrscheinlich geht auch das Manuskriptfragment *Delilah* in Mays Besitz über, ein unveröffentlichter, da abgebrochener Kolportageroman Mays, mit dem Fischer vor Gericht zum Teil beweisen konnte, daß die ›unsittlichen Stellen‹ in den fünf umfangreichen Lieferungsromanen für Münchmeyer durchaus von May verfaßt worden sind.
16. Februar: Dresden. Aus Anlaß des gütlichen Vergleiches dankt Karl May den Eheleuten Fischer und gibt ihnen zu Ehren um 19.00 Uhr ein Diner im Kaiserpalast.
4. März: Radebeul. Die Ehescheidung Karl Mays von Emma wird rechtskräftig.
14. März: Radebeul. May ersucht über seine zukünftige Frau, Klara Plöhn, das Kultusministerium zu Dresden um Genehmigung zur Führung des am 9.12.1902 erhaltenen Doktortitels der Philosophie und legt sein ihm von Klara verschafftes Doktordiplom zur Begutachtung vor.
17. März: Radebeul. Das Kultusministerium in Dresden stellt zu Klara Mays Antrag auf Führung des Doktortitels für ihren Mann fest, daß »es nach den hinsichtlich ausländischer Doktortitel festgehaltenen Grundsätzen zu seinem Bedauern außer Stande ist, die nachgesuchte Genehmigung zu erteilen.«
18. März: Berlin. Zeugenvernehmung in der Klagesache vom 12. März 1902 gegen Pauline Münchmeyer.
20. März: Radebeul. Der Redakteur Fedor Mamroth besucht Karl May.
30. März: Radebeul. *In diesem Kampfe stehe ich fest, ich ganz allein, ohne alle andere Hülfe; ich greife nicht an und ich vertheidige mich nicht. Ich bin mir selbst genug, denn der Ort, auf dem ich stehe, ist fester Felsengrund.* (an Gräfin Anna E. Jankovics)
Außerhalb der normalen Öffnungszeit erfolgt um 16.00 Uhr die standesamtliche Trauung zwischen Karl May und Klara Plöhn durch den Standesbeamten Oskar Theodor Schaale.
31. März: Radebeul. Die kirchliche Trauung erfolgt im kleinsten Kreis in der Lutherkirche.
3. April: Radebeul. Besuch von Dr. Franz Weigl, der für einige

Tage Gast in der Villa ›Shatterhand‹ ist. Gemeinsam wird ein Ausflug zum Spitzhaus unternommen

4. Mai: Radebeul. Karl May zieht seine Klage gegen Adalbert Fischer vor Gericht zurück.

5. April: Radebeul. Gemeinsam mit Dr. Weigl und Rechtsanwalt Rudolf Bernstein wird ein Ausflug in die Sächsische Schweiz zur Bastei unternommen.

10. Mai: Dresden. Theaterbesuch; gespielt wird ›Gespenster‹ von Henrik Ibsen.

11. Mai: Dresden. Theaterbesuch; gespielt wird ›Rosenmontag‹ von Otto Erich Hartleben.

14. Mai: Adalbert Fischer sendet die ersten Exemplare der *Erzgebirgischen Dorfgeschichten* an May.

Mitte Mai: Im Auftrag ihres Mannes fährt Klara nach Wernigerode zu Marie Hannes. Es gelingt ihr, sie zur Herausgabe kompromittierender Unterlagen über Mays Renommisterei zu bewegen. Sie erhält alle Briefe Mays und ein von Marie Hannes verfaßtes Manuskript ›Allerlei von Karl May‹.

Anfang Juni: Meißen. Karl May besucht erstmals den Künstler Sascha Schneider in dessen Wohnung.

8. Juni: Dresden. Theaterbesuch; gespielt wird ›Die Ahnfrau‹ von Franz Grillparzer.

7. Juni: Dresden. Theaterbesuch; gespielt wird ›Kean – Genie und Leidenschaft‹ von Alexandre Dumas d. Ä.

16. Juni: Dresden. Theaterbesuch; gespielt wird ›Das Leben ein Traum‹ von Calderon.

7. Juli: Radebeul. *Hier neues Manuscript für »Silberlöwe«. Bitte, die paar Seiten, die Ihnen blieben, wegzuwerfen …* (an Felix Krais)

Juli: Radebeul. *Mit gleicher Post gehen 272 Manuscript »Silberlöwe« nach Stuttgart ab. Er konnte nicht eher kommen, weil sein Inhalt mit den Ereignissen läuft.* (an Friedrich Ernst Fehsenfeld)

1. – 7. August: Radebeul. Aufenthalt von Dr. Franz Weigl und Frau in der Villa ›Shatterhand‹.

2. August: Radebeul. Die Wiener Lehrerin Wilhelmine Bergmann weilt mit einer ihrer Schwestern in Dresden im Hotel Philharmonie. Karl May lädt beide zu 13 Uhr zum Mittagessen ein. *Sie können mit der Bahn, doch auch mit der Elektrischen zu uns heraus. Mit der Bahn fahren Sie 12 Uhr 36 vom Bahnhof Neustadt ab. Die Elektrische geht alle 10 Minuten.* (an Wilhelmine Bergmann, 1.8.1903)

13. August: Karl May untersagt seiner geschiedenen Frau das Tragen des Namens May.
14. August: Der Sammelband *Erzgebirgische Dorfgeschichten* wird als erschienene Neuigkeit angekündigt.
Herbst: Der Anwalt Pauline Münchmeyers, Oskar Gerlach, klagt auf Registrierung von Mays Vorstrafen.
10. September: Radebeul. *Hier der Schluß des »Löwen« ... Dieser Band ist die Vorbereitung auf Wichtiges ...* (an Felix Krais)
14. September: Radebeul. May bereitet *Et in terra pax* für die Buchausgabe bei Fehsenfeld vor. Das erste Kapitel geht an den Drucker Felix Krais ab.
Theaterbesuch; gespielt wird ›Der Volksfeind‹ von Henrik Ibsen.
15. September: Dresden. Theaterbesuch; gespielt wird ›Der Kaufmann von Venedig‹ von William Shakespeare.
17. – 19. September: Bastei. Zusammen mit dem Ehepaar Bernstein verbringen die Mays drei Tage in der Sächsischen Schweiz. Eintrag ins Gästebuch auf der Bastei.
20. September: Radebeul. Besuch des Ehepaares Adalbert Fischer in der Villa ›Shatterhand‹.
21. September: Bastei. Karl May und Frau kehren auf die Bastei zu Bernsteins zurück. Gemeinsam werden in den folgenden Tagen Fahrten und Wanderungen in die nähere Umgebung unternommen.
22. September: Bastei. Ausflug zur Waltersdorfer Mühle und zum Hockstein.
23. September: Bastei. Ausflug zum Hohenstein.
24. September: Bastei. Ausflug zum Lilienstein. *Schicken Sie mir eine Aufstellung der Werke, welche Sie bis heut von mir gedruckt haben ... Das Alles hat ganz genau mit Ihren Büchern zu stimmen.* (an Josef R. Vilimek)
25. September: Bastei. Ausflug nach Stürza, Stolpen, Brand, Hohenstein und Polenz.
26. September: Bastei. Ausflug in den Feingrund, zum Wettinstein, Hochwald, Knotenwald, Utewaldergrund, Felsenthor und Waldidyll.
27. September: Bastei. Ausflug in den Amselgrund von Rathewalde und nach Rathen.
28. September: Bastei. Abreise des Ehepaares Bernstein. Die Mays verbringen noch einige Tage mit Ausflügen im Elbsandsteingebirge.

29. September: Bastei. Ausflug durchs Polenztal nach Bad Schandau.

30. September: Bastei. Ausflug zu den Schwedenlöchern, zum Amselgrund, zur Reinwiese.

Oktober: *Das war das Roß der Himmelsphantasie, der treue Rappe mit der Funkenmähne, der keinen andern Menschen trug als seinen Herrn, den nach der fernen Heimat suchenden. Sobald sich dieser in den Sattel schwang, gab es für beide nur vereinten Willen. Die Hufe warfen Zeit und Raum zurück; der dunkle Schweif strich die Vergangenheiten. Des Laufes Eile hob den Pfad nach oben. Dem harten Felsen gleich ward Wolke, Dunst und Nebel, und durch den Aether donnerte das Rennen hinauf, hinauf ins klare Sternenland. Dort flog die Mähne durch Kometenbahnen, und jedes Haar klang knisternd nach der Kraft, die von den höchsten aller Sonnen stammt und drum auch nur dem höchsten Können dient.* (May in *Im Reiche des silbernen Löwen* 4.Bd., 208f.)

Wer sich bei guten Menschen nicht daheim fühlt, für den gibt es überhaupt keine Heimat. (May in *Im Reiche des silbernen Löwen* 4.Bd., 640)

1. Oktober: Abreise von der Bastei. Die Buchausgabe von *Im Reiche des silbernen Löwen* 4.Bd. wird als Neuerscheinung angekündigt.

5. Oktober: Dresden. Theaterbesuch; gespielt wird ›Herodes und Marianne‹.

9. Oktober: Louise Häußler, eine Freundin Emma Pollmers, zeigt May wegen »betrügerischer Handlungen zur Ermöglichung der Ehescheidung« an.

31. Oktober: Radebeul. Max Dittrich ist zu Besuch in der Villa ›Shatterhand‹.

8. November: Radebeul. Karl May erkrankt schwer. Er erkennt, welcher Rechtsmaschinerie er sich ausgeliefert hat. So verstand es der Münchmeyer-Anwalt Oskar Gerlach, im Verlauf des Prozesses erstmals die Herbeiziehung von Mays Strafakten zu veranlassen. »Karl May ist über dieses Verfahren wie gebrochen. Der Glaube an die Gerechtigkeit ist erschüttert … Furchtbare Nacht. Kampf mit Karl. Er wollte im Fieber raus, er müsse Luft haben …« (Tagebuch Klara May)

9. Dezember: Radebeul. Nach dem Auf und Ab der letzten Tage und Wochen tritt eine deutliche Besserung des gesundheitlichen Zustandes ein.

23. Dezember: Radebeul. *Wie Du's aus meiner Schrift siehst,*

ist meine Hand noch zu schwach zum Schreiben; sie zittert. Ich war krank, habe lange mit dem Tode gerungen. (an Carl Felber)
25. Dezember: Radebeul. Nach der Genesung werden erstmals wieder Gäste in die Villa ›Shatterhand‹ geladen; zehn Personen vereinigen sich an der Festtafel.
28. Dezember: Radebeul. Erster Spaziergang Karl Mays im Freien nach den Wochen der Krankheit.
30. Dezember: Radebeul. Das Verfahren vom 9. Oktober gegen Karl May in Sachen Ehescheidung wird eingestellt.

1904

10. Januar: Radebeul. Karl May begibt sich zum ersten Mal wieder nach Dresden und besucht einen Dichterabend zu Ehren Ludwig Uhlands.
15. Januar: Dresden. Theaterbesuch; gespielt wird ›Der Strom‹ von Max Halbe.
24. Januar: Radebeul. Musikalischer Abend im Haus des Gewerbevereins, geboten wird Felix Mendelssohn-Bartholdy.
25. Januar: Dresden. Opernbesuch; gespielt wird ›Lohengrin‹ von Richard Wagner.
3. Februar: Dresden. Konzertbesuch; gespielt wird die ›Missa Solemnis‹ von Ludwig van Beethoven.
7. Februar: Radebeul. Besuch des Musenhauses und eines dort gehaltenen Kant-Vortrages der literarischen Gesellschaft.
10. Februar: Dresden. Besuch der Kantfeier in der Dresdner Hochschule und des dortigen Festvortrages.
26. Februar: Radebeul. *Die geschiedene Frau Pollmer … scheint nun auch den letzten Rest von Einsicht, Scham und Schicklichkeitsgefühl von sich geworfen zu haben. Sie belästigt mich in neuerer Zeit mit einer Anbetung, für welche das Wort »widerwärtig« der gelindeste aller Ausdrücke ist.* (an einen Rechtsanwalt)
8. März: Meißen. Karl May und seine Frau besuchen Sascha Schneider. »Herzle zahlte 1 500 Mk. à Konto für unser bestelltes Bild. Schneider klagte, als wir ihn zuletzt sahen. Wir wollen ihm helfen wie und wo wir können. Der liebe Schneider will Karls Bücher mit anderen Titelbildern versehen, damit man Karl endlich verstehen lerne und der alberne Name ›Jugendschriftsteller‹ schwinde.« (Tagebuch Klara May)
11. März: Radebeul. *Es soll Alles eine höhere Bewegung und*

ein höheres Aussehen bekommen, der May, die Bücher und auch der Herr Verleger ... Sascha Schneider, der Berühmte, ist mein Freund ... Einbanddecken von der Hand eines solchen Meisters hat noch nie ein Verleger gehabt und wird auch nie wieder einer bekommen. (an Friedrich Ernst Fehsenfeld)
18. März: Radebeul. Sascha Schneider besucht Karl May und verbringt auch die Nacht im Hause des Schriftstellers. »Der Abend war wie Kirche für mich. Diese beiden gewaltigen Geister philosophierten über Welt und Leben, Kunst und Menschen. Es wollte gar kein Ende nehmen, wir saßen bis früh.« (Tagebuch Klara May)
20. März: Radebeul. May bittet um eine andere Farbgebung der Bände mit den Einbanddecken von Sascha Schneider. *Wenn Schneider mit seinem Künstlernamen für unsere Bände eintritt, müssen wir ihm, dem Meister der Farben, die Berechtigung zuerkennen, diese Farbe zu bestimmen ... Wir stehen vor einer neuen Aera, die Alles aufwiegen wird, was uns jetzt als Opfer erscheint.* (an Friedrich Ernst Fehsenfeld)
30. März: Radebeul. *Die Sortimenter werden mit Freuden zugreifen, und in ganz Deutschland und Oesterreich werden ihre Ladenfenster wochenlang im Bilderschmuck von Sascha Schneider prangen. Das giebt eine Reclame, wie man sie sich anständiger gar nicht denken kann! ... An »Frieden« wird tapfer weiter gearbeitet.* (an Friedrich Ernst Fehsenfeld)
7. April: Radebeul. »Können Sie mir vielleicht etwas für mein Blatt schreiben?« (Rudolf Lebius an May) Der Schriftsteller kommt dieser Aufforderung jedoch nicht nach.
2. Mai: Radebeul. Besuch des Journalisten Rudolf Lebius in der Villa ›Shatterhand‹. Als Zeuge der Gespräche ist Max Dittrich zugegen. *Man darf den Besuch gewisser Journalisten ... nicht abweisen, zumal wenn sie mit einem, wenn auch noch so kleinen Zeitüngelchen bewaffnet sind, sonst rächen sie sich.* (Eingabe Mays)
3. Mai: Rudolf Lebius erbittet in einem Schreiben erstmals ein Darlehen von May.
16. Mai: Radebeul. Sascha Schneider besucht Karl May.
17. Mai: Radebeul. *Von Arbeiten konnte natürlich keine Rede sein. Als Sie fort waren, ging ich auch, hinaus, in den Wald, also in meine Kirche! Ich kam erst gegen Abend heim ...* (an Sascha Schneider)
24. Mai: Radebeul. *Wollte am ersten Feiertag nach M.*[eißen] *und mit zu Ihnen, wurde aber durch Massenbesuch abgehal-*

ten. Dieser Pfingstansturm der Leser dauert auch noch heute. (an Sascha Schneider)
7. Juni: Radebeul. Sascha Schneider beginnt Karl May zu modellieren.
16. Juni: Radebeul. Zeugenvernehmung im Prozeß gegen Pauline Münchmeyer.
8. Juli: Radebeul. *Wenn mein Verleger behauptet, daß ich 4 Millionen Leser habe, so befinden sich unter ihnen weit über 3 Millionen, welche von der Gegend zwischen Knie und Hüfte noch nicht wissen dürfen, wenigstens officiell!* (an Sascha Schneider)
Besuch des Apothekers Heine mit Frau, einer Reisebekanntschaft von der Orientreise aus Beirut.
12. Juli: Radebeul. »Würden Sie mir vielleicht ein auf drei Jahre laufendes fünfprozentiges Darlehen gewähren?« (Rudolf Lebius an May) Dieses und weitere Ersuchen werden abschlägig beschieden. May schafft sich dadurch in Lebius den ärgsten Widersacher.
25. Juli: Radebeul. *Herzlichen Dank für die Uebersendung Ihres prächtigen Werkes. Ich freue mich darauf, durch Lectüre desselben Sie geistig und seelisch kennen zu lernen.* (an Konrad Guenther)
29. Juli: Radebeul. May kündigt Fehsenfeld für die nächsten Tage die letzte Manuskriptsendung für *Und Friede auf Erden* an.
20. August: Dresden. Opernbesuch; gespielt wird ›Figaros Hochzeit‹ von Wolfgang Amadeus Mozart.
23. August: Radebeul. *Sie werden fragen: Was ist das wohl, was er nun schreibt? Bitte, lassen Sie es noch für kurze Zeit Geheimnis bleiben!* (an Friedrich Ernst Fehsenfeld)
September: *Die Menschheit gleicht der Zeit. Beide schreiten unaufhaltsam vorwärts, und wie keiner einzelnen Stunde ein besonderer Vorzug gegeben worden ist, so kann auch kein Mensch, kein Stand, kein Volk sich rühmen, von Gott mit irgend einer speziellen Auszeichnung begnadet worden zu sein.* (May in *Und Friede auf Erden*, 24)
... ich klage die ganze sich »zivilisiert« nennende Menschheit an, daß sie trotz aller Religionen und trotz einer achttausendjährigen Weltgeschichte noch heutigen Tages nicht wissen will, daß dieses »Zivilisieren« nichts anderes als ein »Terrorisieren« ist! (May alias Sir John Raffley in *Und Friede auf Erden*, 278)
7. September: Radebeul. Karl May erhält eine ›anonyme‹

Erpresserkarte von Rudolf Lebius, mit der Drohung, enthüllende Beiträge über den Schriftsteller zu publizieren.

11. September: In der Sachsenstimme Nr. 33 erscheint der erste May feindlich gesinnte Artikel von Rudolf Lebius, ›Mehr Licht über K. May‹.

16. September: Radebeul. *Da kamen die Weinproben. Maschallah! So splendid war das nicht gedacht! Und das »Forster Ungeheuer« wurde sofort bei dem Schopf genommen. Brillant! ... Jetzt gärt es durch ganz Deutschland. Man braut die Recensionen zusammen. Was wird dann kommen? Ich habe am 20ten September einen Gerichtstermin in Friedberg, Hessen.* (an Friedrich Ernst Fehsenfeld)

19. September: Radebeul. *Sehr gern erfülle ich den Wunsch, der Königl. Oeffentl. Bibliothek meine Werke zur Verfügung zu stellen. Diese Bücher erscheinen jetzt in einem neuen, von Professor Sascha Schneider gezeichneten Gewande. Um den Lesern klar zu machen, daß ich ihnen etwas ganz Anderes biete, als sie denken, fertigt dieser Herr für jeden einzelnen Band eine besondere Zeichnung an, und es wird einige Zeit währen, bis alle 30 vollendet sind.* (an Geh. Hofrat Prof. Dr. Franz Schnorr von Carolsfeld)

Die Reiseerzählung *Und Friede auf Erden* wird als erscheinende Neuigkeit angekündigt.

26. September: Dresden. Pauline Münchmeyer wird vom Gericht zur Rechnungslegung verurteilt, sobald Karl May den Parteieid leistet.

4. Oktober: Abfahrt nach Leoben. Hotel Gärtner. May hatte den Pater Willibrord Bessler wegen schwerer Beleidigung vor dem dortige Kreisgericht angezeigt.

Bessler nimmt seine Behauptungen über »Krankheitserscheinungen des Schriftstellers Karl May« am 20. Oktober zurück.

12. Oktober: Besuch von Seckau.

13. Oktober: Leoben. May trägt ein Gedicht in das Gästebuch der Familie Gärtner ein:

Sei mir gegrüßt, Du liebes Österreich!
Du ragst so hoch und bist so tief gegründet.
Schon graut der Morgen und nun kommt wohl gleich
Die Sonne, welche Dir den Tag verkündet.
Es schauen Dir der Erde Völker zu,
Ob Du wohl wirst aus diesen Tiefen steigen,
Und hast Du es getan, so öffnest Du
Das Eisentor, um dich als Held zu zeigen. [...]

17. Oktober: Leoben. Abreise aus Leoben.
Bitte, machen Sie keinen Versuch, meine Feinde zu bessern. Lesen Sie lieber mein neuestes Buch: »Und Friede auf Erden.« (an Heinrich Coenenberg).
Ihr Brief erreicht mich soeben hier in den Alpen. Ich beeile mich, Ihnen mit wendender Post das Gewünschte zuzustellen, um es zu veröffentlichen resp. Ihren Büchern und Heften beizudrucken. (an Josef R. Vilimek)
Zw. 18. u. 23. Oktober: Graz.
24. Oktober: Donauwörth. Karl May hält auf Einladung im Cassianeum, einer Schule mit angegliedertem Internat, einen Vortrag. »Feierliche Ansprache der Lehrer im großen Saale. Dann dankte Karl in langer Rede, die einen Sturm der Begeisterung hervorrief. Die Lehrer dankten wieder durch den Direktor der Anstalt. Dann wurde ein dreifaches Hoch auf Karl May ausgebracht, was aus den vielen Kehlen der begeisterten Schüler und Lehrer wie ein Donner erscholl. Die Fenster des Saales klirrten. Mir lief es kalt über den Rücken vor Erregung. Solch eine Überfülle von Liebe hatte ich in meinem Leben noch nicht gesehen.« (Tagebuch Klara May)
Abends versammelt man sich im Erkerzimmer des Hotels Krone. »Die lebhaften, gemütlichen Erzählungen dieses berühmten, vielgepriesenen und vielgeschmähten Mannes und seiner ebenso geistreichen, treuen Lebensgefährtin, fesselten die Aufmerksamkeit der Anwesenden im höchsten Grade.« (›Donauwörter Anzeigenblatt‹, 27.10.1904)
25. Oktober: Nürnberg.
26. Oktober: Über Frankfurt nach Nauheim. Hotel Reichshof. Besuch der Familie des Architekten Eser.
Der Bürgermeister von Mainz, Gättelmann, besucht den Schriftsteller im Hotel.
30. Oktober: Im ›Dresdener Anzeiger‹ erscheint eine Rezension über *Und Friede auf Erden.* Die Verfasserin Marie Silling verspottet das Werk.
31. Oktober: Abreise von Nauheim um 8.00 Uhr. Gegen 16.00 Uhr Ankunft in Weimar. Besuch von Sascha Schneider in Mays Quartier, Hotel Erbprinz.
1. November: Heimreise nach Radebeul.
5. November: Radebeul. Gerichtstermin im Prozeß gegen Pauline Münchmeyer.
7. November: Radebeul. Gerichtstermin im Prozeß gegen Pauline Münchmeyer.

Mays geschickte Polemik *An den Dresdner Anzeiger* auf die Rezension vom 30. Oktober erscheint u.a. im ›Dresdener Journal‹.
8. November: Dresden. Theaterbesuch; gespielt wird ›Uriel Acosta‹ von Karl Gutzkow.
13. u. 27. November: In zwei die Person verunglimpfenden Artikeln nimmt der leitende Feuilletonredakteur des ›Dresdner Anzeigers‹ Paul Schumann Stellung zu Mays Offenem Brief vom 7. November.
20. November: May antwortet in einem Offenen Brief *Herrn Professor Dr. Paul Schumann* in den ›Dresdner Neueste Nachrichten‹.
30. November: Radebeul. Im Gemeinderat wird ein Antrag Karl Mays angenommen. Es geht um die Einrichtung einer Schulstiftung bezüglich Lehrmittel *für die Kinder armer Leute in Radebeul, ohne Ansehen der socialen Parteien.*
11. Dezember: In der Sachsenstimme Nr.46 erscheint mit ›Zur Mayfrage‹ ein weiterer May feindlich gesinnter Artikel von Rudolf Lebius.
18. Dezember: In der Sachsenstimme Nr.47 erscheint der Lebius-Artikel ›Amtliches Material über Karl May‹.
19. Dezember: Radebeul. Karl May erstattet Strafanzeige gegen Rudolf Lebius wegen versuchter Erpressung.
29. Dezember: Radebeul. Besuch des Redakteurs der ›Dresdner Rundschau‹ in der Villa ›Shatterhand‹.

1905

20. Februar: Radebeul. Vernehmung beim Staatsanwalt im Prozeß gegen Pauline Münchmeyer.
26. Februar: Radebeul. Besuch von Johannes März in der Villa ›Shatterhand‹.
14. März: Radebeul. Das Verfahren May vs. Lebius wegen versuchter Erpressung wird von der Staatsanwaltschaft eingestellt. Eine Beschwerde wird abgewiesen. So klagt May erneut gegen Lebius wegen Verleumdung.
21. März: Radebeul. *Wir gehen einer großen Zeit entgegen, einer Zeit, die uns zum Saïs-Tempel führen soll, um uns zu zeigen, daß wir keineswegs sofort zu sterben haben, wenn wir es wagen, hinter den Vorhang des gegenwärtigen Lebens zu schauen. Es wird eine Zeit der Erlösung sein aus der Gewalt*

uralter Irrthümer, eine Zeit, die Licht und Wahrheit bringt nach langer Finsterniß und hartem Regiment der endlich überlebten Menschheitslüge. (an Leopold Gheri)
23. März: Radebeul. *Du sprichst in Deinem Briefe von »dummen Urtheilen«, die Du über mich zu hören bekommst. Ich wollte, ich könnte Dich vor Aehnlichem behüten und bewahren!* (an Willy Einsle)
19. April: Radebeul. *Herr Plöhn war mein ... Freund, der mich während meiner Reisen daheim vertrat ... Ich verlor meine Frau. Wir reisten nach dem Süden, um sie zu retten, doch vergeblich. Das war damals, als wir bei Ihnen waren, als Bruder und Schwester. Meine Frau mitzubringen, war unmöglich. Es war fürchterlich. Während wir bei Ihnen scheinbar heiter scherzten, war ich innerlich fast todt und auch äußerlich ein leidesmüder, beinahe zusammenbrechender Mann.* (an Adele Einsle)
1. – 5. Mai: Radebeul. Besuch Dr. Franz Weigls in der Villa ›Shatterhand‹.
6. Mai: Radebeul. Termin mit Adalbert Fischer.
18. Juni: In den ›Dresdner Neuesten Nachrichten‹ erscheint der gegen May gerichtete Artikel ›Ein König der Schwindler‹.
1. Juli: Radebeul. Sascha Schneider ist zu Besuch in der Villa ›Shatterhand‹.
4. Juli: Radebeul. Karl May trifft sich mit Rudolf Lebius.
19. Juli: Radebeul. In der ›Sachsenstimme‹ werden erste Einzelheiten von Mays Vorstrafen bekanntgegeben.
12. August: Radebeul. *Wem es so schwer fällt, May anstatt Plöhn zu sagen, den kann man doch nicht in den Saïstempel schauen lassen! Wer zu meiner Frau nicht »Du« und nicht »Tante Klara« sagt, der bekommt von uns überhaupt nichts mehr zu sehen und zu hören!* (an Willy Einsle)
29. September: Radebeul. *Mich beschäftigt nun der Dienstagtermin mit unseren beiden Klagen ... Auf keinen Fall darf ich den fürchterlichen Fehler begehen, vor dem versammelten Berichterstattervolk die Vorstrafen zuzugeben. Es würde das mein ganzes Lebenswerk vernichten, und ehe ich das zugebe, will ich lieber sterben! ... Also, ich bin sogar, um mein Recht zu erkämpfen, zu einer gewissen Art von Mangel an Umgangsform bereit.* (an Rudolf Bernstein)
3. Oktober: Radebeul. Gerichtsverhandlung Karl May vs. Rudolf Lebius. Als der Richter aus den Strafakten zu zitieren beginnt, zieht May seine Klage zurück.

15. Oktober: Dresden. Besuch eines Vortrages von Bertha von Suttner.

17. Oktober: Radebeul. Unter dem Eindruck des Vortrages Bertha von Suttners übersendet May ihr ein Exemplar von *Und Friede auf Erden* verbunden mit der Mitteilung, *daß Ihre Seele alle meine Bücher belebt, auch das hier vorliegende. Wir, die wir uns von dieser Seele leiten lassen, scheuen weder Haß noch Hohn. Wir gehen ruhig des Weges, den Sie uns führen.* (an Bertha von Suttner)

28. – 31. Oktober: Radebeul. Dr. Franz Weigl ist Gast in der Villa ›Shatterhand‹.

8. November: Radebeul. *Nun sitze ich oben beim Ustad und schreibe, Niemand darf mich stören. Schakara, die Seele, besorgt all meine Correspondenz. Ihren Brief hat sie mir denn doch heraufgebracht und auf den Tisch gelegt ... Mein höchstes Bestreben ist, der Menschheit das »versteinerte Gebet« zurückzugeben.* (an Marie Luise Fritsch)

16. November: Radebeul. Besuch Sascha Schneiders in der Villa ›Shatterhand‹.

21. November: Radebeul. Besuch Prof. Dr. Selmar Werners in der Villa ›Shatterhand‹.

5. Dezember: Radebeul. Besuch des Globetrotters Willy Schwiegershaus in der Villa ›Shatterhand‹. Beide hatten sich während der Orientreise kennengelernt.

23. Dezember: Radebeul. Max Welte wird für den 1. Weihnachtsfeiertag zum Mittagessen um 13.00 Uhr eingeladen.

24. Dezember: Radebeul. *Draußen klares Wetter, nirgends Schnee; bei mir aber schneit es Weihnachtsbriefe.* (an Adele Einsle)

1906

9. Januar: Radebeul. *Lieber Herr Spillner! Bitte kommen Sie mit Ihrer lieben Frau und Ihrem Herrn Sohn nächsten Sonntag 7 Uhr zu einem einfachen Abendbrote zu uns.* (an Albin Spillner)

13. Januar: Radebeul. Karl May arbeitet an *Babel und Bibel*, seinem ersten Drama. *Ich gehe mit meinem Marmorblocke sehr vorsichtig um, daß ich ihn nicht etwa verhaue. Ich stehe in Vision ... Ganz heraus aus dem Block ist erst ein prächtiger Araberscheik, ein Gewaltmensch impulsivster Art, den ich zum Edelmenschen zu erziehen habe.* (an Sascha Schneider)

14. Januar: Radebeul. Das Ehepaar May hat zu einem einfachen Abendbrot Gäste geladen. Anwesend sind der Tabakwarenhändler Albin Spillner mit Frau Elisabeth und Sohn Wilhelm sowie der Klempnermeister Albert Stock mit Frau Elisabeth.

21. Januar: Radebeul. *Ich weiß, daß Sie der Ansicht sind, die Schneidermappe sei für mich von keiner vortheilhaften Wirkung auf gewisse Leute. Lieber Herr Kirsch, diese gewissen Leute haben mich seinerzeit hinausgeworfen, ohne daß ich auch nur das Allergeringste verschuldet hatte. Ich habe keine Spur von Grund, bei ihnen jemals wieder anzuklopfen! Meine Ideale und meine Ziele sind nur auf einsamen Wegen zu erreichen, und ich habe bisher noch keinem Schwächling zugemuthet, mit zitternden Knieen hinter mir her zu kommen.* (an Heinrich Kirsch)

5. Februar: Dresden. Karl May gewinnt den Münchmeyer Prozeß in 2. Instanz vor dem Oberlandesgericht. Pauline Münchmeyer wird zur Rechnungslegung verurteilt.
Pauline Münchmeyer legt gegen das Urteil Berufung ein und wendet sich an das Reichsgericht.

27. März: Radebeul. *Ueber das Manuscipt zu »Bibel und Babel«. Ich sage Ihnen, das ist eine wahre Schöpfung, die täglich immer größer wird ... es wuchs mir aus der Hand.* (an Friedrich Ernst Fehsenfeld)

13. April: Radebeul. *Mein lieber, guter Junge! Du bist durch meine Bücher bewegt worden, zum Christentum überzutreten? Es freut mich sehr, daß diese Bücher Dein Herz bewegt haben, aber Du kennst noch nicht einmal den Glauben Deiner Väter und den Christenglauben noch viel zu wenig. Wie kannst Du da reif genug sein, zwischen ihnen wählen zu dürfen?* (an den Juden Herbert Friedländer)

23. Juni: Radebeul. Karl May und Frau beim Rosenfest im Bilz-Sanatorium.

26. Juni: Radebeul. *Sie wollen nach dem Norden? Sie Glücklicher! In den letzten drei Jahren habe ich 2 Tage Ferien gehabt. So wird es auch noch bleiben – bis zur nächsten großen Reise. Die Vorstudien für Späteres halten mich Tag und Nacht gefangen. In diesem Jahr ging ich einmal ins Concert. Weiter hatte ich nichts.* (an Sascha Schneider)

Sommer: Der Arzt Ferdinand Hannes, Bruder von Marie Hannes, besucht Karl May.

23. Juli: Radebeul. Die junge Verehrerin Marie Hannes, mit der May seit 1903 jeglichen Briefkontakt vermied, besucht gemeinsam mit ihrer Freundin Gertrud Mahrt die Villa ›Shatterhand‹. Es kommt zu einer klärenden Aussprache.

16. September: Radebeul. *Es ist Sonntag. Von der neben meinem Hause stehenden Kirche läutet man mit allen Glocken. Ich lese und beantworte Ihren Brief. Sonntagsstimmung – – Sonntagsgedanken – – Sonntagswünsche – – Sonntagshoffnungen! Es läutet nicht nur vom Thurme; es läutet auch in mir. Könnte ich wiederläuten! Mit Himmelsglocken! So, daß man es durch alle Erdenlande klingen hört! Aber ich kann leider nur schreiben, schreiben, schreiben – – – ein paar Geschichten, ein paar Dramen – – und dann nur noch beten, daß man es lesen und verstehen möge!* (an Franz Joseph Völler)

18. September: Radebeul. *Ich habe mich entschlossen, Ihnen eine fortlaufende Reihe kurzer, inhaltsreicher und gewiß sehr eigenartiger Artikel über Kunst einzusenden, ohne mich aber an eine bestimmte Zahl und Lieferzeit zu binden. Sie wissen ja, ich reise viel.* (an Leopold Gheri)

25. September: Radebeul. Gustav Bär ist zu Gast.

26. September: Radebeul. *Ich war in Afrika, als sich der Burenkrieg, und dann auch in Ostasien, als sich der gewaltige Kampf zwischen Rußland und Japan vorbereitete.* (an Marie Therese von Bayern)

4. Oktober: Radebeul. *Für Ihre liebe Besprechung von »Babel und Bibel« sage ich Ihnen Herzensdank. Das Werk wird ganz so aufgenommen, wie ich es erwartete. So Etwas hat große, schwere Schwingen; Finken und Zeißige fliegen leichter, kommen dafür aber auch nicht über die Menschenreiche hinaus.* (an Maximilian von Witzleben)

Nehmen Sie meinen Dank für die Mühe, mir die aufgefundenen »Fehler« anzuzeigen! Es gingen schon ähnliche Briefe ein, meist aber hatten sich die Einsender geirrt. Und wo sie Recht hatten, da trug natürlich nicht ich die Schuld, denn es kann mir doch nicht einfallen, so lüderlich zu arbeiten oder mir selbst zu widersprechen. (an Ludwig Carrière)

29. November: Radebeul. *Ebenso erscheint noch ein vierter Band von »Winnetou«. Ich werde also nächstens nach dem »Dunkeln Wasser« gehen, an dem ich mit dem dritten Band geschlossen habe. Es hat sich seit damals dort so viel verändert, daß ich neue Studien machen muß, um die geographische Genauigkeit und Zuverlässigkeit zu wahren.* (an Wiltrud von Bayern)

1907

Januar: May hält sich vermutlich für einige Tage in München auf und besucht u.a. den Redakteur Franz Joseph Völler.
9. Januar: Das Reichsgericht in Leipzig weist die von Pauline Münchmeyer beantragte Revision in dritter und letzter Instanz zurück.
14. Januar: Radebeul. *Da ich beabsichtige, nächstens wieder eine längere Studienreise um die Erde anzutreten …* (an Unbekannt)
16. Januar: Radebeul. *Ich konnte wirklich nicht eher antworten. Die Gratulationen kamen in Haufen, und ich mußte verreisen. Nun bin ich wieder daheim.* (an Elisbeth Barchewitz)
11. Februar: Dresden. Karl May leistet vor Gericht den Parteieid und erbringt somit den Beweis, daß der honorarfreie Nachdruck seiner Kolportageromane im Verlag von Heinrich Gotthold Münchmeyer widerrechtlich erfolgte.
12. Februar: Radebeul. *Nächste Woche beginne ich mit zwei neuen Bänden. Der Titel ist: Abu Kital der Scheik der An'allah.* (an Friedrich Ernst Fehsenfeld)
18. Februar: Radebeul. *Ich beeile mich mit ihnen* [den Bänden *Abu Kital*], *weil ich nach Amerika muß, wegen Bd. IV »Winnetou«. Und dann nach Bagdad u.s.w. wegen der 3–4 Bände »Marah Durimeh«.* (an Friedrich Ernst Fehsenfeld)
1. März: Radebeul. *Als Dank für Ihre Geburtstagsnummer habe ich mich trotz entsetzlicher Arbeitsüberlastung über Nacht hergesetzt und Ihnen den Kunstbrief für den April geschrieben.* (an Leopold Gheri)
7. März: Radebeul. Der Verleger Fehsenfeld, zunehmend mit geringer werdenden Absatzzahlen konfrontiert, hatte eine Änderung des Vertrages dahingehend nahegelegt, daß das mit dem Nachtrag zum Verlagsvertrag vom 15.11.1895 fällige Honorar nicht mehr im Voraus bezahlt werden sollte. Aber: *Der Contract gilt, natürlich auch §4! Und ich wünsche, nun nichts mehr darüber zu hören! Meine Seelenruhe ist mir zu meiner schweren Arbeit nöthig. Ich bitte das zu bedenken!* (an Friedrich Ernst Fehsenfeld)
30. März – 9. April: Radebeul. August Abels, Redakteur der ›Münchener Neuesten Nachrichten‹ weilt als Gast in der Villa ›Shatterhand‹. Gemeinsam werden Ausflüge in die nähere Umgebung unternommen.

5. April: Radebeul. Karl May nimmt die Kündigung des Verlagsvertrages durch seinen Verleger Fehsenfeld an, ohne sich hierdurch an weiteren Plänen hindern zu lassen. Beide Parteien einigen sich kurze Zeit später.
7. April: Radebeul. Der Besitzer des Münchmeyer-Verlages, Adalbert Fischer, stirbt.
15. April: Radebeul. Oskar Gerlach, der Rechtsanwalt Pauline Münchmeyers, erstattet bei der Staatsanwaltschaft Anzeige gegen Karl May und andere wegen Meineids und Verleitung zum Meineid am 11.2.1907.
17. April: Radebeul. *Es ist gar nicht ausgeschlossen, daß ich mit dem »Herzle« einmal nach der fränkischen Schweiz komme und Sie einlade, sich uns anzuschließen.* (an Euchar Albrecht Schmid)
22. Mai – 29. Juni: Bad Salzbrunn. Villa Belvedere. Kuraufenthalt. Karl May hat sich vorgenommen zu arbeiten; aufgrund des schlechten körperlichen Zustandes ist daran aber nicht zu denken. Der Zustand bessert sich jedoch innerhalb der nächsten Tage, so daß er, beginnend am 2. Juni, an fast jedem Abend der folgenden Tage bis zum 2. Juli das umfangreiche Theaterprogramm genießt.
30. Juni: Bad Salzbrunn. Als Dank für den Aufenthalt entsteht das Gedicht *An mein liebes Schlesien*

> *[...]*
> *Ich trank an Deiner Quelle mich gesund*
> *Und laß mich hygienisch bei ihr nieder.*
> *Und treibt der Tod es abermals zu bunt,*
> *So weiß ich, was ich tu: Ich komme wieder!*
> (›Salzbrunner Zeitung‹, 2.7.1907)

3. Juli: Über Grüssau mit Besuch der dortigen Barockkirche geht es nach Johannisbad. Hotel Reichsapfel.
4. Juli: Johannisbad. Ausflug nach dem Schwarzwassergrund, Schwarzschlagbaude, Fuchsbaude, Wiesenbaude, Riesenbaude und Schneekoppe, wo übernachtet wird.
5. – 7. Juli: Weiter geht es über Wiesenbaude sowie Riesenbaude nach Spindlermühle und Hohenelbe. Von Hohenelbe wird die Reise fortgesetzt in Richtung Rochlitz. Die Ortschaft Schreiberhau wird durchquert und Agnetendorf – dem Wohnsitz Gerhart Haupmanns – ein Besuch abgestattet. Über Hermsdorf und Warmbrunn geht es weiter nach Hirschberg.

8. Juli: Abfahrt von Hirschberg und Ankunft in Radebeul. Das viele Herumreisen in kalter Witterung hat den Kurerfolg fast zunichte gemacht. Karl May laboriert an einer Erkältung und hütet in den nächsten Tagen öfters das Bett.
23. Juli: Radebeul. *Du bist ein starker Charakter, aber glaube mir, du wärst längst wahnsinnig oder todt, wenn du diese tödtlichen Stiche so immerfort und so lange zu ertragen hättest. Zumal wenn du täglich sähest, daß alle Mühe, diese Qualen abzukürzen, vergeblich ist.* (an Rudolf Bernstein)
29. Juli: Radebeul. August Abels, Redakteur der ›Münchener Neuesten Nachrichten‹ ist zu Besuch in der Villa ›Shatterhand‹.
11. August: Radebeul. *Bekanntlich lehre ich in meinen Werken eine vollständig neue Psychologie. Alle Gestalten, die ich bringe, haben diesem Zwecke dienstbar zu sein.* (an Ludwig Henkel)
15. u. 16. August: Radebeul. Der Schauspieler Amand von Ozoróczy ist zu Besuch in der Villa ›Shatterhand‹. Am 16. August besuchen beide die Friedensburg bei Dresden.
17. August: Radebeul. *Ich fiel einer Bande von Fälschern und Betrügern in die Hände. Ich wurde um meine Ehre und um Summen von Hunderttausenden gebracht. Dieser kolossale, noch nie dagewesene Schwindel wurde nur durch den wohlbekannten Herrn Cardauns von der Kölnischen Volkszeitung ermöglicht, der sich von dem Schundverleger Münchmeyer-Fischer übertölpeln und verleiten ließ, die frechen Fälschungen für meine Originale auszugeben.* (an Peter Rosegger)
18. August: Radebeul. Hetty Heide und Ehemann besuchen die Villa ›Shatterhand‹.
31. August: Radebeul. Karl May und Ehefrau besuchen das Winzerfest im Bilz-Sanatorium.
2. – 4. September: Berlin. Treffen mit Rudolf Lebius und dessen Ehefrau im Café Bauer als Versuch, eine gütliche Einigung mit dem Journalisten herbeizuführen; ohne Erfolg.
9. September: Abreise aus Dresden in Richtung München. Abends 19.14 Uhr steigen May und Ehefrau Klara in Regensburg aus dem Schnellzug und treffen sich mit Otto Hartmann, dem Prokuristen des Verlages G.J. Manz.
10. September: Regensburg. Morgens früh Abreise nach München.
13. September: München. *Bin mit meiner Frau auf 2 Wochen in München.* (an Paul Näcke) Treffen mit Dr. Adolf Emil Knecht

und abends gegen 20.00 Uhr im Hotel Leinfelder mit Dr. Otto Denk, dem Redakteur des ›Deutschen Hausschatzes‹.

Oktober: »Einer persönlichen Zusammenkunft mit Herrn Dr. Karl May und den damit zusammenhängenden Erklärungen haben wir den angenehmen Erfolg der Wiederanknüpfung unserer Verbindung mit diesem gefeierten Schriftsteller zu verdanken. Wir dürfen zu unserer großen Freude nunmehr ankündigen, daß bereits das nächste Heft mit dem erstmaligen Abdruck von Karl Mays hochinteressanter Reiseerzählung: ›Der Mir von Dschinnistan‹ beginnen wird, die den ganzen heurigen Jahrgang zu begleiten verspricht, gewiß ein triftiger Grund, um unsere Abonnements-Einladung hiermit zu erneuern. (›Deutscher Hausschatz‹ Heft 2)

1. Oktober: Radebeul. »Obwohl völlig unbekannt, erlaube ich mir, bei Ihnen einmal anzufragen, ob Sie mir nähere Mitteilungen über einen Herrn Lebius, seinerzeit in Dresden, machen könnten. Genannter Herr ... hat gegen mich die Privatbeleidigungsklage angestrengt. (Carl Wermuth an May)

Die Reiseerzählung *Schamah* beginnt zu erscheinen.

8. Oktober: Radebeul. Arthur Fischer, Nachfolger Adalbert Fischers im Verlag, unterzeichnet vor dem Gericht die Erklärung, daß die Kolportageromane »in ihrer jetzigen Form nicht mehr als von Herrn Karl May verfaßt gelten können ...« (Börsenblatt für den Deutschen Buchhandel Nr. 253, 29.10.1907)

21. Oktober: Radebeul. *Der letzte Kampf nahm meine ganze Zeit in Anspruch. Es galt, den Feind derart einzukreisen, daß er herausmußte mit der Wahrheit. Nun ist sie heraus, endlich, endlich, Gott sei Dank! ... Mein »Herzle« und ich, wir gedenken mit Dankbarkeit der Stunden, die uns in Augsburg mit Ihnen u. Hr. und Frau Chefredacteur Seiwert vereinten. Es war ein goldiger, lieber, schöner Tag.* (an Hans Rost)

29. Oktober: Radebeul. Unterredung zwischen Klara May und Frau Lebius.

3. November: Radebeul. *Es ist Sonntag früh. Die Herbstsonne grüßt durch die Fenster. Ich wohne neben der Kirche. Die Glokken läuten.* (an Peter Rosegger)

9. November: Radebeul. Überraschend beginnt morgens um 7.00 Uhr eine Hausdurchsuchung in der Villa ›Shatterhand‹. *Volle 8 Stunden lang. Von einem Staatsanwalte, einem Untersuchungsrichter und vier Kriminalgendarmen. Man nahm eine ganz bedeutende Menge von Skripturen mit.* (an Untersuchungsrichter Larrass, 19.12.1907)

14. November: Radebeul. *Was »Abu Kital« anlangt, so habe ich mich keineswegs anders besonnen, sondern die Verhältnisse zwingen mich, es noch vor Schluß zu verschieben.* (an Friedrich Ernst Fehsenfeld)
16. November: Radebeul. Der Psychiater Dr. Paul Näcke besucht Karl May.
13. Dezember: Dresden. Besuch eines Sinfoniekonzertes.

1908

31. Januar: Dresden. Besuch eines Sinfoniekonzertes.
6. Februar: Dresden. Theaterbesuch; gespielt wird ›Zwei mal Zwei ist Fünf‹.
21. Februar: Dresden. Besuch eines Sinfoniekonzertes.
29. Februar: Dresden. Theaterbesuch; gespielt wird ›Die Rabensteinerin‹ von Ernst von Wildenbruch.
8. März: Radebeul. May verfaßt ein Testament. Sein Vermögen wird danach einer mildtätigen Stiftung zukommen.
12. März: Radebeul. Besuch im Vereinshaus des Gewerbevereins. Ado Conrad trägt Verse aus Mays *Himmelsgedanken* vor.
21. März: Radebeul. Besuch eines Volksliederabends.
23. März: Die Reiseerzählung *Abdahn Effendi* beginnt zu erscheinen.
26. März: Radebeul. *Ja, darf ich denn meinen Augen trauen? Bin ich denn ein Vagabund, nach dessen Aufenthalt man erst andere Menschen fragen muß? ... Wenn bis Sonntag früh keine Antwort von Ihnen da ist, nehme ich an, daß die Gerlach-Cardauns-Polizei Ihnen meine Briefe und Manuscripte unterschlägt.* (an Otto Denk)
1. April: Radebeul. Johannes Mayerhofer von der Zeitung ›Germania‹ sowie der Prokurist des List-Verlages sprechen in der Villa ›Shatterhand‹ vor und wollen die Mitarbeit Karl Mays für ihre Unternehmen gewinnen.
Der Folklore-Forscher Friedrich Salomon Krauss und der Psychiater Dr. Paul Näcke besuchen den Schriftsteller.
Die von Rudolf Lebius initiierte Schrift ›Karl May – ein Verderber der deutschen Jugend, von F. W. Kahl‹ erscheint. Karl May klagt gegen Verleger, gegen den Strohmann Kahl und gegen Lebius.
5. April: Radebeul. »Zu unserem Bedauern haben Sie es bisher unterlassen, sich über die gegen Sie gerichteten Angriffe

des Lebius zu äußern resp. uns die notwendigen Beweismittel der ehrenabschneiderischen Tätigkeit des Lebius in Bezug auf Ihre Person zur Verfügung zu stellen.« (Redaktion des Vorwärts)

6. April: Vernehmung Karl Mays vor dem Königlichen Landgericht Dresden durch Assessor Dr. Larrass wegen Meineides und Verleitung zum Meineid im Münchmeyer-Prozeß.

7. – 9. April: Berlin. Centralhotel. May hält sich in der Hauptstadt auf wegen seiner Klage gegen Rudolf Lebius, F. Bechly, H. Walter und Friedrich Wilhelm Kahl, den Verfasser der Schrift ›Karl May – ein Verderber der deutschen Jugend‹, der als Strohmann Lebius' fungierte.

13. April: Dresden. Neuerliche Vernehmung Karl Mays vor dem Königlichen Landgericht Dresden durch Assessor Dr. Larrass wegen Meineides.

22. April: Letztmalige Vernehmung Karl Mays vor dem Königlichen Landgericht Dresden durch Assessor Dr. Larrass wegen Meineides.

27. April: Friedrich Wilhelm Kahl distanziert sich von seiner Broschüre ›Karl May, ein Verderber der deutschen Jugend‹ in einem Brief an Karl May.

Letzte Aprilwoche (?)**:** Radebeul. Besuch des Chefredakteurs der ›Sächsischen Volkszeitung‹ Philipp Rauer mit Familie in der Villa ›Shatterhand‹. Im Beisein der Kinder Max, Philipp und Marie wird der Besuch auf Grund einer Einladung Klara Mays im Sommer wiederholt.

19. Mai: Berlin. Vor dem Schöffengericht wird in Sachen Beleidigungsklage Mays vs. Verlag H. Walter, F. Bechly, R. Lebius, F. W. Kahl verhandelt. Es geht um die Broschüre ›Karl May, ein Verderber der deutschen Jugend‹.

2. Juni: Prag. Hotel de Saxe. Um 9.00 Uhr wird vor dem Handelsgericht die Klage Mays gegen den Verleger Josef R. Vilimek wegen Gestattung der Büchereinsicht verhandelt. May bekommt das Recht zugesprochen, jederzeit Einsicht in die Geschäftsbücher zu erhalten, um über die jeweiligen Auflagenhöhen informiert zu sein.

3. Juli: Berlin. Ein Kartengruß geht an Willy Einsle.

1. August: Radebeul. *Ihre Zuschrift vom 4. Juni … konnte erst heut von mir gelesen werden; ich war verreist.* (an Josef R. Vilimek)

30. August: Radebeul. *Ich gehe morgen nach Amerika, zu Vorstudien von Bd. IV von Winnetou.* (an Felix Krais)

31. August: Berlin. Elite Hotel. May notiert sich auf einem Papierbogen Skizzen zu einem Vortrag.
3. September: Leipzig.
4. September: Bremen. Die Fahrkarten werden in der Geschäftsstelle des ›Norddeutschen Lloyd‹ abgeholt; anschließend Weiterfahrt nach Bremerhaven.
5. September: Bremerhaven. Beginn der Überfahrt mit dem Doppelschrauben-Postdampfer ›Großer Kurfürst‹ des ›Norddeutschen Lloyd‹ über Cherbourg nach New York. Gereist wird in der ersten Kajütenklasse. Nähere Bekanntschaften werden mit Frau E. C. Hendrikson, dem Ehepaar Carl Stasny, Ida Koerle, Hermann Stürmann und Herrn Leo Weil geschlossen.
15. September: Um 4.00 Uhr früh wird die Freiheitsstatue passiert. Auf der Quarantänestation werden die Auswanderer abgesetzt.
»Am Pier werden wir von lieben Freunden mit Blumen begrüßt und sollen gleich in Beschlag genommern werden.« (Aufzeichnungen Klara May). Mit der Christopher Street Ferry setzt das Ehepaar May nach Manhatten über und begibt sich in das Hotel Continental am Broadway.
16. September: New York. Hotel Continental. »Von weither waren die guten Menschen gekommen, die auf Umwegen seine Ankunft erfahren hatten.« (Klara May, 1931). Ungefähr eine Woche hält sich das Ehepaar May in der Stadt auf. Es werden die Hauptsehenswürdigkeiten der Metropole und der Umgebung, u.a. der Vergnügungspark Coney Island, besucht. Eine Visite wird der Filiale der Verlagsbuchhandlung Friedrich Pustet abgestattet.
Im American Museum of Natural History wird May von dem Direktor Ralph Winfred Tower über die Exponate unterrichtet und erhält zum Abschied einige Fachwerke über Indianistik, die sich dann später in seiner Bibliothek wiederfinden werden. Unter Vermittlung des Museumsdirektors macht das Ehepaar May die Bekanntschaft des Indianistik-Händlers Willis C. Witte, der schon einige amerikanischen Museen mit indianischen Stücken versorgt hatte, und erwirbt selbst einige Exponate.
19. September: New York. Besuch eines Gottesdienstes im »herrlichen weißen Marmortempel der Christian Scientists … Weiße Nelken waren die Blumen des Tages, und überall sah man diese Blumen in auserlesenen schönen Exemplaren. Den Altar schmückten sie, die Sängerin und den Vorleser. Alle

Mitglieder trugen sie ... Eine Glaskuppel überwölbt den Raum. Sie stellt eine riesige, leuchtende Sonne dar, in deren Mitte das eine Wort »Love« glüht. Die Beleuchtung der Sonnenstrahlen ist künstlich ...« (Reisenotizen Klara May).
20. September: Nach 9.00 Uhr geht es mit dem Dampfer ›New York‹ den Hudson-River aufwärts nach Albany. Angelegt wird in Yonkers, West Point, Newburgh, Poughkeepsie, Kingston Point, Catskill und Hudson. Gegen 18.00 Uhr ist Albany erreicht. Abgestiegen wird im Hotel New Kennmore der Oaks Hotel Gruppe.
Der Abend wird dort mit Bekannten verbracht.
22. September: Albany. Mit der Kutsche wird ein Abstecher zum ehemaligen Wohnort von Longfellow nach Pittsfield unternommen. Weiter geht es zum Mount Lebanon. In einer Siedlung der Shaker-Sekte wird Station bei Otto und Rosalia Thümmel gemacht, Bekannte aus der Heimat.
23. September: Mit der Bahn geht es von Albany an den Lake Erie nach *Buffalo, um auf dem dortigen Forest Lawn Cemetary (Friedhof) das Grab und die Statue des berühmten Häuptlings Sa-go-ye-wat-ha zu besuchen und ihm einige Blumen mitzubringen. Ich habe eine ganz besondere Zuneigung und Hochachtung grad für diesen großen Mann, den man noch heutigentags als den »strong and peerless orator« (Gewaltigen und unvergleichlichen Redner) aller Seneca-Indianer bezeichnet. Dieser »Gottesacker« ist schön, fast einzig schön ... Es war ein schöner, klarer, sonnenwarmer Tag. Als wir die Blumen an dem Häuptlingssteine niedergelegt hatten, setzten wir uns auf die unterste Kante des Postamentes, auf welchem sein Standbild bis hoch in die Wipfel der umstehenden Bäume ragt.* (May in *Winnetou* 4.Bd., 57f.)
Übernachtet wird im 14stöckigen Statlers Hotel.
24. September: Mit der Bahn oder dem Dampfer geht es weiter nach Niagara Falls auf die kanadische Seite der Niagara-Wasserfälle. Unterkunft wird im Clifton Hotel genommen.
25. September: Niagara Falls. *Und nun waren wir bei den Niagarafällen. Wir wohnten im Clifton-House, unweit der kanadischen Mündung der Hängebrücke. Man hat von diesem Hotel aus einen geradezu unvergleichlichen Blick auf das grandiose Schauspiel der stürzenden Wassermassen. Die besten Zimmer liegen in der ersten Etage und sind den Fällen zugewendet. Sie münden alle auf eine lange, vielleicht acht Schritte*

breite Plattform, die ein gemeinschaftliches Säulendach überragt. Wer vom Korridor aus seinen Raum betritt, ihn quer durchschreitet und sich durch die gegenüberliegende Tür hinaus auf die Plattform begibt, der hat beide Fälle, den geraden und den hufeisenförmigen, genau in eindrucksfähigster Perspektive vor seinen Augen. (May in *Winnetou* 4.Bd., 45)
In den folgenden Tagen werden Ausflüge zu der Reservation der Tuscarora-Indianer, nach dem Lake Seneca und eine Tagestour mit dem Dampfer nach Toronto unternommen. Die Sehenswürdigkeiten der Niagara-Wasserfälle werden entsprechend den Vorschlägen des ›Baedekers‹ besucht.
Klara May begibt sich mehrmals über die Grenze in die USA und ersteht Indianistikartikel.
28. September: Niagara Falls. Kartengrüße gehen u.a. an Hedwig Thomsen, Arthur Stengele und Adele Einsle.
29. September: Niagara Falls. Kartengrüße gehen u.a. an Franz Joseph Völler.
1. Oktober: Niagara Falls. Kartengrüße gehen u.a. an Albin Spillner, Otto Hartmann und Claus Bergen.
4. Oktober: Niagara Falls. *Der mir so werthvolle Brief hat eine lange Irrfahrt hinter sich. Er folgte mir nach Amerika ... Heut schreibe ich die Antwort im Clifton Hôtel ... Sie wird nur kurz, weil ich morgen nach Toronto u.s.w. muß, von wo aus ich beabsichtige, über die »tausend Inseln« nach Montreal und von da nach Bosten zu gehen. Ich bin hier in Amerika, um Vorstudien zum wichtigen Band IV von »Winnetou« zu machen.* (an Wiltrud von Bayern)
Abends um 19.25 Uhr beginnt die Bahnfahrt mit dem Pullman-Schlafwagen nach Lawrence in den USA.
5. Oktober: Ankunft um 10.00 Uhr auf dem Bostoner Bahnhof. Möglicherweise besucht das Ehepaar May das Ehepaar Stasny, Bekannte der Atlantiküberquerung, sowie die May-Leser Carl und Flora Drescher.
Weiterfahrt nach Lawrence. Das Ehepaar May ist Gast im Haus des Arztes Ferdinand Pfefferkorn, eines ehemaligen Schulfreundes Mays aus Hohenstein-Ernstthal, der May im Jahre 1895 besucht hatte.
Gemeinsam werden während der nächsten Wochen mit dem Auto des Gastgebers zahlreiche Ausflüge unternommen, so nach dem Canobie Lake, Indian Ridge mit seinen Feuerstellen und Höhlen der Indianer, zum Nugget-Berg der Indianer, dem Den Rock, und an die Salisbury Bucht sowie zur Devils

Pulpit. Bei einer weiteren Fahrt zur Devils Pulpit ist es um die feierliche und herrliche Wildnis der umgebenden Wälder geschehen. »Wälder und Dorfgruben brennen meilenweit, die Luft ist dick von Rauch. Sonne nicht zu sehen.« (Reisenotizen Klara May)

9. Oktober: Lawrence. Bei einem musikalischen Empfangsabend der starken deutschen Landsmannschaft gibt Karl May dem Redakteur der örtlichen deutschen Zeitung ein Interview.

10. Oktober: Lawrence. »Endlich ist der sehnlichst erwartete Gast hier in unserer Mitte. Der Mann, dessen Namen nicht nur in Deutschland mit Verehrung ausgesprochen wird, sondern in der ganzen zivilisirten Welt und das ist Herr Dr. Karl May … Obgleich er hier zur Erhohlung weilt, so konnte er doch nicht umhin, den Bitten des gesamten Deutschthums nachzugeben und versprach, am Sonntag in acht Tagen einen Vortrag … zu geben.« (›Der Deutsche Herold‹)

16. Oktober: Lawrence. Karl May telegraphiert in der Rechtssache vs. Rudolf Lebius und Friedrich Wilhelm Kahl an die Rechtsanwalts-Sozietät Bahn & Bertram in Berlin.

18. Oktober: Lawrence. Auf Initiative des Gastgebers Pfefferkorn hält Karl May in der Turnhalle zu Lawrence den angekündigten Vortrag: *Drei Menschheitsfragen: Wer sind wir? Woher kommen wir? Wohin gehen wir?* Die Halle ist restlos gefüllt. »Dem Vortrag ging das Massenchorlied der deutschen Gesangvereine unter Leitung des Herrn Emil Wilde voraus ›Das ist der Tag des Herrn‹, auch sang der Chor ein Lied während der Pause zwischen den zwei Theilen des Vortrages. Herr Councilman Hermann Grunwald fungirte als Vorsitzender und stellte Redner in passenden Worten vor.« (Bericht des ›Deutschen Herold‹, 19.10.1908) Im Namen des Deutschtums erhält May im Anschluß an den Vortrag vom Vorsitzenden Grunwald eine goldene Turnernadel überreicht.

22. Oktober: Tagesausflug nach Andover, Massachusetts, mit Ziel Phillips Inn, dem Wohnhaus von Harriet Beecher-Stowe. Abschließend wird das Grab der Schriftstellerin aufgesucht. An das schlichte Holzkreuz gelehnt, verweilt May annähernd eine Stunde am Grabe.

24. Oktober: Lawrence. Mit der Bahn über Boston geht es zurück nach New York. Abends angekommen begeben sie sich nach Hoboken in Meyers Hotel.

27. Oktober: Abreise aus den USA mit dem Doppelschrau-

ben-Schnellpostdampfer ›Kronprinzessin Cecilie‹, Kabine Nr. 258, des ›Norddeutschen Lloyd‹ von New York nach Plymouth.
2. November: Ankunft in Plymouth. Ein geplanter Abstecher nach London wird vorerst verworfen.
3. November: Weiterfahrt mit der ›Kronprinzessin Cecilie‹. Ankunft in Bremerhaven.
4. November: Ankunft in Radebeul. *Ich wollte ursprünglich von New-York nach London und habe Verschiedenes dorthin vorausgesandt, darunter auch meine Arbeitsnotizen über den »Mir«. Schließlich bin ich doch direct nach Hause, und nun liegen diese Notizen in London, bis ich sie mir persönlich hole.* (an Otto Denk, undatiert)
10. November: Radebeul. *Bin wieder heim. Mit großen Erfolgen und reichen Schätzen beladen. Winnetou IV wird vorzüglich. Dann folgen 6 – 10 Bände, von Winnetou hinterlassen und von ihm selbst erzählt. Sein eigentliches Testament!* (an Felix Krais)
28. November: Abfahrt mit der Bahn über Köln nach Vlissingen an der Wester Schelde.
29. November: Ankunft in Vlissingen und Abfahrt mit dem Dampfer nach Queensborough an der Themse. Von dort geht es mit der Bahn weiter nach London. Unterkunft wird in der Pension von Mrs. N. Watts bezogen, westlich vom Regents Park.
1. Dezember: London. Scharenweise werden Kartengrüße mit *Herzlichem Gruß aus Old England* bzw. *aus London* an Bekannte und Freunde versandt. »Gegen Weihnachten hoffen wir, daheim zu sein ... Wir befinden uns auf der Heimreise.« (Klara May an Adele Einsle)
2. Dezember: London. Besuch des Britischen Museums. May nutzt den Lesesaal zu Studien.
3. Dezember: Ausflug nach Manchester.
4. Dezember: London. Kaufbummel durch mehrere Geschäfte.
5. Dezember: Abreise aus London. Mit der Bahn geht es nach Queensborough, von dort mit dem Dampfer nach Vlissingen und weiter mit der Bahn nach Radebeul.
Der Kaplan der Dresdener Kreuzkirche, Paul Rentschka, der zuvor schon gegen Karl May und dessen Werk *Und Friede auf Erden* von der Kanzel gepredigt hatte, veröffentlicht den Artikel ›Karl Mays Selbstenthüllung‹ in der Berliner ›Germania‹. Die folgenden Teile erscheinen am 6. u. 8. Dezember.

6. od. 7. Dezember: Ankunft in Radebeul.
9. Dezember: Radebeul. *Man sagt mir, daß von Ihnen ein Artikel über mich erscheine. Darf ich ihn kennen lernen?* (an Paul Rentschka)
11. Dezember: Radebeul. *Merken Sie nun, wie sich nach und nach meine literarische Aufgabe entwickelt und wie planvoll logisch ich gleich von allem Anfange her geschrieben und gehandelt habe? ... Es gehört ein energischer, thätiger, elastischer und zahlungsfähiger Verleger dazu, für den nur meine Intentionen maßgebend sind, nicht aber die von andern Leuten. ... Die bisherigen Bände sind nur Vorübungen gewesen. Ich habe mich selbst und auch mein Publikum geprüft.* (an Friedrich Ernst Fehsenfeld)
17. Dezember: Dresden. Karl May läßt sich in der Privatklinik von Hofrat Friedrich Haenel an der Brust operieren. Wahrscheinlich handelt es sich um einen durch Stoß verursachten Abszeß. Die Operation verläuft ohne Komplikationen.
22. Dezember: Radebeul. Endgültiger Bruch mit dem befreundeten Rechtsanwalt Rudolf Bernstein. Schon seit März gab es Differenzen wegen zu hoher Honorarabrechnungen. Erst einmal übernimmt Rechtsanwalt Netcke als Rechtsbeistand die Geschäfte Karl Mays.
Zw. 25. u. 30. Dezember: Dresden. Karl May besucht den Hofkaplan Paul Rentschka in Dresden.
26. Dezember: Prag. Ein Kartengruß geht an Adele Einsle.
31. Dezember: Radebeul. *In New-York besuchte ich auch Ihren Laden, um mir dort Einiges zu kaufen. Leider habe ich mir außer diesen guten Dingen auch etwas recht Schlimmes mitgebracht. Ich zog mir da drüben eine Verletzung zu, die ich nicht beachtete. Sie wuchs sich aber infolge der ungewöhnlichen Reiseanstrengungen so schnell und gefährlich aus, daß ich, um mein Leben zu retten, mich hier in Dresden kurz vor Weihnachten operiren lassen mußte. Man schnitt mir ein großes Stück Fleisch aus der Brust. Nun sitze ich hier, in Bandagen bis an den Hals gewickelt ... In London sind mir alle meine Aufzeichnungen und Notizen über den »Mir« abhanden gekommen.* (an Karl Pustet)

1909

Undatiert: Karl und Klara May besuchen den ehemaligen Hohensteiner Barbier Gustav Sauer in Limbach.
Bei einem Aufenthalt in Weimar begibt sich Karl May unangemeldet zur Wohnung von O. G. Ernst, einem treuen Leser, findet aber nur dessen Eltern vor.
8. Januar: Radebeul. Das gegen Karl May angestrengte Verfahren von 1907 wegen Meineides wird von Staatsanwalt Seyfert aus Mangel an Beweisen eingestellt.
17. Januar: Der erste gegen May gerichtete Artikel von Rudolf Lebius erscheint in ›Der Bund‹.
30. Januar: Dresden. Opernbesuch; gespielt wird ›Donna Diana‹ von Emil Nikolaus von Reznicek.
4. – 5. April: Radebeul. Besuch von Dr. Lorenz Krapp in der Villa ›Shatterhand‹.
16. April: Radebeul. May reicht Privatklage gegen Emma Pollmer u.a. wegen verleumderischer Beleidigung ein.
19. Mai: Berlin. Der Gerichtstermin May vs. Lebius vor dem Schöffengericht in Schöneberg endet in einem Vergleich: »die Parteien versprechen auch, in Zukunft Frieden zu halten …«
2. Juni: Radebeul. *Also einen Vortrag! Ich habe »ja« gesagt, für Dezember, obgleich ich nie wieder öffentlich sprechen wollte. Hauptbedingung: Alles still und ruhig!* (an Hans Rost)
Sommer: Unter Leitung des Schaustellers Bruno Völker gelangt John Ojijatekha Brant-Sero mit der Deer-Gruppe für sechs Wochen nach Dresden. Er schreibt dem »famous author« Karl May eine Karte und lädt ihn zu einer Besichtigung der Indianergruppe ein. May sagt aus Krankheitsgründen ab.
8. Juli: Dresden. Der Staatsanwalt Erich Wulffen entscheidet, das Verfahren wegen »betrügerischer Handlungen zur Ermöglichung der Ehescheidung« nicht wieder aufzunehmen.
31. Juli: Die Reiseerzählung *Merhameh* erscheint in einem Jahreskalender.
2. – 3. September: Radebeul. Das Ehepaar Einsle mit Sohn Willy sind zu Besuch in der Villa ›Shatterhand‹. Ein Ausflug in die Sächsische Schweiz erfolgt am letzten Besuchstag.
9. September: Die Freundin von Mays geschiedener Ehefrau Emma, Louise Achilles, gibt eine eidesstattliche Erklärung, daß May Anfang der 1890er Jahren für ein Kind den Unterhalt zahlen mußte.

12. September: Radebeul. *Leider konnte ich soeben erst beginnen, Winnetou IV zu schreiben.* (an Felix Krais)
22. September: Dresden. Opernbesuch; gespielt wird ›Oberon‹ von Carl Maria von Weber.
26. September: Berlin. Karl May besucht die internationale Flugwoche mit Fliegern wie Blériot, de Caters oder dem Franzosen Hubert Latham. »Im Auto nach Johannisthal zur Fliegerbahn. Mit Lathan [sic!] und den anderen Fliegern gesprochen. Ihre Maschinen angesehen.« (Tagebuch Klara May)
Oktober: *Ich war gelebt worden und hatte dies mit schwerem, bitterem, viele Jahre langem Weh bezahlen müssen.* (May in *Ardistan und Dschinnistan* 1.Bd., 435)
Es ist nicht jedem Menschen gegeben, zu gleicher Zeit die Tiefe und die Höhe zu erfassen, ohne den eigenen Halt zu verlieren. (May alias Abd el Fadl in *Ardistan und Dschinnistan* 1.Bd., 539)
Der gewöhnliche Sterbliche, der den zwölften Teil eines Dutzends oder den sechzigsten Teil eines Schockes gilt, mag sich gestatten dürfen, das, was er sagt und spricht, für unwichtig zu halten; wer es aber wagt, sich auf weithin sichtbare und weithin wirksame Punkte zu stellen, der muß sich vor allen Dingen sagen, daß ein jedes Wort, welches er spricht, in der Verantwortung vor Gott tausend Zentner wiegt. (May in *Ardistan und Dschinnistan* 2.Bd., 575)
20. Oktober: Radebeul. *Ich war krank; daher die Pause, die ich zu entschuldigen bitte!* (an Felix Krais)
22. November: Rudolf Lebius schreibt der Kammersängerin Selma vom Scheidt, daß er Karl May »für einen geborenen Verbrecher« hält.
7. Dezember: Augsburg. Hotel Kaiserhof.
8. Dezember: Augsburg. Im Schießgrabensaal hält Karl May den Vortrag *Sitara, das Land der Menschheitsseele.* Liebe Freunde reisen an und besuchen den Vortrag, wie die Familien Einsle, Heide und Fehsenfeld. »Die glühende Sehnsucht tausender von Lesern und Leserinnen, denjenigen einmal von Angesicht zu Angesicht schauen zu dürfen, der ihnen durch seine gierig gelesenen Schriften so manche Stunde verschönt, der ihre jugendliche Phantasie so reich und seltsam befruchtet hat … diese Sehnsucht, sie wurde … gestillt. Alle Gesellschaftskreise scharten sich um den heißumstrittenen Mann. Das hohe Alter, das den Entwicklungsgang Karl Mays in seinen Schriften miterleben durfte, es war fast ebenso zahlreich

vertreten wie die reifere Jugend ... Er gewährte uns Einsicht in jede Falte seines großen Fühlens und Denkens, er predigte uns seine Ideale, für die er sein ganzes Sinnen und Trachten geopfert hat und für die er focht, furchtlos und treu, sein Leben lang ... Mit einem Veilchenstrauß in der Hand betrat der ungestüm Erwartete das Podium, mit tosendem Beifall begrüßt, der kein Ende nehmen wollte, empfangen. Nach herzlichen Dankesworten und einer wunderbar sinnigen Definition des Märchens ... trug Redner sein orientalisches Märchen ›Sitara, das Land der Menschheitsseele‹ vor, an das er geistreiche, in glitzerndes, poetisches Gewand gehüllte Nutzanwendungen knüpfte.« (›Augsburger Postzeitung‹, 10.12.1909)
9. Dezember: Augsburg. Auf Einladung besucht Karl May die Erziehungsanstalt der Englischen Fräulein. Ähnlich wie am Vortage wird er enthusiastisch begrüßt und hält einen Vortrag. Abreise nach München.
10. Dezember: München. Hotel Leinfelder. Empfang am Bayerischen Königshof.
17. Dezember: Radebeul. May reicht eine Privatklage gegen Rudolf Lebius ein wegen des beleidigenden Passus in dem Brief an Selma vom Scheidt vom 22. November, er sei ein »geborener« Verbrecher.
19. Dezember: Mit ›Hinter den Kulissen‹, einem gegen Karl May gerichteten Artikel, erscheinen die bisher schlimmsten Verleumdungen Lebius' in der Zeitschrift ›Der Bund‹.

1910

1. Januar: Radebeul. Karl May stellt Strafantrag gegen Lebius wegen Verleumdung im letzten Bund-Artikel.
10. Januar: Dresden. Karl May trifft Lebius' Informanten Hieronymus Richard Krügel, Marie Anna Krügel und Auguste Emma Dörrer in Rechtsanwalt Netckes Kanzlei.
25. Januar: In der von Pater Expeditus Schmidt herausgegebenen Zeitschrift ›Über den Wassern‹ erscheint unter dem Titel ›Ein Abenteurer und sein Werk‹ der erste Teil eines Artikels Pater Ansgar Pöllmanns (Fortsetzungen am 10.2., 25.2., 10.3, 10.4., 25.4, 10.5.). Pöllmann beschäftigt sich in z.T. scharfen Angriffen mit dem literarischem Schaffen und der Person Karl Mays. Nach seinen Angaben wollte Pöllmann Karl May einen Strick drehen, »um diesen Händler aus dem Tempel der

deutschen Kunst hinauszupeitschen.« (›Freie Stimme‹, 6.2.1910)

28. Februar: Radebeul. *Die gerichtlichen Strafanträge und Schriftsätze wegen der jetzigen, unmenschlichen May-Hetze absorbirten meine ganze Kraft und Zeit.* (an Felix Krais)

30. März: Dresden. Theaterbesuch; gespielt wird ›Hanneles Himmelfahrt‹ von Gerhart Hauptmann.

9. April: Unter dem Titel ›Auch »über den Wassern«‹ erscheint in der Wiener ›Freistatt‹ Mays erste Erwiderung auf die Artikelserie Ansgar Pöllmanns (Fortsetzungen am 30.4., 14.5., 28.5., 4.6., 11.6.). May zeigt sich als gekonnter Polemiker von literarischem Rang und gibt, neben punktuellen Gegendarstellungen, autobiographische Einsichten in sein Leben, noch bevor die Selbstbiographie *Mein Leben und Streben* veröffentlicht wird.

10. April: Radebeul. May verfaßt den Schriftsatz *An das Königl. Schöffengericht Charlottenburg* als Entgegnung auf die unwahren Behauptungen Rudolf Lebius'.

11. April: Berlin. May bereitet sich auf den Beleidigungsprozeß gegen Lebius vor.

12. April: Berlin. Prozeß gegen Rudolf Lebius vor dem Schöffengericht in Berlin-Charlottenburg. May erscheint ohne Rechtsbeistand; Lebius wird vom Vorwurf der Beleidigung freigesprochen. »†††« (Tagebuch Klara May)

14. April: Weimar. May zieht die Privatklage wegen Unterstützung seines Prozeßgegners Lebius gegen seine ehemalige Frau Emma Pollmer zurück.

Egon Erwin Kisch ergreift in der Prager ›Bohemia‹ Partei für Karl May.

25. April: Düsseldorf. Hotel Breitenbacher Hof. May trifft Hermann Waldemar Otto, einen Schulkameraden aus Hohenstein-Ernstthal.

26. April: Weiterreise über Essen nach Köln, wo eine Zeugenvernehmung stattfindet.

27. April: Bonn.

6. Mai: Radebeul. *Ich hoffe, bis Montag, den 9ten d.M. von meinem Unwohlsein so weit hergestellt zu sein, daß ich Sie empfangen und Ihnen Auskunft geben kann.* (an Egon Erwin Kisch)

9. od. 10. Mai: Radebeul. Besuch des Journalisten Egon Erwin Kisch in der Villa ›Shatterhand‹.

Was klingen doch von allen, allen Seiten
Für liebesarme Stimmen auf mich ein!
Daß ich ein Mensch bin, kann ich nicht bestreiten,
Doch man befiehlt, ich soll ein Engel sein.
Wer seid denn Ihr, die über mich ihr richtet,
Obwohl von Euch kein Einziger mich kennt?
Wer hat mir Eure Fehler angedichtet,
Indem er sie so kühn die meinen nennt?
Ich frage nicht, um Euch hier anzuklagen,
Denn was Euch fehlt, die Nachsicht, macht mich still.
Ich habe nur das Einzige zu sagen,
Daß ich um Folgendes Euch bitten will:
Verzeiht mir, daß ich bin und daß ich lebe,
Genau so schwach, so fehlerhaft wie Ihr!
Indem ich meine Fehler Euch vergebe,
Verzeih ich als die Eurigen sie mir!

12. Mai: Radebeul. *Ich habe nie geleugnet, daß ich vor fast 50 Jahren mit den Strafgesetzen in Conflict gekommen bin. Das was ich that, würde jetzt vor den Arzt, nicht aber vor den Richter gehören. Meine Gegner wühlen das auf und fügen raffinirt Erlogenes hinzu. Es sind fünf Strafanträge gestellt, aus denen die Wahrheit hervorgehen wird.* (an Peter Rosegger)
Mitte Mai: Dresden. Karl May reicht eine Privatbeleidigungsklage gegen Pater Expeditus Schmidt vor dem Amtsgericht ein. Schmidt, Herausgeber der Radolfzeller Zeitschrift ›Über den Wassern‹, hatte in einem Artikel behauptet, daß May »zu gleicher Zeit unsaubere Kolportage-Romane und frömmelnde Muttergottesgeschichten« verfaßt hat. (›Augsburger Postzeitung‹, 7.5.1910)
Das Amtsgericht Dresden verweist die Klage wenig später an das Amtsgericht Kötzschenbroda.
21. Mai: Radebeul. May stellt Strafantrag und eine Privatklage gegen den Redakteur Emil Horn, wegen zwei Artikel des ›Hohenstein-Ernstthaler Anzeigers‹. Horn hatte ungeprüft die unwahren Behauptungen Rudolf Lebius im Gefolge des Prozesses vom 12. April abgedruckt.

Es fällt kein Haar von Deinem Haupt,
Das nicht Dein Herr und Gott gezählt.
Was Dir das Leben stiehlt und raubt,
Wiß, daß es Dir dereinst nicht fehlt.

Dein Engel trägts im Buche ein,
Das droben aufgeschlagen liegt,
Und es wird unverloren sein,
Ob leicht es hier, ob schwer es wiegt.
(an Georg Keil)

Juni: *Es war in der Frühe eines schönen, warmen, hoffnungsreichen Frühlingstages. Ein lieber, lieber Sonnenstrahl schaute mir zum Fenster herein und sagte »Grüß dich Gott!« Da kam das »Herzle« aus ihrem Erdgeschoß herauf und brachte mir die erste Morgenpost, die soeben vom Briefträger abgegeben worden war. Sie setzte sich mir gegenüber, wie alltäglich mehrere Male, so oft die Briefe kommen, und öffnete zunächst die Kuverts, um mir dann den Inhalt vorzulesen.* (May in *Winnetou* 4.Bd., 1)
13. Juni: Die Buchausgabe von *Winnetou* 4.Bd. wird als erschienene Neuigkeit angekündigt.
27. od. 28. Juni: Im ›Dresdner Anzeiger‹ erscheint ›Eines Indianers Protest gegen die blutrünstige Indianerliteratur‹. Rudolf Lebius hatte den Mohawk-Indianer John Ojijatekha Brant-Sero auf einem Rummelplatz in Dresden entdeckt, und ihn dazu bewegen können, seinen Namen gegen Bezahlung unter den Artikel setzen zu lassen. Hierbei wurde speziell das neu erschienene Werk Mays *Winnetou* Bd. IV angegriffen. Noch Ende des Monats erschien Mays Flugblatt *Herr Rudolf Lebius, sein Syphilisblatt und sein Indianer*, in dem er auf die Unwahrheiten Brant-Seros und seines Anstifters hinwies. So konnte der Indianer kaum Deutsch verstehen, geschweige denn lesen.
11. Juli: May stellt Strafantrag gegen Alban Frisch, Verleger des ›Hohenstein-Ernstthaler Anzeigers‹, und gegen Wilhelm Lippacher, Verleger des ›Hohenstein-Ernstthaler Tageblattes‹ wegen Verbreitung von Falschmeldung seine Person betreffend.
Mitte – Ende Juli: Radebeul. Lu Fritsch und Adolf Droop sind zu Gast in der Villa ›Shatterhand‹.
25. Juli: Radebeul. Marie Hannes besucht Karl May und lernt Marie Luise Fritsch und Adolf Droop kennen.
26. Juli: Radebeul. Marie Hannes und Lu Fritsch schließen ›Blutsbrüderschaft‹.
Ende Juli: Auf Veranlassung Klara Mays quartiert sich Marie Hannes in die Dresdner Pension ein, in der Ojijatekha Brant-

Sero abgestiegen ist. Sie soll etwas über diesen Manege-Indianer herausfinden, der sich öffentlich gegen Karl Mays Werk geäußert hatte.
4. August: Radebeul. *Ich komme Montag. Bitte, sucht heimlich zu erfahren, ob Lebius jetzt wieder bei Krügel war oder aber ob Krügel in Berlin bei Lebius gewesen ist.* (an Christiane Wilhelmine Schöne)
7. August: Radebeul. *Die entsetzlichen Prozesse, zu denen die Rückständigkeit der Einen und die Niedertracht der Andern mich zwingt, muß und werde ich gewinnen; davon ist Dr. Puppe ebenso überzeugt wie ich selbst. Aber den schon seit Jahren fast täglich auf mich niederfallenden Faustschlägen jener verrotteten Presse, die entweder nur in Sensationen macht oder nur blindem, confessionellem Zelotismus handelt, kann ich nichts entgegenhalten, als nur den geduldigen Rücken. Doch ist man auch nur Mensch! Wie lange hält man das aus! Ja, wäre ich ein, wenn auch nur ganz kleiner – – Maximilian Harden! Da wäre ich bald erlöst von aller dieser Qual! Aber der bin ich eben nicht! Und da kommt der Brief meines Rechtsanwaltes, um mir zu sagen, daß Sie, der Starke, gewillt sind, sich des armen gequälten Menschleins anzunehmen. Können Sie sich denken, wie mich das freut? Und wie dankbar ich Ihnen bin? Ich habe in dieser Woche einen sehr wichtigen Prozeßtermin, der es mir verbietet nach Berlin zu reisen.* (an Maximilian Harden)
8. August: Dresden. Karl May reicht gegen Pater Ansgar Pöllman eine Privatklage wegen Beleidigung beim Amtsgericht ein.
9. August: Hohenstein-Ernstthal. Vor dem Schöffengericht in Hohenstein-Ernstthal findet der Prozeß gegen Hieronymus Richard Krügel, den Informanten des Lebius, statt. Der Informant nimmt seine falschen Behauptungen gegen Karl May zurück. Es kommt zum Vergleich.
17. August: Hohenstein-Ernstthal. Karl May trifft sich mit Hieronymus Richard Krügel in der Kanzlei des Notars Dierks.
19. August: Radebeul. *Zu meiner Freude theilt mir mein Rechtsanwalt Dr. Puppe mit, daß die Verweigerung der Annahme meines Packetes auf einem Irrthum beruht. Er wünscht, daß ich es Ihnen nochmals sende. Ich thue das.* (an Maximilian Harden)
Bis 20. August: Radebeul. Der Jurist und spätere Karl-May-Verleger Dr. E. A. Schmid ist für ca. zwei Wochen zu Gast. Am

20. August ist ebenfalls der junge Rechtsanwalt Wilhelm Otto Ernst Arthur Carstanjen, der ehemalige Prozeßbevollmächtigte Hieronymus Richard Krügels, zu Besuch.

25. August: Berlin. Wahrscheinlich erfolgt ein Besuch bei dem Publizisten Maximilian Harden.

27. August: Radebeul. Marie Hannes ist Gast des Ehepaares May. Gemeinsam wird das Winzerfest im Bilz-Sanatorium besucht.

23. September: Dresden. »Wir stecken so in Aufregungen, d. wir nicht einen Tag freie Zeit haben und dazu geht es dem armen Onkel sehr schlecht. ... Onkel muß nach Gastein sobald als nur möglich, es geht nicht mehr.« (Klara May an Willy Einsle)

24. September: Rudolf Lebius stellt einen Strafantrag wegen Beleidigung gegen May vor dem Amtsgericht Hohenstein-Ernstthal.

25. September: Dresden. Die Klage vom 8. August gegen Pater Pöllmann wegen Beleidigung wird wegen Unzuständigkeit vom Amtsgericht Dresden zurückgewiesen.

26. September: Kötzschenbroda. Hauptverhandlung gegen Pater Expeditus Schmidt vor dem Amtsgericht. Wie am Tag zuvor in Dresden, wird die Klage vom örtlichen Amtsgericht wegen Unzuständigkeit abgewiesen, da die ›Augsburger Postzeitung‹ nachweislich nicht im Gerichtsbezirk verbreitet ist. Noch am selben Tag fährt das Ehepaar May nach Bonn.

27. September: Bonn.

28. September: Bonn. In der Berufungsverhandlung zum Charlottenburger Urteilsspruch May vs. Lebius findet vor dem Bonner Amtsgericht eine Zeugenvernehmung statt. Anwesend sind Karl May und Frau, Rudolf Lebius, Mays Rechtsanwalt Dr. Puppe und Hermann Cardauns. »Nach dem Schluß der fast zweistündigen teilweise sehr stürmischen Verhandlung hat Herr May sich noch das Wort zu einer persöhnlichen Erklärung erbeten ...« (Hermann Cardauns, ›Aus dem Leben eines deutschen Redakteurs‹, 1912)

29. September: Abreise aus Bonn 8.30 Uhr Richtung Mainz auf dem Dampfer ›Ernst Ludwig‹. Ankunft in Mainz gegen 20.00 Uhr.

Oktober: *Seit einem Jahre ist mir der natürliche Schlaf versagt. Will ich einmal einige Stunden ruhen, so muß ich zu künstlichen Mitteln, zu Schlafpulvern greifen, die nur betäuben, nicht*

aber unschädlich wirken. Auch essen kann ich nicht. Täglich nur einige Bissen, zu denen meine arme, gute Frau mich zwingt. Dafür aber Schmerzen, unaufhörliche, fürchterliche Nervenschmerzen, die des Nachts mich emporzerren und am Tage mir die Feder hundertmal aus der Hand reißen! (May in *Mein Leben und Streben*, 299f.)
3. Oktober: Kötzschenbroda. May reicht gegen Pater Ansgar Pöllman erneut eine Privatklage wegen Beleidigung ein, diesmal beim hiesigen Amtsgericht.
13. u. 14. Oktober: Radebeul. May beauftragt die Rechtsanwälte Siegfried Puppe, Berlin, und Hermann Haubold, Hohenstein-Ernsttal, mit der Verteidigung gegen Lebius' Strafantrag vom 24. September.
19. Oktober: Radebeul. ... *der schlechten Geschäftslage wegen* schließen Karl May und sein Verleger Friedrich Ernst Fehsenfeld einen neuen Vertrag, der bis zuletzt gilt. Danach erhält der Schriftsteller an Honorar statt der bisherigen 50 nunmehr 35 Pfennige je gedrucktem Band.
November: Rudolf Lebius' Schrift ›Die Zeugen Karl May und Klara May‹ erscheint.
11. November: Kötzschenbroda. Wie schon das Amtsgericht Dresden, so weist auch das Amtsgericht in Kötzschenbroda Mays Klage gegen Pater Pöllmann wegen örtlicher Unzuständigkeit zurück, da die Zeitschrift ›Über den Wassern‹ weder in Radebeul noch in Kötzschenbroda über die Post vertrieben wurde.
23. November: Bozen. In Sachen Beleidigungsklage May vs. Lebius wegen der Bezeichnung »geborener Verbrecher« findet in Bozen eine kommissarische Vernehmung einiger Zeugen statt, die nähere Angaben zu den Umständen der Ehescheidung mit Emma Pollmer liefern soll. Neben der Wirtin des Hotels Penegal Maria Schrott erscheinen auch deren Tochter Henriette Schrott, das Ehepaar May sowie Rudolf Lebius vor Gericht.
»Über ein Bild von gnädigem Fräulein würden wir uns herzlich freuen, ebenso über den Besuch Ihres Herrn Bruders. Wir hoffen Ende d. M. wieder daheim zu sein.« (Klara May an L. von Chavanne)
Ende November: Radebeul. »Gestern Abend kamen wir sehr kaput heim. Die Zeugenvernehmungen in Bozen waren noch glänzender für uns als wir erhofft hatten. Lebius kochte vor Wut und wird nun sicher auf neue Schandtaten sin-

nen. ... Morgen fahren wir zur Beratung nach Berlin.« (Klara May an Adele Einsle)
Die Autobiographie *Mein Leben und Streben* wird als erschienen angekündigt.
8. Dezember: May erhält den Beschluß, daß in der Klagesache Lebius vs. May die Hauptverhandlung für den 20. Dezember 10.30 Uhr vor dem Kgl. Schöffengericht Hohenstein-Ernstthal festgelegt wurde. An diesem Tag um 9.00 Uhr ist dort auch die Hauptverhandlung vs. Lippacher u. Frisch angesetzt.
13. Dezember: May fährt nach Hohenstein-Ernstthal und sucht den persönlichen Kontakt zu dem Verleger des ›Hohenstein-Ernstthaler Tageblattes‹ Alban Frisch.
Für die Hauptverhandlung im Prozeß vs. Lebius setzt May einen Schriftsatz auf, den sein Rechtsanwalt Haubold am nächsten Tag vor Gericht einreicht.
14. Dezember: Hohenstein-Ernstthal. May und Alban Frisch schließen einen außergerichtlichen Vergleich.
17. Dezember: Radebeul. May begibt sich wegen einer Erkältung in die Behandlung seines Hausarztes Dr. Mickel.
20. Dezember: Hohenstein-Ernstthal. Der erste Gerichtstermin um 9.00 Uhr vor dem Kgl. Schöffengericht vs. Lippacher u. Frisch wird auf Grund des außergerichtlichen Vergleiches eingestellt.
Die Hauptverhandlung vs. Lebius um 10.30 Uhr wird in Folge neuer Beweisanträge und Zeugenvernehmungen abgesetzt.
Ab 21. Dezember: Radebeul. Schon seit Mitte Dezember erkältet, erkrankt Karl May nach der Rückkehr aus seiner Heimatstadt an einer Lungenentzündung.

1911

10. Januar: »Da derselbe [Karl May] erst seit einigen Tagen fieberfrei ist, dabei aber noch so enorm schwach, daß ihn die Beine noch nicht tragen, zumal, da der Appetit noch sehr zu wünschen übrig läßt, und auch die katarrhalischen Erscheinungen noch nicht erloschen sind, so ist auch eine Verhandlung vor Gericht, zur Zeit und auch mindestens auf die nächsten 6 Wochen, völlig ausgeschlossen.« (ärztliches Attest, Dr. med. Mickel)
27. Januar: Radebeul. *Schon seit vor Weihnachten krank,*

dictiere ich diese Zeilen meiner Frau in die Feder. (an Maximilian Harden)
7. Februar: May erhält von den Amtsgerichten Kötzschenbroda und Döhlen die ersten Ladungen in Sachen Zeugenvernehmung in seinem vertagten Prozeß vs. Lebius vom 20. Dezember des Vorjahres.
8. u. 9. Februar: Radebeul. May bittet die Amtsgerichte, die angesetzten Vernehmungen zu vertagen, da er immer noch krank sei.
25. Februar: Radebeul. Marie Hannes ist Geburtstagsgast in der Villa ›Shatterhand‹.
4. März: Karl May fährt mit der Eisenbahn über Dresden nach Potschappel und von dort nach Saalhausen. Hier befragen zwei Beamte des Kgl. Amtsgerichtes Döhlen den kränklichen Max Dittrich.
10. März: Berlin-Pankow. Zeugenvernehmung E. Fichtners vor dem Kgl. Amtsgericht im Beisein Mays.
14. März: Berlin-Schöneberg. Zeugenvernehmung Friedrich Bechlys vor dem Kgl. Amtsgericht im Beisein Mays und Lebius'.
22. u. 23. März: Dresden. Zeugenvernehmungen u.a. von Louise Dittrich vor dem Kgl. Amtsgericht im Beisein Mays und Lebius'.
25. März: Kötzschenbroda. Zeugenvernehmungen u.a. von Klara May vor dem Kgl. Amtsgericht im Beisein Mays und Lebius'.
6. April: Berlin-Schöneberg. Zeugenvernehmungen u.a. John Ojijatheka Brant-Sero vor dem Kgl. Amtsgericht im Beisein Mays und Lebius'.
8. April: Gotha. Zeugenvernehmung J. Schneiders vor dem Kgl. Amtsgericht im Beisein Mays.
1. Mai: Berlin, Central-Hotel. »Ich hoffe, es wird sich Alles zum Guten wenden, wenn unser K. M. nur ein wenig gestärkt wird. Unser Hausarzt erhofft viel von einem Badeaufenthalt.« (Klara May an Adolf Schriefer)
6. od. 7. Mai: Klara May fährt für einen Tag alleine nach St. Joachimsthal um eine Wohnung zu mieten und um sich mit den dortigen Gegebenheiten vertraut zu machen.
7. Mai: Radebeul. Hausarzt Dr. Mickel attestiert Karl May infolge der Häufung der Prozeßtermine und der damit verbundenen Aufregungen ein »Nervenleiden« und verordnet ihm eine Kur im Radiumbad St. Joachimsthal.

8. Mai: Radebeul. *Von Neuem schwer krank, schreibe ich Ihnen heut nur sehr kurz. Ich habe meine Kräfte überschätzt, Lungenentzündung und physische Aufregung bei den Zeugenvernehmungen haben mich ganz kaput gemacht ... Ich muß ins Bad; ich reise schon Donnerstag.* (an Rechtsanwalt Haubold)

11. Mai: Radebeul. Abreise mit Dienstmädchen Frieda Kloß und den beiden Schoßhündchen Seelchen und Engelchen.

12. Mai: Joachimsthal. Der Arzt Dr. Gottlieb verordnet Karl und Klara Bäder. Ausflug nach Karlsbad.

13. Mai: Joachimsthal. Beginn der Kuranwendungen. Je genommenes Bad sind 4 Kronen zu bezahlen.
Ausflug nach Schloß Hauenstein.

15. Mai: Joachimsthal. Ausflug nach dem Fichtelberg und Wiesenthal.

16. Mai: Joachimsthal. Ausflug zum Keilberg und Spitzberg.

17. u. 18. Mai: Joachimsthal. Kleinere Spaziergänge in die nähere Umgebung werden unternommen.

19. Mai: Joachimsthal. Ausflug über Platten, Oberbahn nach Johann-Georgenstadt und zurück durchs Schwarzwassertal.

21. Mai: Joachimsthal. Ausflug nach Gießhübel-Sauerbrunn bei Karlsbad.

24. Mai: Joachimsthal. *Wir befinden uns hier, im stärksten Radiumbad der Welt, zu Kur. Die Reaktion der Bäder ist so stark, daß ich die Feder nicht halten und auch nicht schreiben kann ... Mein hiesiger Arzt, ein Kaiserlicher Rat und Bezirksarzt, wird mich vor Juni kaum freigeben, die Nachkur nicht gerechnet.* (May durch Klara an Rechtsanwalt Haubold)

25. Mai: Joachimsthal. Da die Wohnung zu unruhig ist – unmittelbar neben einer Bäckerei und einem Lohnfuhrunternehmen gelegen – zieht das Ehepaar May in eine andere Wohnung, Marktplatz 127, bei Marie und Michael Weinl.

3. – 16. Juni: Joachimsthal. Die Kur klingt aus mit Wanderungen, so z.B. zur hohen Pfarrwiese, Spaziergängen und einem weiteren Ausflug nach Schloß Hohenstein über Gottesgab.
Während des Kuraufenthaltes besucht das Ehepaar May die K. K. Berg und Hüttenverwaltung neben dem Rathaus. Bergrat Joseph Step hält einen Vortrag über das Radium.

12. Juni: Klara May fährt zusammen mit dem Hausmädchen Frida mit der Bahn nach Radebeul zurück, um frische Kleidung zu hohlen, da die Mays von Joachimsthal aus zu einer Nachkur nach Bozen reisen wollen.

14. Juni: Abschlußuntersuchung durch Dr. Gottlieb. Er überreicht Karl May ein Exemplar seines Buches ›Radiumbad St. Joachimsthal‹ mit einer Widmung.

17. Juni: Joachimsthal. Abreise nach Tirol zum Zwecke einer Nachkur.

18. Juni: Bozen. Fahrt mit der Pferdekutsche vom Bahnhof Bozen zum Mendelpaß. Ankunft auf der Mendel um 15.00 Uhr. Hotel Penegal. In den folgenden Tagen werden Ausflüge in die Umgebung unternommen. So geht es mit der elektrischen Bahn nach St. Domenico, nach Kaltern und Bozen, und der Penegal wird erwandert.

27. Juni: Mendel. »Es geht besser, doch noch nicht gut. Wir gedenken noch ca. 4 Wochen hier zu bleiben. Hast Du Lust uns zu besuchen, soll es uns freuen.« (Eheleute May an Willy Einsle)

1. Juli: Mendel. Das Ehepaar Gheri besucht für ein paar Tage die Mays im Hotel Penegal.

11. Juli: Abstecher über Fondo nach Madonna di Campiglio. Hotel Neumann.

12. Juli: Abstecher ins Sarkatal.

13. Juli: Rückkehr nach Fondo.

14. Juli: Rückkehr auf die Mendel über S. Romeno und S. Romedio.

20. Juli: Abreise von der Mendel über Kaltern mit Ziel Bozen.

21. Juli: Fahrt durch das Eggental über Welschnofen zum Karerpaß.

22. Juli: Reise entlang des Montigler Sees.

26. Juli: Lindau am Bodensee. Kartengruß an Euchar Albrecht Schmid.

14. September: Überlingen. »Wir sind heute Abend im ... Badhotel und würden uns sehr freuen, Sie dort, oder morgen Abend in Konstanz zu sehen.« (Klara May an Arthur Stengele)

15. September: Überlingen. Zeugenvernehmung Friedrich Wilhelm Kahls vor dem Gr. Amtsgericht im Beisein Mays.

17. September: Auf der Rückfahrt von Überlingen wird die Wartezeit auf den Anschlußzug in Stuttgart im Hotel Marquardt durch die Gesellschaft des Redakteurs Euchar Albrecht Schmid verkürzt.

18. September: Radebeul. Kartengruß an Euchar Albrecht Schmid.

1. November: Dresden. Zeugenvernehmung K. E. Weises vor dem Kgl. Amtsgericht im Beisein Mays.
14. u. 16. November: Weimar. Zeugenvernehmung vor dem Großherzogl. Sächs. Amtsgericht in Sachen Privatbeleidigungsklage Rudolf Lebius vs. Karl May. Vernommen werden u.a. Emma Pollmer, Marie Baer u. Friedrich Appunn.
18. Dezember: Berlin. Vor dem Gericht in Berlin-Moabit wird Mays Berufung gegen das Urteil in Charlottenburg vom 12.4.1910 verhandelt. Lebius wird diesmal wegen Beleidigung zu einer Geldstrafe von 100 Mark verurteilt.
22. Dezember: Dresden. Das Landgericht entscheidet endgültig im Münchmeyer-Prozeß zu Gunsten Karl Mays und verurteilt Pauline Münchmeyer zur Zahlung von 60 000 Mark. (Nach Berufung und Tod Karl Mays einigt sich Pauline Münchmeyer in einem Vergleich mit der Witwe auf Zahlung von 25 000 Mark.)

1912

1. Januar: Radebeul. *So ganz ungereist bin ich freilich nicht. Von meinen älteren Ausflügen ist alles ausgegeben. Nur von der letzten Amerika- und der letzten, fast zweijährigen Reise in Asien und Afrika besitze ich noch einige Aufnahmen, die ich Ihnen als Gruß auch Ihnen bekannter Orte beilege.* (an Hans-Erich Tzschirner-Bey)
18. Januar: Radebeul. *Soeben habe ich mit dem ersten Bande meiner eigentlichen Werke begonnen.* (an Friedrich Ernst Fehsenfeld)
Anfang März: Hohenstein-Ernstthal. Karl May ist zu Besuch bei der Schwester Christiane Wilhelmine Schöne. Deren Enkelin Ilse erhält vom Onkel zur Einschulung eine Zuckertüte.
15. März: Radebeul. *Ich werde schon vom 20ten an im Hotel Kranz, Kärtnerstraße, wohnen.* (an Unbekannt)
20. März: Wien. Hotel Kranz. May gewährt dem ›Neuen Wiener Tageblatt‹ ein Interview. Bertha von Suttner besucht den Schriftsteller im Hotel.
22. März: Wien. Vor rund 2 000 Zuhörern im vollen Sophiensaal hält May ab 19.30 Uhr auf Einladung des Akademischen Vereins den Vortrag *Empor ins Reich der Edelmenschen!* Am Kopfende des Saales ist eine erhöhte Estrade angebracht, auf der ein mit rotem Tuch ausgeschlagener Lesetisch ruht. Zu

beiden Seiten des Tisches stehen Palmen. »Er wird jubelnd begrüßt, und da er sich linkisch, unbeholfen, sichtlich überrascht bedankt, wird der Beifall zehnfach stärker. Die Jungen erhoben sich von den Sitzen und grüßten den Mann, der ihnen den Winnetou schenkte ... Nach zweieinhalb Stunden schloß Karl May, bejubelt und umringt von seinen Jüngern«. (›Kleine Österreichische Volkszeitung‹, 23.3.1912)

23. März: Wien. In zahlreichen Wiener und Österreichischen Zeitungen erscheinen Berichte über den Vortrag vom Vortage. May und Frau suchen den von ihnen mit der Vertretung ihrer Interessen im Beleidigungsprozeß May vs. Dr. Hock beauftragten Rechtsanwalt Dr. Lederer in dessen Kanzlei auf. (Drei Monate später, nach Mays Tod, wurde der Prozeß mit einem Vergleich beendet.)

30. März: Radebeul. Nach dem Aufenthalt in Wien an einer Erkältung laborierend, stirbt Karl May um 20.00 Uhr wahrscheinlich an einem Herzschlag. Am Morgen hatte er noch seine Ehefrau beauftragt, in Bad Salzbrunn ein Zimmer für einen Kuraufenthalt zu bestellen.

3. April: Radebeul. Die Beisetzung erfolgt auf dem Friedhof an der Serkowitzer Straße. Nur wenige Freunde wurden von der Witwe vorab informiert.

Personenregister

Nicht aufgeführt werden die Namen Karl May sowie die seiner beiden Ehefrauen während der Ehezeit. Pseudonyme und die wichtigsten literarischen Figuren Mays sind kursiv gekennzeichnet.

Ortsregister

Aufgenommen wurden ausschließlich Ortschaften, in denen sich Karl May aufgehalten, bzw. die er auf Reisen berührt hat.

Regionalia im HUSUM TASCHENBUCH

Anekdoten aus Baden-Württemberg · aus Bayern · aus Berlin · aus Brandenburg · aus Hamburg · aus Hessen · aus Mecklenburg-Vorpommern · aus Niedersachsen · aus Ostpreußen · aus Pommern · aus Sachsen · aus Sachsen-Anhalt · aus Schlesien · aus Schleswig-Holstein 1 · aus Schleswig-Holstein 2 · aus Thüringen · vom Militär – **Entdecken und erleben (Reiseführer):** Mecklenburg-Vorpommerns Kunst · Niedersachsens Kunst · Niedersachsens Literatur · Ostpreußens Literatur · Schleswig-Holsteins Geschichte · Schleswig-Holsteins Kunst · Schleswig-Holsteins Literatur – **Im Gedicht:** Berlin · Niedersachsen · Schleswig-Holstein – **Humor** aus Schlesien – Schlesische **Kinderreime – Kinder- und Jugendspiele** aus Schleswig-Holstein 1 · aus Schleswig-Holstein 3 · aus Westfalen – **Kindheitserinnerungen** aus Berlin · aus Hamburg · aus Köln · vom Niederrhein · aus Oberschlesien · aus Ostpreußen · aus Pommern · aus Sachsen · aus Schlesien · aus Schleswig-Holstein · aus Westfalen – **Komponisten** aus Schleswig-Holstein – **Krippengeschichten** aus Deutschland – **Legenden** der kanadischen Indianer · aus Westfalen – **Märchen** aus Baden-Württemberg · aus Mecklenburg · aus Niedersachsen · aus Schleswig-Holstein · aus Westfalen – **Redensarten** aus Hessen – **Aus dem Sagenschatz** der Brandenburger und Schlesier · der Franken · der Hessen · der Niedersachsen und Westfalen · der Österreicher · der Ostpreußen und Pommern · der Sachsen · der Schleswig-Holsteiner und Mecklenburger · der Schwaben · der Thüringer – **Volkssagen** aus Niedersachsen – **Sagen** aus Baden-Württemberg · aus Franken · aus Hamburg · aus Mecklenburg · aus Sachsen · aus Schlesien · aus Schleswig-Holstein · aus Südtirol · aus Westfalen – **Schulerinnerungen** aus Franken · aus Hamburg · aus Mecklenburg · aus Niedersachsen · aus Ostpreußen · aus Schleswig-Holstein – **Schwänke** aus Bayern · aus Franken · aus Schleswig-Holstein · aus Schwaben · aus Westfalen – **Sprichwörter** aus Hessen – **Sprichwörter und Redensarten** aus Mecklenburg · aus Schleswig-Holstein – **Plattdeutsche Sprichwörter** aus Niedersachsen – **Weihnachtsgeschichten** aus Baden · aus Bayern · aus Berlin · aus Brandenburg · aus Bremen · aus Franken · aus Hamburg · aus Hessen · aus Köln · aus Mecklenburg · aus München · vom Niederrhein · aus Niedersachsen · aus Oberschlesien · aus Ostpreußen · aus Pommern · aus dem Rheinland und der Pfalz · aus Sachsen · aus Sachsen-Anhalt · aus Schlesien · aus Schleswig-Holstein 1 · aus Schleswig-Holstein 2 · aus Schwaben · aus dem Sudetenland · aus Thüringen · aus Westfalen · aus Württemberg – **Weihnachtsmärchen und Weihnachtssagen** aus Schleswig-Holstein – **Witze** aus Hamburg · aus Mecklenburg · aus Ostpreußen · aus Pommern · aus Sachsen · aus Schleswig-Holstein

HUSUM

HUSUM DRUCK- UND VERLAGSGESELLSCHAFT
Postfach 1480 · D-25804 Husum